洋人漢話

中國對世界的影響力日漸增強，對中國文化與價值觀的了解隨之日形重要，而精通中文，就是完成這項突破不可或缺的工具。本書匯聚了十幾位傑出人士的觀點，詳盡地說明了如何達成這項突破，以及其後的重大影響。

——傅高義（Ezra Vogel）
哈佛大學亨利‧福特二世社會學榮休教授

語言學習有利於心智成長，本書透過苦學中文的一些西方人的佳作，將這一點表現得淋漓盡致。各篇作者回溯種種激勵人心的豐富經歷，幫助未來的學習者踏入別具深義的新世界。背景互異的讀者，對精通外語在學術範疇以外的大用會獲得意想不到的啟迪。

——舒衡哲（Vera Schwarcz）
美國維思大學歷史與東亞研究學系榮休教授

本書收錄了與中國有深遠關係的各界人士回憶錄式的一些漫談小品，既是趣聞逸事又有深刻見地。尖銳、挑動、輕鬆、嚴肅各體兼備，摯愛中國的讀者肯定有豐碩收穫，對樂於在不同語言或文化之間互相溝通的讀者，讀了本書也會大有斬獲。

—— 華志堅（Jeffrey Wasserstrom）

加州大學爾灣分校歷史系教授、《亞洲研究期刊》主編

這部引人入勝的書集合了著名的記者、學者和商界人士，以精彩的文字講述漢語學習對他們生活造成的各種變化。最重要的是，這些篇章顯示，具備了扎實的漢語能力，外國人就能跟極度複雜多元的中國人民做出不經中介且成果驚人的直接接觸。對任何對中國感興趣的人來說，這是一本必讀之作。

—— 畢克偉（Paul G. Pickowicz）

加州大學聖地亞哥分校歷史與中國研究傑出榮休教授

《洋人漢話：中文改變的十七段西方人生》
　周質平　編
　楊　玖　譯

© 香港中文大學 2020

本書版權為香港中文大學所有。除獲香港中文大學
書面允許外，不得在任何地區，以任何方式、任何
文字翻印、仿製或轉載本書文字或圖表。

國際統一書號 (ISBN)：978-988-237-093-7

出版：香港中文大學出版社
　　　香港 新界 沙田 · 香港中文大學
　　　傳真：+852 2603 7355
　　　電郵：cup@cuhk.edu.hk
　　　網址：cup.cuhk.edu.hk

Foreigners Speaking Chinese:
How the Chinese Language Changed the Lives of 17 Westerners (in Chinese)
　Edited by Chou Chih-ping
　Translated by Joanne Chiang

© The Chinese University of Hong Kong 2020
All Rights Reserved.

ISBN: 978-988-237-093-7

Published by The Chinese University of Hong Kong Press
　　　The Chinese University of Hong Kong
　　　Sha Tin, N.T., Hong Kong
　　　Fax: +852 2603 7355
　　　Email: cup@cuhk.edu.hk
　　　Website: cup.cuhk.edu.hk

Printed in Hong Kong

洋人漢話

中文改變的十七段西方人生

周質平 編

楊玖 譯

香港中文大學出版社

09 馬潔濤
Mary Kay Magistad

給正在為事業奮鬥的學習者
盡力而為，絕不放棄

我就用蹩腳的中文直接對那個憤怒的年輕人說話。我說我不知道出了什麼事，也不明白事故的原因，可是我為中國記者喪生感到非常難過……我設法轉化他眼中的我，由一個面目模糊的敵人變為一個有人性的人。

/ 143

11 柏恩敬
Ira Belkin

學習中文是開啟世界、改變世界的一把鑰匙

我學中文跟談戀愛一樣，也是出於感情，而不是為了實用，我是愛上中國語言和文化了。每學一個新的中國字，我就覺得又解開了一個謎，開啟未知世界的鑰匙，離我又近了一步。

/ 175

12 祖若水
Rory Truex

中文、統計學和我的學術研究

會中文對我的事業起了什麼作用呢？在最客觀的經濟層面，它豐富了我的技能組合，使我成為學術就業市場上比較熱門的商品。

/ 187

其用無窮 —— 商業與外交

13 畢儒博 Bill Bikales

正確的聲調與維根斯坦
把中國話說好的兩大關鍵

我努力學習中文，幫助我衝破了英語的著色玻璃盒子和美國思維結構；幫助我認識到在我與周遭豐富的異地文化之間有道鴻溝；認識到能夠以異於我所生所長的方式去經歷生命。

/ 203

16 葛國瑞 Gregory Gilligan

中文學習與我
金色樹林裡的兩條路

在中國的商業環境中要想成功的話，更必須全心投入，這種投入模糊了個人與事業的分界。你得花大量時間喝茶、吃飯，建立很好的人際關係，才能突破表層進入複雜的深層中國社會。因此隨著中文的學習，我也建立了橫跨三十年的深厚友誼。

/ 247

17 葛思亭 James I. Gadsden

中文為我的外交事業扎下根基、搭建橋梁

在官方或社交場合，我就跟這對墨西哥外交官夫婦說中國話，也為他們翻譯。西方人、匈牙利人等等看見兩個墨西哥人跟一個美國黑人在匈牙利布達佩斯用中國話交談，都驚嘆不已。

/ 257

14 高傑
Geoffrey Ziebart

用中國話做生意？其用無窮

我們通常不是中國大公司的執行總裁拉關係的目標，但是他們很願意跟我來往。曾經有一位邀我去他家吃晚飯，我們穿著拖鞋，晚上十點半喝著酒抽著雪茄，在他的廚房裡談價格。這是說英語或是透過譯員做不到的。

15 高德思
Thomas Gorman

「你再也不會回來了……」以及我的中國之行

我在電話上問他能不能安排時間做個面試。他說：「不用」。我大失所望，香港唯一的工作線索瞬間就斷了。然後他接著說：「不用面談了，你明天就來上班吧！」

序

周質平
美國普林斯頓大學東亞研究系教授

　　最近二十年來，「漢語熱」成了美國外語教學界的一個熱門話題。鴉片戰爭之後，只有中國人學外國話的份兒，哪兒有外國人學中文的事呢！而今風水輪流轉，外國人居然也學起漢語來了。五四運動以來，被許多中國知識分子指為中國進步絆腳石的漢語漢字，在經過近百年的批評、摧殘、改造之後，居然屹立不倒，還在世界各地大出鋒頭。這絕非當年主張廢滅漢字，提倡拉丁化的學者專家所能夢見。

　　漢語漢字之所以由「冷門」變成「熱門」，絕非因為漢語漢字的內在結構起了根本的變化。而是中國已經由一個被列強瓜分的次殖民地，一變而成了雄峙於東方的大國，無論在經濟、軍事、政治、外交上都有了舉足輕重的地位。漢語漢字成了外國人了解中國必不可少的工具。五四知識分子常有因果倒置的論斷，以為中國的復興端賴漢字的改革，而不知漢語漢字的復興實有賴於中國的復興。

　　隨著學習中文學生的快速增加，漢語教學成了學界一個新的關注點。在對外漢語教學界，每年在世界各地舉辦為數可觀的教學研討會，但至今還沒有探討過從學習者的角度，來談談學習中文對他們一生和工作所產生的影響。

　　「怎麼教」、「教什麼」，固然很重要，但是「怎麼學」、「學什麼」，為什麼當今從事中國研究或在中國經商、工作的人需要學中文？學了中文，對他們的一生和事業有什麼樣的影響。這些問題和「怎麼教」、「教什麼」至少有同等的重要性。如果我們始終只能從教的角度來研討推廣漢語教學，那不免還是「老王賣瓜，自賣自誇」，對外國學生來說是缺乏說服力的。為了打破這種一偏之見，我的老朋友、老同事林培瑞（Perry Link）教授和我在2016年10月籌組了一個從學習者的角度，來探討中文如何改變了他們的一生和事業的研討會。

　　在近一年的籌備中，我們請到了當今美國學術界、商業界、法學界、外交界、新聞界和政界，在各自的專業領域裡卓有建樹的學者專家十八人，他們的中文造詣也是一時之選。中文在他們的學習、研究和工作中都占著重要地位。我們請他們現身說法，談談漢語學習和他們的中國事業有怎樣的關聯。

　　受邀的十八位專家學者都在會前遞交了英文論文。研討會分為五組進行：

　　第一組四位發言人，有三位是研究中國文學的學者，其中加州大學河濱分校（University of California, Riverside）的林培瑞教授是研究現當代中國文學和文化的，普林斯頓大學（Princeton University）的田安（Anna M. Shields）教授和紐約州立大學奧爾本尼分校（New York State University, Albany）的何瞻（James M. Hargett）教授是研究唐宋文學的。俄亥俄州立大學（Ohio State University）

的安雅蘭(Julia F. Andrews)教授是中國藝術史專家。這一組由我主持。

發言的四位學者對中國語言和文史的興趣分別是從六、七十及1980年代開始的。在時間上或有先後，但都是在改革開放之前，中國在經濟上還很窮困的時候。他們的動機是出自好奇和知識上的追求，而不是功利的。這組發言強調了中文學習對學術研究以及對認識中美語言文化差異的重要作用；同時還強調了準確的發音和優秀的教師，對提高學習者中文水平所起的至關重要的作用。

第二組是美國在華的三位商界人士，包括跨國製造企業The Crane Company駐中國的總裁高傑(Geoffrey Ziebart)；麥當勞公司前在華高管、曾任美國在華商會主席、現任高爾夫球美巡賽中國區副總裁的葛國瑞(Gregory Gilligan)以及《財富》(Fortune)雜誌中文版前主編高德思(Thomas Gorman，因未能與會，林培瑞代為發言)，主持人是林培瑞教授。前兩位發言者均以流利、準確、自然的中文演講，對目前中國社會的方方面面如數家珍，娓娓道來，凸顯了長期生活在中文語言環境中對其中文水平，特別是口語表達產生的重大作用。高傑認為良好的中文溝通能力使他在工作中能夠有效化解中美雙方的矛盾，敏銳把握市場變化的細節，實現企業與員工以及中美兩國貿易交往的雙贏。葛國瑞認為在中國的長期生活不但帶來了事業上的成長，而且帶來了個人家庭生活方面的豐收。他不但有一位美麗、聰慧的中國妻子，而且還有兩個在雙語、雙文化環境中成長的混血兒女，中國的生活經歷和教育背景為兒女的未來提供了更大的發展空間。

第三組是美國各大新聞機構的駐華記者、主編，包括美國《紐約客》雜誌的知名撰稿人何偉(Peter Hessler)，他的「中國三部

曲」──《江城》(*River Town: Two Years on the Yangtze*)、《甲骨文》(*Oracle Bones*) 和《尋路中國》(*Country Driving*)，獲得過美國多項紀實文學大獎；張彥 (Ian Johnson) 目前是《紐約時報》、《紐約書評》、《紐約客》、《國家地理》的撰稿人，2001 年曾獲得美國新聞界的最高榮譽──普立茲獎 (Pulitzer Prize)；馬潔濤 (Mary Kay Magistad)，美國全國公共廣播電台 (National Public Radio) 的記者，1990 年代初她設立了該廣播電台在中國的第一個分支機構；《新聞周刊》(*Newsweek*) 記者劉美遠 (Melinda Liu)，曾經歷了當代中國的許多重大歷史事件，並曾採訪過鄧小平。這組的主持人是史丹福大學 (Stanford University) 的孫朝奮教授。因工作性質的關係，這組發言者的文章、書籍、時事報導對美國公眾產生了廣泛而重要的影響。發言者認為直接用中文採訪新聞事件的當事人比借助翻譯或者英文，往往更能產生推心置腹的效果，在一定程度上避免了霧裡看花或者轉用其他新聞機構的素材進行寫作造成的弊端，因而更能真實地反映中國社會的本質。

　　第四組是從事法律與政治專業領域教學與研究的教授，包括紐約大學 (New York University) 中國法律問題專家柏恩敬 (Ira Belkin) 教授；喬治華盛頓大學 (George Washington University) 法學院郭丹青 (Donald Clarke) 教授；普林斯頓大學政治系從事中國政治研究的祖若水 (Rory Truex) 教授。這組的主持人是聖母大學 (University of Notre Dame) 的朱永平教授。發言者認為中美法律體系、政治體制不同，所用術語差別很大，因此很難用英文做簡單對應的翻譯。由於法律工作的特殊性，從業人員必須對中文有非常準確深入的理解才能滿足工作需要、減少差錯。

　　第五組是在美國各政府部門任職的官員，包括前聯合國駐華官員畢儒博 (Bill Bikales)，他用無可挑剔、準確而流利的中文進行了極為生動、感人的演講；葛思亭 (James I. Gadsden) 曾就職於

臺灣的美國貿易中心 (US Trade Center) 並任美國駐冰島大使；馮若誠 (Owen Fletcher) 曾在中國工作多年，目前在美國駐越南使館任職；朱思敏 (Julian Smisek) 現任職於美國駐華使館。這組的主持人是哥倫比亞大學 (Columbia University) 劉樂寧教授。發言者認為，美國人需要打破英語是世界上占最主導地位的語言，因此各國人民都應該掌握、運用英語與美國人交談的成見。語言交流的平等是國家互信和平等相待的基礎。學好中文還有益於掌握日文、越南文等其他亞洲語言，在馮若誠看來，中文類似於亞洲多種語言中的「拉丁文」，是日文、韓文、越南文的源頭，中文為他個人的職業生涯開闢更為廣闊的道路。[1]

在這十八位發言人裡，我們可以清楚地感覺到他們對中文和中國文化都懷有一份溫情，用英文來説是一種 passion and love。正因為有了這份溫情，才能對他們所研究的對象有一份敬意和一種同情的了解。我借用錢穆先生在《國史大綱》開篇中的「溫情」和「敬意」這兩個詞，並不是要研究者失掉客觀的立場，而是希望一個外國的研究者能透過中文，從中國人的角度，設身處地的來探討他所研究的問題，否則就成了「隔靴搔癢」。

在中國從事研究或工作的外國人，如果他日常的行事都必須依賴翻譯，其結果不只是「隔靴搔癢」，不得要領；尤其嚴重的是，他所觀察到的一切，都不免是「霧裡看花」，終隔一層。這一層也許薄如蟬翼，但真相卻常常因此隱去。已故哈佛大學教授楊

1　以上會場實錄，參考並採用了美國聖路易華盛頓大學東亞系梁霞、秦子寒、譚彥冰合寫的〈普林斯頓大學「漢語能力與中國事業」研討會召開──記中文教學界首次舉辦成功的中文學習者座談研討會〉，《國際漢語教學研究》，第 1 期 (2017)，頁 93–94。謹向梁霞老師致謝。

聯陞在1960年中美學術合作會議（Sino-American Conference on Intellectual Co-operation）上，對那些駕馭中文材料能力不足的美國學者，很含蓄幽默地指出，對原文沒有透徹的了解，卻妄下評論分析，其結果往往是「誤認天上的浮雲為地平線上之樹林」（mistake some clouds in the sky to be forests on the horizon）。[2]

這也就是我們常說的「差之毫釐，謬以千里」。這次大會發言者的共同經驗是，翻譯不但不是萬應靈丹，有時還可能造成誤會，鬧出笑話。

以中英文雙語寫作而知名於海內外的作家林語堂，在《從異教徒到基督徒》（From Pagan to Christian）一書中，對中英文的不同，有深刻的觀察，他說：

> There was something in the character of Chinese language which invisibly but most emphatically changed one's mode of thought. The modes of thinking, the concepts, the images, the very sounds of words are so different between the English language and Chinese.[3]
>
> 在中國語言裡有一種見不著，卻極有力地改變一個人思維模式的成分。由這些成分所形成的思想、觀念、形象和話語的聲調是如此有別於英文。

林語堂所說這種看不見的巨大不同，是很難透過翻譯表達出來的。要感覺出這點不同，必須在中英文兩個語言的環境中有過長期的浸潤和沉潛。

2　蕭公權著：《問學諫往錄》（臺北：傳記文學出版社，1972），頁64。

3　Lin Yutang, *From Pagan to Christian* (Cleveland and New York: The World Publishing Co., 1959), p. 58.

　　林培瑞在他文章的最後用園丁種花的生動形象，來說明語言教學帶給他的快慰和滿足。初級語言課的老師都是播種者，最初播下去的只是一顆語言的種子，語言一般都只被看作是一種工具，但在茁壯的過程中，這個在表面上看來只是工具的種子，會漸漸吸收可觀的內容，這個內容可以是古代中國的哲學、文學、藝術、歷史，也可以是現當代中國的政治、社會、外交和商業。工具加上內容之後，是可以改變一個人的思想和觀點的。而這個新的思想和觀點可以為每一位外語的學習者提供一對新的眼睛、一雙新的耳朵、一張新的嘴巴和舌頭。有了這些新開的竅，我們接觸到的是一個嶄新的世界。

　　在收入本書的十七篇文章中，有一點是共通的。就是每一位講演者在回憶中都提到，學習中文在一定程度上改變了他們的一生，也影響了他們的事業。無論是學術研究，還是在商業、外交、新聞各個領域，他們的工作和中國是分不開的。而這個關係的建立，往往就在他們初次接觸到中文的時候，便已播下了那顆種子。

　　在對外漢語教學界，我們往往過分強調語言的工具性，而忽略了語言背後所承載的內容。這個內容應該是中國的哲學、文學和歷史，而不僅僅是節慶、習俗、剪紙和中國結。這次研討會的十八位發言人為這一點做出了最好的見證。一個真能學好中文的外國人，他必須對中文有一點癡，有一點陶醉。這讓我想起，林培瑞對相聲的熱愛，他曾多次在我家和其他北京來的老師表演侯寶林的《戲劇與方言》，他用幾乎亂真的北京話演繹著侯寶林那膾炙人口的片段。在他表演的過程中，與其說是娛人，不如說是娛己。他的那份陶醉是我始終忘不了的。

　　學好一種外語，精通一種外文，需要一點「癡」，需要一點「陶醉」。這點「癡」和「陶醉」我們在十八位講演者身上都看得很

清楚；有幾位早年都願意忍受生活上種種的不便，到中國去學習
研究。對艱難困苦甘之如飴的態度就是我所謂的「癡」和「陶醉」，
這也就是孔子所說的：「知之者不如好之者，好之者不如樂之
者」。這兩句話裡，最關鍵的一個字是「樂」。「樂」字，相當於英
文的 enjoy，也就是「樂在其中」。學習任何東西，一旦達到這個
境界，就欲罷不能了。

但是這點「癡」和「陶醉」，在我們對外漢語的課程裡面卻不
見蹤影。「商用漢語」、「法律中文」是不可能讓學生「癡」，讓學
生「醉」的。我們過分強調學習中文的實用性和功利性，結果整
個學習的過程成了技能培訓。學生很難從語言的學習中感受到知
識的快樂和智慧的增長，結果是只感覺其難，感覺其苦。

紐約大學法學教授柏恩敬在回憶自己學習中文的過程中提
到，上世紀七十年代早期，中國大陸正籠罩在文革的恐怖之中，
而蔣介石治下的臺灣，此時也正在戒嚴法的管控之下，談不上什
麼民主自由，對一個年輕的美國人來說，海峽兩岸與發財致富是
絲毫扯不上關係的，但柏恩敬正是在此時開始全力學習中文。他
覺得愛上中文類似於談戀愛，與其說是一個理智的決定，不如說
是一種感情上的愛好，這種不以實用為出發點的學習動機，往往
更能持久。他每學一個新的漢字，就覺得又解開了一個謎，又多
了一把通向了解中國文化的鑰匙。讓他最感快慰的是他說出了一
句字正腔圓、用詞得體的中文，讓他的中國朋友對他忍不住的讚
嘆。我和恩敬是四十多年的老朋友，這是一段非常寫實的剖白。

英國哲學家羅素 (Bertrand Russell, 1872–1970) 在 1926 年出版
的《教育與美好生活》(Education and the Good Life) 一書中對語言
教學的一段話，至今對我們還有極大的參考價值：

In a mechanistic civilization, there is a grave danger of a crude utilitarianism, which sacrifices the whole aesthetic side of life to what is called "efficiency." Perhaps I am old fashioned, but I must confess that I view with alarm the theory that language is merely a means of communication, and not also a vehicle of beauty.[4]

在機械化的文明裡，粗糙的功利主義造成重大的危險，即為了追求所謂的「效率」而犧牲了生活中的美感。也許我有點兒老派，但我必須承認，把語言僅視為一種交流的工具，而忽略它同時也是一種美感的承載，對此，我是深感憂心的。

我所說的「癡」與「陶醉」大都來自語言的「美感承載」，而不僅僅是「交流的工具」。「交流的工具」是「有用」，而「美感的載體」則是「可愛」、「可驚」、「可佩」。學習一種外語，讓人感到它是一種「交流的工具」，是不難的；但讓人同時感到它也是「美感的承載」就不容易了。「交流的工具」，是任何初級入門的學生都能體會到的；但「美感的承載」，即使皓首於外語研究的學者也未必能有所體悟。

近年來，中國政府在推廣漢語教學和中國文化的介紹上，花了大量的精力和金錢。在世界各地成立數百所的孔子學院就是最好的說明。但我們的關懷似乎過度集中在普及上，而沒有在提高上做出足夠的努力。我們這個研討會帶給大家的啟示是，提高才是真正力量之所在。沒有提高的普及，至多只能形成一個人多而勢不眾的局面。但提高往往需要長期的投資，默默的耕耘，不能求速效、速成。

---

4 Bertrand Russell, *Education and the Good Life* (New York: Horace Liveright, 1970), p. 31.

　　在這次受邀的十八位發言人中，他們大都有流利的漢語水平和成功的中國事業；在回憶中他們也都將中國事業的成功歸功於流利的漢語水平。這當然是一件令人欣慰的事，但在欣慰之餘，也別讓興奮沖昏了頭腦，以為中文真有了國際語言的地位。這不免又偏離了中文在當前世界上實際的處境。

　　在林培瑞文章的結尾處提出了一段發人深省的問題，我們什麼時候才能看到在西方世界，比如說在亞洲協會年會中，一個中國學者用中文來發表有關王陽明思想研究的文章，而與會的其他外國學者也都能用中文來進行提問和討論？至今在學術界裡還彌漫著一種風氣：即使是中國研究，也只有用英文發表的學術著作才是真正嚴肅的研究。

　　其實這個會的本身也在一定程度上印證了林培瑞的觀察。這個研討會的總題是：「How and Why Language Learning is Useful in China Careers?」（為什麼中國事業需要學習中文？）。這個題目的本身就暗示著，還有許多人認為中國研究或在中國工作、生活是不需要中文的。我們如果把這次研討會的主題改成「How and Why English Learning is Useful in USA Careers?」（為什麼美國事業需要學習英文？）大家都會覺得這還用討論嗎！換句話說，這個研討會一方面說明了中文的重要性，另一方面卻也體現了中文要成為一個真正國際上承認的通用語還有很長的路。我們需要努力的地方正多著呢！

　　本書的出版，要特別感謝每一位與會的專家學者及各組主持人的全力配合，會議的成功召開，除了普林斯頓北京暑期漢語培訓班在經費上全力支持以外，要特別感謝培訓班的總管趙揚（Henry Zhao）先生細緻耐心的籌劃和安排。論文集由楊玖老師擔任中譯的工作，楊老師中英文造詣深湛，又有多年教學經驗，是

最合適的人選。她態度嚴謹，幾次和原作者往返對勘，力求符合原作。沒有她辛勤的工作，本書是不可能在此時出版的。

2017年9月25日修訂
於普林斯頓大學

萬事的根源

01 林培瑞
Perry Link

林培瑞,加州大學河濱分校校長特聘跨學科講席教授。他的專業領域是中國語言、文學、俗文化和人權工作。林培瑞著作等身,中英寫作兼長。跨學科研究成就卓著,也是美國大學現代漢語教學的巨擘。他別出心裁地以「園藝」來比喻初級中文的教學工作,對大學中文教學的精闢見解值得所有中文老師借鑒。

萬事的根源

我想舉出兩個廣泛的觀察所得,來說明中文在工作上對我有什麼幫助,而且是我在開始學中文時完全沒料想到的。第一個是:說中國話可以幫助外國人被中國人接受,因為中國人使用母語比使用別人的語言更自在、更樂於開誠布公。當然在其他文化中也多半如此,不過我感覺在中國好像更顯著。第二個觀察所得是:學習中文,使我更容易理解中文與英語對世界的不同表述。

為人所接受

在跨文化交流的時候,不僅僅傳達語意要點,而是通過話語和舉止融入第二文化,這到底有什麼好處?航空母艦的指揮官對敵方海軍巡邏艇喊話,也許「清楚明白地傳達信息」就足夠了。然而,人們的話語和行為,要是讓打交道的對方感到特別自然,就能把事情辦得更好,這豈不是很明顯的麼?我認為從行善到作

奸犯科，在各種各樣的活動中莫不如此。一般説來，毒販和騙子，要是話説得自然通暢入情入理，人們豈不是更容易上當麼？那麼大使呢？賣軟體的呢？要交友行樂的呢？話説得自然流暢，似乎是個童叟無欺的商號，一視同仁地給人便利。

語言學習的四個「基本技能」──聽、説、讀、寫──之中，「説」在贏得別人接納時站在第一線，因為是最容易觀察到的。如果其他條件相同，那麼你説得越好，就越像個中國人。當然，有張中國臉也挺有幫助，一張白臉或黑臉有時候會扯你後腿，至少可能暫時不利，不管你説得有多好。這一點我有過切身體驗。1979年某一天，我在廣州街上問個過路的人怎麼去中山北路，我用哈佛訓練出來的標準中文從容清晰地把問題説出來。當時廣州外國人不多，這個路人嚇了一跳，甚至有點兒驚慌，他把我的面孔審視了一番，用廣東話説：「我聽不懂英文！」然後扭頭就走了。也許他不懂普通話──我不清楚。反正他的眼睛所見顯然重於耳朵所聞。中國人發現一張老外面孔正想著法兒説中國話，他們的反應通常是很熱情寬容的。即使你説得很糟，只要你真心實意地試著説，他們就很高興。「你的中國話真好！」這樣的評語不能拿來衡量你真正的中文水平，可還是誠懇的情感表露。1994年夏天，我擔任普林斯頓在北京暑期語言培訓班的班主任，有時候很為班裡的華裔學生叫屈。有些華裔生是零起點學生，跟他們的白人黑人同學沒什麼不同，也跟他們一樣常犯些初級水平的錯誤。可是在北京街頭，人們對待他們可不一樣。沒有人説：「你的中國話真好」，他們臉色表示的都彷彿是：「是個中國人，不會説中國話？你不覺得丟臉嗎？」

要是外貌是個障礙，那麼發音絕對有助於消除這個障礙。我的中國朋友，尤其是我的一些老朋友，大家在一起用中文談話，他們總忘了我不是中國人。這種接納在當下議題激烈爭論成

為焦點的時候表現得最明顯，這時我與他人都被一體對待。中外之別從來沒百分之百消失，但是就的確暫時不見的這一點來說，主要原因肯定是我說話像個中國人，而不是我長得像個中國人。

我堅信發音標準會有豐碩的回報，所以每次教初級中文我都堅持聲調準確。幾乎沒有一個學生不能掌握聲調。我不是說他們都做到了，而是說他們都能夠做到。有些學生比較容易養成正確的聲調習慣，有些則否；不過只要老師堅持並有耐心，即使很困難也還是做得到。

聲調錯誤造成什麼損失呢？外國人聲調說錯鬧出的笑話不少。聲調是一個音素，會改變音節的本體意義，就像母音在led和lid兩者中的作用，或者子音對led和let所造成的不同，我們這就很容易看出為什麼許多笑話都來自聲調混亂了。一聲的ma是「媽」而三聲的ma是「馬」。搞錯的學生可能會說他媽在馬賽裡跑了第三名，或者他的飯桌禮儀是馬教的。

不過這些只是笑話。在真實世界裡這類誤解是很少見的。中國人挺聰明，一聽上下文，就明白你說的是媽還是馬。聲調錯誤真正的代價，得用說話者與聽者之間產生的距離來衡量。發音越差，距離就越大。也許有人反對，理由是中國人本身各地的聲調也不同，可還都是中國話。沒錯，但是中國人對同胞的這些不同素來熟悉，認為是個常態，而外國人扼殺聲調的方式卻是稀奇古怪的。再說，外國人有時糟到了全無聲調的原始狀態，中國人聽來感覺他們簡直是遠在月球的另一面，即使話語的內容還是可解的。

為了給學生鮮明的印象，我就拿初級中文第一堂課的頭幾分鐘做一個小小實驗。沒有聲調的中文聽起來有多糟？我告訴他們：就像母音含糊的英語一樣。我隨意選一個學生，叫他用英語隨便說一個如「the cat is on the mat」之類的短句。要另一個學生

選一個母音如「長音a」或「短音o」，接著讓全體學生讀這個句子，只用這一個音發句中的每一個母音（各位讀者願意的話可以馬上做這個實驗）。然後我跟學生就會有如下一段對話：

我問：「這個句子聽起來怎麼樣？」

他們說：「挺怪的。」

「聽得懂嗎？」

「還行，懂是懂，可是很勉強……」

「意思清楚嘍？」

「清楚。」

「那你願意跟這個人做生意嗎？」

「嗯……」

「跟他建立一種合夥關係？」

「謝了，不願意。」

「跟他談政治？」

「……嗯……」

「約會談戀愛？」

「門兒都沒有！」

無論在什麼活動中，發音正確都有幫助。中國人對聲調錯誤不會勃然動怒，並不像不尊重中國文化某些方面會惹惱中國人那樣。正確聲調形成的相互交融不是那麼明確可見，它建立了一種牢不可破的基礎，彷彿是認同「我們都是人」。好的聲調不保證你能立刻贏得完全的信任，但是毫無疑問，有助於打開互信的大門。

我也可以用反面例子來說明。在中國人認為不宜開放的情況中，外國人發音準確有時會使中國人緊張。例如政府官員必須嚴守「內外有別」的準則，就覺得跟中國話很好的外國人應該保持距離。他們比較喜歡跟不會說中文或說得很糟的外國人打交

道，這麼一來「你們」與「我們」之間就涇渭分明。有一次，在一個歡迎中國代表團來訪的午餐會上，中美雙方都透過譯員交談，忽然我看見一個美國人用流利的中文直接問了中國官員一個問題。這位中國官員一時驚惶失措，他轉向譯員，聽譯員一字不變地把這個問題複述了一遍。畢竟這個譯員才是該用中文跟他說話的。我認為，信息通過譯員轉達，並不是為了增加清晰度，而更接近於一種文化反射，用來保持「兩方」之間的分界。

不同的思維方式？

班傑明・沃夫（Benjamin Whorf）和愛德華・薩皮爾（Edward Sapir）有一個著名假設，大致是說思維方式基於所使用的語言，兩位語言學家在1939年提出之後，這個假設便一直備受爭議。評論者認為其因果關係也許正相反——的確，在一定程度上，思維確實形成語言，不是嗎？另有些人則諄諄告誡，無論因果關係如何，我們所談的只是傾向性，而不是絕對性。話雖如此，幾乎人人承認沃夫和薩皮爾言之成理。

我的生活經驗可以表明，沃夫和薩皮爾的理論的確是持之有故言之成理。我使用中文跟英語的時候，對事物的感覺不同。我會用英文詞將我的中文句稍加修飾，或者加幾個中文詞美化一下英文句，但各句的語法——其表達方式——從不混雜，非此即彼。這種醞釀產生的兩不相混也不只限於句式，至少達到段落層次。有人要我把自己的文章翻譯出來，我總覺得礙難從命。翻譯？不行，這可不簡單。為滿足您的要求，我得坐下來，重溫靈感，以另一個語言再製新篇。英譯中或中譯英皆然。

請注意，我並不是指著異國趣味。幾十年甚或幾百年來，中國人與西方人都傾向於追尋對方的相異之處或奧妙的對比。這

種做法恐怕啟發很少，只顯示了相互了解的膚淺。事實上，平常的生活無論中西都是平常的——不僅平常，而且異於神秘論所倡言，其實在人性基本上相當類似。

　　拿一個簡單的例子來說明吧。「A table」是「一張桌子」。真正了解中文的概念結構，你就明白中文的「桌子」既不是「table（單數的桌子）」也不是「tables（複數的桌子）」，而是一個抽象概念，比較像「tableness」，所以我們需要「張」來表示個體。英文的「a table」用中文得說「一張桌子」——概念桌子的一個平面個體。「Two people」——「兩個人」，是「概念人的兩個個體」，諸如此類。我們很容易看出，這種結構的不同會被膚淺地看成異國趣味。在中國「桌子」是個「概念桌子」的平面個體！多古雅奇妙呀！連木匠都用柏拉圖式的思考！其實，我們面前不過就是一張平常的桌子而已！這兩種語言本身表達事物的時候，都沒有什麼驚人之處，只是逐字對應的時候讓人覺得新鮮罷了。

　　「一張桌子」和「a table」的不同只是個小小例子，名詞也只是問題的一小部分。動詞、形容詞和句子，兩個語言都有各自的使用方式。節奏與對仗自然也各不相同。

　　教中文的時候，我總要求學生盡早用中文思考，不要用英文想然後翻譯。這個做法需要老師們有意識地努力。學步的中國孩子不必通過訓練來接受「桌子」是個不表數量的名詞；可是說英語的年輕人，習慣於名詞必須是單數或複數，得「學會」中文用不同的方式使用名詞。我記得有一次在初級中文班上，我解釋「書在桌子上」並不表示「這本書」或「這些書」在「一張桌子」或「許多桌子」上。然後我設法說明這毫無問題。我的說明大致是：「你不必知道每一個細節來過日子。要是你想表示到底有幾本書，中文自然有法子清楚表示。可是書的數目無關緊要或者已經很明顯的時候，那麼句子裡省略細節是可以的。」下課後，一個

學生找我來了，是個非常聰明的哲學系學生。他説：「但是事實上，我是説在真實世界裡『概念書在桌子上』是不可能的，必然是一本或幾本具體的書。」他是擔心中國人脱離現實世界了。不過最終他還是「學會」了，變得非常善於用中文思考。

能用中英雙語思考，而不使其一抑制或擾亂另一語言的思維模式，在有關中國的研究或工作領域中都相當有利，不過我以為對我所從事的文學、俗文化和人權倡導特別重要。因為這些領域主要依靠「同理心」，要「深入」別人的心靈與情感。研究對象的心靈用中文思考、説話、寫作，研究者卻囿於英語思維，似乎加了一層不必要的困難，有如中國成語所説的「隔靴搔癢」。西方漢學傳統中用英語、法語、德語研究中文的學者，有時甚至説非得把一首唐詩譯為西方語言才算是真正了解了這首詩。我實在不明白。無論漢學研究多麼細緻入微，成果累累，但始終囿於西方語言的話，在我看來還是隔靴搔癢。我很贊同普林斯頓大學牟復禮（Frederick W. Mote）教授的看法；他主張對唐詩的了解不表現在翻譯得有多好，而表現在對最佳譯文的不滿意。

以原文教學和以譯文教學的不同，可以把這一點表現得更清楚。1980 年代我在加大洛杉磯分校（UCLA）教書，有一次在一個學期裡開了兩班同樣的現代中國文學課，一班讀英文翻譯，在早上十點上課；另一班學生多半是中國或臺灣來的中文母語者，讀同樣篇章的中文原文，在下午一點鐘上課。我早已料到這兩班課的討論會有些不同，但沒想到差異那麼大。舉例來説，我們讀魯迅著名的短篇小説《孔乙己》，開頭兩句是：「魯鎮酒店的格局，是和別處不同的。」這個優美的句子把中文讀者緩緩地引入幾頁之後的一個令人不安的場景。這個句子之所以優美，是因為它巧妙地呈現了深植於中國詩歌中的「2─2─3 加 2─2─3」的音節節奏。此句之美翻譯後還能存留嗎？戴乃迭與楊憲益的譯文

是：「The wine shops in Luchen are not like those in other parts of China.」[1] 譯得不錯，可是微妙的節奏不見了。一位教師（如我在十點鐘的課堂裡）能不能細細探究而對學生解釋節奏呢？固然可以，但這就使閱讀由感性的欣賞變為知性的研究了（文學的優美，像青蛙一樣，在解剖後就死了）。教師是否該解釋「酒店」的意思？楊氏夫婦譯為 wine shops，我同意這個譯法，儘管文化含義不完全正確。翻成 tavern 或者 bar 比較好嗎？也對也不對。有多少課堂時間該用來解釋文化差異？有些文化背景在理解這個故事的時候至關緊要：孔乙己是清末科舉不第的窮酸文人，穿著長衫勉強維持著讀書人的形象等等。能做完整的解釋嗎？不解釋行不行？課堂時間有限，解釋背景免不了占用欣賞故事精華的時間。無論我怎麼處理，期望兩班學生一致只是徒勞無功。

也許有不同的世界觀？

1990年代初期，我對認知學家所謂的「概念隱喻」產生了濃厚興趣。英語中的一個例子是「意識清醒是向上（up），失去意識是向下（down）」。我們「wake up（醒來）」可是「fall asleep（睡著）」，「sink into a coma（陷入昏迷）」等等，甚至模仿人類意識的電腦系統啟動或關閉也用「up」和「down」。我對概念隱喻理論產生興趣的原因之一，是我發現在中文裡有些不同，中國人說「暈過去 faint across away」，重獲意識時說「醒過來（wake across to here）」，而不用 up 或 down。在中文隱喻中，一個人越過一條虛擬的線，這條線將平面上的此側與彼側分開。要是我仔細研究中文與英文的概念隱喻，也許能拼湊出兩套不同的世界觀。

---

1 Lu Hsun, *Selected Works of Lu Hsun*, vol. 1, trans. Gladys Yang and Hsien-yi Yang (Peking: Foreign Languages Press, 1956), p. 22.

　　幾年後我發表了研究結果，在《中文解析》(*An Anatomy of Chinese,* Mass.: Harvard University Press, 2013) 一書中占了一百二十頁。對這個題目各個分支的一些探索雖然趣味橫生，我卻已經得到了結論，尋找兩套首尾一貫的世界觀是徒勞的。首先，我發現中英文所用的概念隱喻內在並不一致。例如：英語與中文 (其他人類語言幾乎皆然) 都使用「空間指代時間」的隱喻：有些事得花很**長**時間，我們**回頭**看看上個星期等等。可是這種用法在兩個語言中不總是一致。用英語我們說：「Our ancestors came *before* us, so cannot help us with the problems that lie *before* us. (祖先存在於我們之前，不可能解決擺在我們面前的問題)」。第一個**前**指著過去，第二個卻指著將來。中文也是這樣，我們用「以前」表示「過去」，可是「向前看」的意思是「展望將來」。**前**可以指代兩個方向。我的這個發現，讓我即使在單一語言內找到首尾一貫的隱喻模式都變得錯綜複雜，要找出兩套並行的世界觀就更不可能了。

　　同時，仔細檢視 *before* 和「前」的用法，卻顯現了一個驚人的事實：這個自相矛盾的現象在中英兩語中極其相似，[2] 而且深植其中，不可能是借用的。我感到這證實了康德 (Immanuel Kant) 和喬姆斯基 (Noam Chomsky) 等人的理論，他們主張某些感性與語言結構是根植於人腦、與生俱來的。研究結束後我的綜合心得是：人類語言的共同點比我當初設想的更多，甚至有時內在的不一致在各個語言中也都相同。這倒令人感到特別欣慰，因為這與我對人性的普遍性和人權普世價值的直觀是一致的。

　　不過尋找差異還是很有趣味，所以我繼續研究。無法翻譯的句子似乎是個很好的起點。當然，可以說沒有任何兩個中英句子是完全等同的，如上所述，甚至連「桌子」都是「tableness」而非「a

2　Ning Yu, *The Contemporary Theory of Metaphor: A Perspective from Chinese* (Amsterdam: Benjamins, 1998), pp. 102–107.

table」。但我要提出的是更令人懊喪的。比方「她是第幾個進教室的？」逐字用英文說就是「She was the how-many-th to enter the classroom?」，那麼用自然的英文怎麼說呢？「How-many-th」根本不是個詞。也許可以把它擴展為「In what place was she in entering the classroom?」，但這個句子有歧義，回答時可以說「She was in McCosh Hall in Princeton, N. J.」。那麼譯為「What number was she in entering the classroom?」如何呢？這兒的「number」又意思含糊。固然也可以詳細地說：「If several people were entering the classroom and one was first, another second, and so on, what number was she?」意思是清楚了，但是用了三十個音節，中文原文只有九個，而且概念結構也改變了。英文難以譯為中文的例子也很容易找到。用中文怎麼說「there are fish as good in the sea as any that ever came from it」而不令人困惑呢？要表達清楚能不大大擴展一番嗎？

不過，這些只是文字遊戲，除了在玩文字遊戲的層次，在生活中也許沒什麼特殊意義。那麼中英不同的結構造成了意義深遠的問題，是否也有些例子呢？我相信有。我在《解析》一書的〈隱喻〉一章結尾處曾經提到一個。英語與其他印歐語系語言在表達經驗時傾向於使用名詞，因而創造了許多哲學問題。中文則使用動詞較多。我在書中推論，假設使用中文的話，是否這些哲學問題會變成小問題，甚或根本不是問題。

西方哲學問題常用「What is X?」的形式。語法上 X 是個名詞，暗指一抽象事物。What is Form? Matter? The Good? Mind? Beauty? Justice? Existence?（什麼是形式？／物？／善？／心靈？／美？／公義？／存在？）……諸如此類。可是這樣的問題不容易用中文表達，中文不輕易用名詞，動詞反而較為常見。例如英語的「the nature of existence」提出一個抽象甚至神秘的概念，但語法上很自然，激勵人利用心智加以探討。要是逐字譯為中文，就是

「存在的性質」，是一個怪異晦澀的說法，充分顯示源自西方語言。中國先秦諸子也思考存在與不存在，但用的是「有」與「無」，是兩個動詞。

我不禁要問：印歐語言以名詞思考的習慣到底有多強？這個習慣是否影響到西方哲學？1979年1月我參加加州大學洛杉磯分校的代表團到了廣州，要跟中山大學建立學術交換關係。這次，我碰到了西方人動詞名詞化的習慣做法，至今難忘。在正式會議上，我給加大副校長做翻譯，他談到「the beginning of the development of the process of construction of bilateral relations」這該怎麼翻？我該逐字的翻成「雙邊的關係的建設的過程的發展的開始」？中國聽眾難道不會覺得這位美國副校長腦子有問題嗎？後來我便思考：為什麼他的英文句子聽來尚可（當然有些板滯），但譯成中文卻簡直蠢到家呢？原因似乎就是他把那些動詞性的詞——開始、發展、進展、建設、關聯——都名詞化了。

後來我決定做個客觀的考察。我隨意翻開查理斯‧狄更斯（Charles Dickens）《孤雛淚》（Oliver Twist）的一頁，數數其中的名詞與動詞，然後也翻開曹雪芹《紅樓夢》的一頁數了一下。《孤雛淚》的那一頁名詞動詞比是2.5比1.0，《紅樓夢》的是0.8比1.0。統計結果不是絕對精確，因為《紅樓夢》裡一些詞的詞性有時我得自己武斷地決定。可是整體情況還是很明顯。

現在，問題就成了：西方哲學家採用「what is [noun]?」問句形式的偏好，是否不只是其母語的語法傾向所導致的思想習慣而已。西方的經典哲學問題要是用中文處理，是否會有些不同呢？

我決定用著名的「心物問題」——有形體的「物」與無形體的「心」如何關聯的奧秘——來檢驗。我讀過一本我很敬佩的哲學家柯林‧麥金（Colin McGinn）的著作《神秘火焰》（The Mysterious

Flame) 便討論了這個問題。麥金舉了好些例子來說明：具體事物占有空間而心靈經驗並不如此。以下是他的一個例子：

> 讓我們思考一下在兩尺外看見一個直徑六英寸紅色球體的視覺經驗。這個經驗的對象當然是具有空間性的一個占有空間的物體，可是這個經驗本身卻沒有這樣的屬性：它並不是離你兩尺直徑六英寸的⋯⋯當我們反思這個經驗本身時，會發現它全然缺乏空間屬性。[3]

在《解析》一書中，我按照麥金的觀點繼續申論：

> 這兒的關鍵詞是「這個經驗本身」。真有這樣東西麼？「經驗」這個名詞存在，這不是我們要討論的問題。「這個經驗」存在嗎？我們可能直覺地感到它存在。然而，是否部分是由於使用如「經驗」之類名詞的語法習慣，認定它們指代某些事物，所以這個直感才產生呢？有沒有什麼方法用來檢驗我們的直感其實是由名詞造成的？
>
> 英文的「經驗」這個詞也許不是做這個檢驗最好的例子，因為它既是名詞又是動詞。「Feeling」（感覺）可能比較合適，因為名詞（feeling）和動詞（feel〔覺得〕）形式不同。在多數情況下，「我覺得X」跟「我有一個X的感覺」意思即使有點兒不同，差別也不大。可是要是我說「我覺得X」，你無法用語法正確的英文問我：「Does your feel have spatial properties?（你的覺得有空間性嗎？）」你可以問：「Do you feel with (or in) length and color?」這個問題合於語法，可還是「講不通」的。無論如何，有關X空間性的問題是很難用「覺得」而不用

---

3   Colin McGinn, *The Mysterious Flame* (NY: Basic Books, 1999), p. 109.

「感覺」來問出的。反過來說，要是我說「我有一個X
的感覺」，那麼同樣的問題 Does your feeling have spatial
properties?──就講得通了。不但在語法上講得通，而
且大有哲理，以致進了如柯林‧麥金這樣傑出的哲學
家的著作。可以看出，其原點為：兩者在日常用法中
並無實際差異（即「我覺得X」跟「我有一個X的感覺」
兩者之間）；而另一端是：選擇使用某一個或引出（也
許是造成？）一個重大哲學問題，或走另一方向，完全
不導出任何問題。[4]

麥金接著指出：數字，像看紅點的經驗一樣，是不占空間的。
他說：「我們不能問2這個數字與37這個數字所占的空間比較起
來如何。數字越大所占空間越大，這是毫無道理的。」然後他又
寫道：

> 賦予數字空間性是哲學家所謂的「歸類錯誤」的一個例
> 子，也就是討論事物時將其錯置於不屬的類別中去。
> 只有具體事物有空間性，抽象事物如數字或心理事物
> 如看見紅色的經驗，都不具空間性。[5]

對這一點，我在《解析》一書中說：

> 在我想像中，中國先秦哲學家也許會接受這一觀點，
> 但可能接著要問麥金：為什麼你覺得人生經驗是「抽象
> 事物」？這不也是歸類錯誤嗎？要是我看到一個紅點，
> 我不就是看到一個紅點嗎？紅點，不錯，是個事物，
> 但「我看到」不是事物，既不是具象也不是抽象事物。

---

4   Perry Link, *An Anatomy of Chinese: Rhythm, Metaphor, Politics* (Mass.:
     Harvard University Press, 2013), p. 230.

5   Colin McGinn, *The Mysterious Flame*, p. 110.

我看到就是我看到。要是你把它改為「我的視線所及」
或「我看到東西的經驗」，你是在進行一個語法行為，
可是那個語法行為沒有改變世界本質的力量。[6]

我曾多次把這個論點出示給研究哲學的朋友。他們都很客
氣，但一般都回答道：「你並沒有解答心物問題」。沒錯，我也認
為還沒解答。但我以為我的論點有助於解釋為何心物問題一直為
西方哲學家所熱中探討，尤其是笛卡爾（Descartes）之後；而中國
哲學家，不論佛教傳入之前或之後，雖然探討心靈，卻未陷於其
中。我也認為可以合理地提問：西方哲學家是否較占優勢？因為
西方語法使其以較清楚的說法呈現問題，或者中國哲學家較占優
勢，因為中文語法使其感覺並非問題呢？無論如何，我不同意著
名的概念隱喻理論家喬治‧雷可夫（George Lakoff）的看法，他主
張「實體隱喻」（雷可夫的用語，即我上文所說的「名詞化」）「在試
圖理性地討論經驗時是必要的」。[7]中國人，無論哲學家或普通人，
用的實體隱喻遠比說英語者少，然而一般說來在「理性地討論經
驗」時所遭遇的困難與說英語者殊無二致，並不更多，也不較少。

園藝

教中國話對我非常重要，不僅是事業經營，也是生活的一大
樂趣，值得一提。

我教初級中文將近三十年，多半在普林斯頓，也在哈佛、明
德和加州大學教過。初級語言課的學生人數往往比其他中國研究

6　*An Anatomy of Chinese: Rhythm, Metaphor, Politics*, p. 231.

7　Georger Lakoff and Mark Johnson, *Metaphors We Live By* (Chicago: Chicago University Press, 1980), p. 26.

課程多，因此幾年下來，我的語言課學生數目遠遠超過文學課學生，已經有好幾百了。有些也已卓然有成──大學校長、美國駐外大使、獲獎的新聞記者、美國學術團體協會（American Council of Learned Society）主席、商界富豪等等。他們在各個領域的成功與我無關，我僅僅有幸引導他們踏入中文門檻，然後便觀察他們成長。他們真是中文成語所說的「青出於藍」。

就某種意義來說，教語言的滿足感和教文學的大不相同。教語言的成果是可見的、可衡量的，教文學則多半不得而知。教文學的時候，我受某個短篇故事的刺激而興奮──文字的優美、道德深度、智力的挑戰等等──我感到有些學生也興奮起來。但最終一個課時結束甚或一門課程結束，學生確實學到了什麼？我不知道。我怎麼能知道呢？我可以考個試，可是試卷答案很少顯示文學對一個人真正的貢獻。幾年以前，有個1970年代普林斯頓我教過的學生在我演講後來跟我談話，她說：「林老師，你從前說的一些話改變了我的一生，謝謝你啊！」我問她我說了什麼。她告訴我的我完全不記得說過，老實說好像我根本就沒想到過。這件事讓我想起李維（Marion Levy, 1918–2002），1973年我到普大時，他是東亞研究系系主任。有人問他他教什麼。他說：「我不知道。我知道我想教什麼，我也知道課程介紹上說我教什麼，可是不知道我教的到底是什麼。」

語言教學則不同，基本上可以避免這種「不可知性」。語言教學跟園藝差不多：先整土（打造發音基礎，如聲調、捲舌音及其他難點），然後播種（詞彙和基本語法），接著澆水、施肥、提供日照（課堂練習、功課、富幽默感的老師），還得除草（拔除錯誤！）──而最終日積月累，生根發芽。像植物不知不覺地長大一樣，語言能力也自然成長。老師們要做的只是不斷地補給營養和修剪。九個月左右的初級課程結束以後，老師就能站在一旁點數

收穫了。她可以指著學生 (當然是比喻性用法) 說：「瞧！去年他一句中文也不會，現在會說了，還說得挺好！看見了吧？我做出了成績。」成果是顯而易見的，比衡量文學教授的收穫容易多了！

當然，任何一種語言的老師都享受得到園藝之趣。但教說英語的美國學生，有兩種額外獎勵。首先是，中文比歐洲語言更大地擴展了年輕人的心靈，由此可以獲得極大的滿足感。從「here is the table」到「voici la table」，跟大跨步跳到「桌子在這兒」兩相比較，前者簡直是微不足道。第二，人類近代史上有個巨大而不合理的失衡狀態，中文老師英勇地與這個狀態抗爭。這點需要進一步說明。

十九世紀，英國炮艦進逼中國沿海，實力懸殊，戰無不勝。許多中國人的總結是中國也需要現代武器與機械，因而需要製造大炮軍艦的現代科技，因而需要發展科技的「西學」，因而也就需要學習英語之類的「西語」。如此總結中國近代史固然過分簡略，卻足以說明我的論點：學習英語不是因為認定其本質優於中文，而是由於其他種種因素而覺得非學不可。近一世紀來無數中國人學習英語，許多人成績優異，但通曉中文的美國人卻寥寥無幾。1963年秋季，我在哈佛開始學中文的時候，班上只有十二個學生。

1980與90年代中國經濟崛興，哈佛等大學中文課人數增至數百人。如今有超過六萬名美國大學生上中文課，大約五萬多名高中生學中文。但這個增加遠遠不能矯正依然存在的巨大歷史性失衡。現在大約有五千萬中國高中生學英語，幾乎是學中文的美國高中生的一千倍 (而且是學英語的美國高中生的三倍)。也許有人會反駁說現狀並非真正失衡，因為中國的英語教學質量多半非常差。這個觀察正確，卻不能算是有力論據，因為除少數例外，美國高中的中文教學質量也很差。在較優秀的美國大學中文

項目任教的教師往往抱怨，一些高中開始學的學生到了大學還得從頭開始。

同時，英語支配全局的流弊仍在，甚至漢學界也習以為常。2013至2014年我因休假到了臺北的中央研究院，經常去聽各研究所的學術演講。有一天，我參加了歐美研究所關於休謨（David Hume, 1711–1776）的一個研討會。演講者是一位牛津來的英國哲學家，他用精鍊優美的英語演講，臺灣聽眾也以精確清晰的英語發問。我大為佩服，認為固當如是：英國學者談英國思想家，台上台下都說英語。然後又不免懷疑，情況倒過來的話，我們也會認為固當如是嗎？如果一位中國學者講王陽明，那麼在西方學術界，比如說哪所大學，或是亞洲研究協會（Association for Asian Studies）的哪一個討論群組，會用中文來演講，演講後的問答環節也使用中文呢？果真有人用中文講的話，可能有幾種反應。

一個是：「這怎麼行？我們不來這個。我們這兒說英語。」潛在而實際的含義就是「真正的學術研究以英語進行」。我確信每個研究中國的學者都見過，中文母語者艱難地以英語做報告，以符合所謂「嚴肅」學術研究的標準規範，甚至就像英語母語者通常犯的發音錯誤一樣，還故意錯讀中文姓名。另一種反應是讚美使用中文：真是大膽創新！充分表示了尊重中國文化！不過我擔心，掌聲雷動只是凸顯這個做法多麼少見而已。教中文，就是一個針對這類反應、令人快慰的或許有點兒不切實際的個人努力。

我的職業生涯多種多樣，但是其中沒有一個部分不是根植於我的中文學習。

02 安雅蘭
Julia F. Andrews

假如沒學中文，我的人生會大不相同

一個藝術史學家的經歷

安雅蘭，美國俄亥俄州立大學傑出講座教授，中國美術史教授。她是西方學術界中國現代美術史研究的奠基者。她敘述了進行研究及策劃展覽時，中文所發揮的重大作用。語言不僅僅是一種溝通工具，而且是深入一個專業領域的必要條件。

　　我在大學開始上一年級中文課，是因為想看懂畫上的題跋。我對中國和日本繪畫入了迷，但當時並不知道能以亞洲藝術史研究為業。有人給我推薦了明德學院（Middlebury College）的暑期項目，說這是中文入門最理想的學校。在明德，我的老師們以愉快而絲毫不苟的態度堅持學生發音正確，尤其是聲調。我們用一些對我毫無意義的音節來練習，很久以後我才知道我說的短語原來是「你喝醉了？」之類。

　　我習慣輕聲細語又生性害羞，老師可不讓我輕易過關。有一位老師花了一整個下午在語言實驗室的小隔間裡幫我練四聲，從唱音階開始。我是個沒有音樂細胞的人，覺得尷尬極了，可是他讓我信服，只要能分別高音和低音，就一定能掌握聲調。老師諄諄告誡，要我們隨時注意並不斷改錯，這便不再是個人語言天賦的問題，而成了慣常的自我修正了。發音正確總讓人覺得這個人中文不錯，這種嚴格的自律是我從老師獲得的第一個厚賜。第

二個是我的中文名字——雅蘭，讀音、意義和字形都極優美，總給人留下很好的第一印象，尤其是我需要跟研究繪畫的學者來往。這兩者對我的工作都很有幫助。

讀說中文的能力使我能夠開展我熱愛的事業。我長年在俄亥俄州立大學 (Ohio State University) 教亞洲藝術史，尤其是中國藝術。我所開的中國藝術課程範圍很廣，自新石器時代以至現代，但後來一個短期研究擴大成為毛澤東時代中國藝術專著，我的專業方向便逐漸集中在現當代藝術。我也在博物館工作過，策劃過不少展覽。

我的事業發展似乎是由一連串的偶發事件匯集而成，但至少有一部分與我會中文有關。沒有人真的「學完了」中文，但我能與人交談，也能掌握研究領域的特殊詞彙。職業譯員卻多數不能順暢地使用藝術史專門詞彙。他們往往略過不了解的地方，或者簡直譯成完全不同的東西。

明德暑校之後，我回到布朗 (Brown) 大學上本科四年級，同時繼續上中文課。當時因為進步不快而情緒低落，幸而我的中文老師吉米·雷恩 (Jimmy Wrenn) 適時地通知了我一個理想的工作機會——臺灣國立故宮博物院正招聘英語編輯。我申請到了這個工作，幾個月之後就開始在書畫處編輯《故宮通訊》(*National Palace Museum Bulletin*) 了。這是我第一個全職工作，在專用閱覽室隔壁，辦公室裡有六張桌子，兩兩相對，我就在這兒鍛鍊了以中文工作的能力。我們以中國話討論中國書畫、博物館的政治、文化活動或者隨意閒聊，我隨時都能聽到許多寶貴意見。博物院工作人員當時正在籌備一個前所未有的重要學術展覽《吳派畫九十年展》。學者專家來檢視館藏，我們就站在他們身後仔細傾聽，他們離開後還繼續熱烈討論。不久博物院請我翻譯一些手寫稿本，我依靠字典和一位慷慨大方的同事才完成了這項工作。

這位同事，胡賽蘭女士，坐在我的正對面。到現在我還記得她爽脆的笑聲，因為我指著問她不下百次的這個字，只不過是「所以」的「以」，中文字裡最簡單的一個字啊。

　　我的同事總是樂於助人，極有耐心，同時我們除中文以外絕不使用其他語言。辦公室裡的大小事件我全部參與，有些事跟我毫不相干，可是我的語言基礎因之逐漸增強，對以後的工作極有幫助。漸漸地，我在這個日後成為我專業的領域也能夠勝任愉快地工作了。我學到了字典裡沒有的專業詞彙，對重要畫作的作者與年代，無論已發表或未發表的爭論逐漸熟悉，對知名學者的學識與性格也頗有所聞。

　　臺灣的這個經驗堅定了我的志向，我看見的確有人從事我嚮往的工作，還能以之為生！我置身於博物館員之間，傾聽他們談論籌備中的展覽，斷定畫作的年代、真偽、流傳，閒話博物館的日常活動和人物。他們甚至對來訪的美國教授以及將來可能是我導師的專家說長道短。簡而言之，通過所有的這些，我對將來的工作領域在美國的狀況，以及外界對這個範圍的評論，都有了初步的認識。

　　經歷了手寫稿本的艱難翻譯工作以後，我意識到自己需要更多的古文訓練。我進了研究所以後，閱讀古文一定是學術研究的核心。所以我就辭了博物館的工作，去了位於國立臺灣大學的史丹福中心學習古文、古詩、畫論、讀報，為了趣味還讀了現代小說，甚至學了一點臺語。

＊　　＊　　＊

　　1977年，我去了加州柏克萊（University of California, Berkeley）上研究所。我的導師詹姆士·卡希爾（James Cahill）在1973和

1977兩次參加代表團去了中華人民共和國，有機會親見也拍攝了許多收藏於大陸，且大陸以外看不到的著名畫作，許多研究生也都熱切地盼望能夠做出類似的突破。我當時中文能力已達相當水平，又有中國藝術史的學歷，加上論文題目是晚明繪畫，因此獲得美國國家科學院美中學術交流委員會（National Academy of Sciences Committee on Scholarly Communication with the PRC）的論文資助，在1980秋季去了北京。我被送到中央美術學院，當時是中國藝術史碩博班唯一接收外國學生的學院。這是決定以後事業軌跡的許多偶然事件之一，因為中央美術學院是中國最負盛名的藝術學院，過去三十年來培植了一大批重要的藝術家和藝術史家。我免除了北京外國語學院一年的語言訓練，直接搬進了中央美院的宿舍，我接觸的人除了俄語以外什麼外語都不會說。甚至那兒的外國學生——兩個日本人、兩個瑞典人、兩個德國人、一個挪威人、一個法國人、一個澳大利亞人，還有我——我們的共同語言也只有中文。

臺灣的兩年堅定了我研究中國繪畫的決心；在中央美院的這三個學期，對我的研究方向也產生了同樣深遠的影響。當年中央美院的藝術史課程相當好，只是教學法與美國的大相逕庭。我們的教科書是滾筒油印的簡體字本，讓我們很快地熟識了簡體字。教授幾乎全無教外國學生的經驗，他們就跟教中國學生一樣的講課，對我們了解中國藝術史倒是很好的聽力訓練，而且他們提供了極富啟發性的課程如民俗藝術、中國考古、古典繪畫理論等等。另外還有精彩絕倫的特邀講座，如啟功先生講書法，王世襄先生講家具。我還很幸運有位年長的私人教授張安治先生，他在倫敦讀過書，住在西單的一個小小四合院落裡，每星期我騎單車到他那兒去是一件非常愉快的事。

中央美院民俗藝術的教授也是位京劇迷，他在學生時代便替

學校收集了大量民俗藝品，講起其重要性、功能、歷史與製造總是興致盎然，滔滔不絕。我本來對當代中國的政治理論一無所知，因而在精心設計的馬列主義──毛澤東思想框架下的考古學課上，我也迅速學到了不少。畫論由一位極博學的年輕教授授課，他自幼就隨北京幾位藝壇耆宿習畫。他講話很快，隨口引用古文，彷彿跟他學問淵博的老教授談話似的，結果我只記得他一口漂亮的京片子和他當杯子的玻璃罐裡茶水有多清澈。二十年後，他到俄亥俄州立大學擔任客座教授，開了幾門精彩的課，仍然隨口引經據典，使他的聽眾目眩神搖。不過這個時候他終於了解，最好把古文寫在黑板上，並且用現代漢語向他們講解一番了。

　　經由中央美院幾位導師的協助，在北京待了好幾個月後，我終於看到了一些我計劃研究的畫作，但我的論文仍然沒有什麼實質進展。當地圖書館多半不能運作（書卡在文革時期被丟棄），負責人員大都心存疑懼以及各種負面情緒，使得獲取借閱許可曠日廢時，極度困難。

　　不久我便決定對接觸得到的多做研究，不再為接觸不到的白費心思。故宮離王府井中央美院的校園不過是騎單車短短的一段路程。我在故宮陳列室花費了好幾個星期仔細觀看明代院體和浙派名家的展覽。在缺乏出版目錄的狀況下，我詳細抄錄只有中文的題簽，並做了畫作的草圖和筆記。

　　中央美院明白這個展覽對外國學生是個很好的學習機會，就給我們安排了一個與策展團隊的問答座談。當時與外國人的來往仍嚴格受限，主要策展人不能單獨跟我們談話，必須與一群策展人員一同前來（萬一有任何「不當言論」就有人能立刻上報）。在臺灣戒嚴時期生活過的外國學生都知道，在公開場合人們說話都很謹慎，但這又是另一形態的控制，也讓我們見識到毛澤東思想高漲時期生活狀況的蛛絲馬跡。

　　因為我意識到中西藝術史家的相互交流將來會非常重要，所以我認真地準備了一串問題請教主要策展者。時機到了的時候，我就以最大音量和清晰聲調向他們提出。事後回想，這可以算是我在中國藝術史圈內初露頭角。當時在場的年輕策展人員有好幾個畢業於中央美院藝術史系，其中一位後來與我合作研究，而且成了故宮博物院院長辦公室的主要行政人員，又擔任了書畫組的組長。二十多年後，我們還請他與他在上海的孿生兄弟，一位齊名的藝術史家，在俄亥俄州立大學開了明代繪畫課。

　　中央美院每學期都舉辦實地考察，到中國各地參觀佛教洞窟、考古博物館、風景名勝、民俗藝品作坊，或繪畫特展等等。在校內我們周遭的學生卻多半學習油畫、國畫、版畫和雕塑。他們的作品與我所研究的中國古典藝術絕不相類，與西方當代藝術也不相同。我對此十分好奇，但我得先完成論文，因此在多年以後我才進一步研究這類作品。

＊　　＊　　＊

　　從柏克萊畢業拿到博士學位以後，我在洛杉磯藝術博物館遠東藝術部門擔任助理館長。我的中文能力這時就發揮了作用：我研究展品，打電話給中國安排考古展，也翻譯中國外借單位提供的目錄。我建議博物館開始收藏現代中國繪畫，但是他們告訴我這不屬於遠東藝術部門的收藏範圍，而是現當代藝術部門的職責，然而他們並不感興趣。

　　我在博物館工作的第二年，德菲基金會（Durfee Foundation）來了一個通知，為洛杉磯公立機構的員工提供一個很特別的機會，名稱是「美／中探索資金項目」（American / Chinese Adventure Capital Program）。這個項目為長期居住在中國的員工提供資助，其雇主必須同意申請人休假，而所從事的研究應當與其本職無

關。由於當代藝術與我博物館的工作不相關，我就申請在中國居住三個月來研究我在中央美院時期十分感興趣的一些問題，尤其是文化大革命的藝術遺緒對當代藝術的影響。當時我們正在準備將於1987年展出的考古展「追求永恆」(Quest for Eternity) 的展出目錄，我向博物館館長保證所有的翻譯都會及時完成，他終於准許我在1986年秋季休假前往中國。

我本來的計劃是用這幾個月研究當代藝術，寫幾個短篇報告，但沒想到問題越挖越多。我用的研究方法，是對藝術界的老畫家做非正式的採訪，以及閱讀我找到的任何相關材料。我的受訪者生活態度和性情各異，他們對我傾訴自己或他人的生活經歷，有時論述個人對文革的看法、剖析事故的原因。文革創巨痛深，人人都感傷過去，同時也寄望將來。我是第一批前來訪問這些藝術家的外國人，而且幾乎處處受到熱烈的歡迎。我跟他們以中國話交談，立即消除了隔閡，建立了相互溝通的共同基礎。有些藝術家對我說：「你也在中央美術學院念過書啊！那我們是校友嘍！」他們跟我的談話要比透過譯員傳達坦誠、隨意得多。有好些人送給我書籍、雜誌等等，或者讓我拍攝他們的作品。還有人給我介紹其他我應該訪談的人物，這些都是極有價值的幫助。

隨著搜集來的材料快速增加，我讀說中文的能力自然也日形重要。當代藝術對我是個全新領域，因而初步的訪談問題往往非常簡單。我常聽不懂機關名字、官方程序，人名也不認識。我不時問一個詞兒或名字怎麼寫，這種無知使他們不得不給我詳細解釋程序運作或說明人物。這樣的「小型授課」又常常引出另一些有趣的話題。要是有一個譯員在我們之間，我對一些名詞的無知就不可能激起那些豐富多彩的解說，新的話題也就無從浮現了。

我最初的研究主題是1980年代的藝術家為什麼擺脫不了文革遺風。然而，我很快就發現他們思考這些問題的時候總是從1950年代的政策變動談起，尤其是1957年的反右運動，我的研

究因此就得擴大範圍。一位老藝術家，是1940年代革命基地延安木刻版畫運動的前輩，他對我說明自己對過去的看法：反右運動（1957–58）是文革的預演，而延安整風運動（1941–42）又是反右運動的演習。他是一位老黨員，幾乎將所有災難歸咎於毛澤東。許多過去的右派分子在1980年代中期都相信反右運動的冤假錯案很快將由黨糾正並全面平反。我聽到了許多關於反右運動的討論，也認識到這個運動對藝術家以至整個藝術界的影響多麼重大。

　　人們同情被打為右派的同事，但對他們為什麼倒楣卻往往有不同解釋。有的歸咎於那個人在1950年代的某些作為，或者更早發生的一些事件；有的指出其性格缺失，還有人談到人際的一些小衝突，政策反覆時站錯了邊，或其他各種各樣的原因，甚至會提到右派某某跟告發人某某從前追過同一個女孩。人們在不同情況下來往，因而各有不同的說法這是正常合理。可是我傾聽的同時卻注意到，有些平時自主思考的人對過去某些事件的回憶完全一致，甚至敘述時遣詞用字都完全一樣。要不是我聽的是中文原文，我絕對發現不了這個怪現象，因為任何一個中文句子都可能有幾種不同的英文翻譯，不同的譯者也不太可能都選用完全一樣的詞語。

　　後來我在黨出版的中文藝術期刊上讀到對大右派的批判文字，才發覺受訪者那些所謂的「回憶」，實際上是談論反右運動的官方套語。有些罪名完全是虛構的，有些罪名經誇大或扭曲以證實其「反革命」的惡劣行徑，凡此一切都是宣傳機器的產品。政府宣傳能如此深植人心使我驚詫萬分，即使智慧和教育也不能使人免疫。唯一沒有被完全煽惑的是那些與之有親密個人關係的人；對他們來說，過去的記憶始終鮮明，持久不變。

　　當然，我個人驚悟到宣傳能蠱惑人心並不是什麼重大的新發現，可是宣傳的影響這麼長久，扭曲社會集體記憶的力道又這麼

強大，還是使我印象深刻甚或十分沮喪。這個宣傳機器至今仍在運作，所以注意到它的陰影何時籠罩和範圍有多大，對我這個普通老百姓的教書、研究和生活還是具有重大意義。要不是我親耳聽到中文原文，我就不可能注意到這些，更不要說深為震撼了。

*　　*　　*

　　這個1986中國之旅的研究成果《中華人民共和國的畫家與政治，1949–1979》(*Painters and Politics in the People's Republic of China, 1949–1979*) 一書在1994年出版問世。第二年春季，我接到紐約古根海姆博物館 (Guggenheim Museum) 的電話，問我是否願意協助籌辦一個展示中國自古至今全面藝術歷史的展覽。博物館館長湯姆・克藍斯 (Tom Krens) 後來告訴我，當時他是想介紹「中國藝術全貌」。古根海姆的展出和特長都不在古代藝術，他卻認為觀賞者必須有中國古代藝術的背景，才能較好地了解中國當代藝術。他和副館長傑伊・萊文森 (Jay Levenson) 一起說服了克利夫蘭博物館 (Cleveland Museum) 的退休館長謝爾曼・李 (Sherman E. Lee) 主管前現代 (pre-modern) 的部分，要我主管現代部分，並且計劃向中國借展藝術品。

　　我立刻抓住這個機會。自1981年底在中央美術學院完成論文回國後，我一直對美國主要的現當代藝術組織有些不滿，他們號稱「國際化」，卻只展覽西歐和美國藝術家的作品。這通紐約來電似乎顯示我個人在這方面也許能有些貢獻。

　　企劃中的雙方稱之為「中方」與「美方」，工作之初對合作成果有截然不同的期盼。我的職責是充當雙方之間的橋梁，要是不能各以其語言交談，肯定無法順利進行。

　　1995年秋季，我在紐約跟謝爾曼・李、古根海姆人員和中方人員會面。中方其實包括兩組，有兩個極其不同的議題。第

一組是為國家文物局工作，有考古學家、藝術史家與文物保護專家支援，組織國外的考古文物展覽有豐富經驗。在國務院贊助下，不論明言或不明言的工作目標都是展出文化寶藏來展現中國的軟實力。謝爾曼・李將與他們合作。

另外一組，將要與我共事的，是隸屬文化部的一個團隊，過去從來沒有跟博物館來往的經驗。美國各地中國城的書店往往附有畫廊，我們後來發現，這個團隊的主要工作就是在這些畫廊的隨機展覽中幫助畫家推銷作品，為文化部取得急需的強勢貨幣。當時中國缺乏畫廊或拍賣行，這類國營商業交易對文化部及其偏愛的畫家的確有其作用，但是用來籌辦博物館的重要展覽卻很不合適。這一組帶來清單，列出為我們準備的最新寫實油畫，號稱都是當代「主流」作品，與中國藝術家協會主辦的官方畫展作品同屬一類。

這第二組的選畫角度存在不少問題。在整體展覽中，現代部分必須與謝爾曼・李策劃的前現代部分銜接起來。因此我們得關注水墨畫在十八世紀後的發展，再說古根海姆傳統上是個非具象藝術博物館，因此中國1949年之前的現代主義藝術也是不可忽略的。在1990年代中期，這些十九、二十世紀的水墨畫或現代主義作品都未曾以任何語言研究過。此外，還有社會主義現實主義藝術，儘管其內容頗有爭議，卻是連結毛澤東時代和當今藝術的重要環節。

從這個角度來看，這組提供的當代現實主義油畫，所謂的「主流」顯然是不夠的。1980年代在紐約有個別畫家展覽過類似作品，幾乎沒引起任何藝評家的注意。甚至在中國這類作品也成了問題。中國政府對六四運動下了重手，過去畫家們樂於參與的一些國家主辦的活動因而聲譽大減。例如一位過去在蘇聯習畫的油畫教授，以前一直是官方藝術的中堅分子，他表示以後不再參

加官方展覽了，我聽說以後感到非常意外。於是我們告訴對方，展覽的現代部分必須更具歷史意義，我們要根據這個原則挑選作品。我對及時籌足展品和說服對方都很悲觀，就聘請了一位有靈活交涉技巧的上海裔美籍藝術史家沈揆一，擔任現代部分的副主管。

我們的提議是前所未有的，合作的中方又是畫家而非藝術史家，並沒有這樣的眼光。古根海姆的館長可能是有些概念的，但他當時忙於西班牙畢爾包（Bilbao）新館的建設，根本沒時間干預展覽策劃或旅行費用，所以我們還算是很幸運。為了尋找畫作我們飛到中國十幾次，跑遍了中國各地的博物館和畫廊的貯畫室，興致勃勃地竭力搜尋。我們造訪的博物館館長一般都了解我們的構想：要呈現一個相當明顯易懂的，也可以說是修正主義的歷史性闡述，將現代主義與傳統主義都視為積極性的發展勢力。他們本身做不到，一來資源不足，再者他們還受到官僚機構的壓制。

當時中國的藝術市場幾乎在休眠狀態，所以租借畫作的時候，不必像今天這樣為租賃費用大費周章。然而，我們卻遇到另一種困難：有的博物館從來沒聽說過古根海姆。我們得費盡唇舌讓他們相信這的確是個聲名卓著的機構（就在法蘭克・洛依・萊特〔Frank Lloyd Wright〕大樓揭幕以後不久，我看到了一個批判古根海姆的短篇文章刊登在黨的藝術期刊上，可能年輕一代的館長並沒讀到）。無論如何，地方博物館都同意租借畫作，最終我們把兩百多幅作品按照字母次序排列的清單交給北京當局。北京方面滿意之餘，也就不再問我們計劃怎麼做歷史性闡述了。

展覽的結果令人非常滿意。展出質量震動了美國藝術界人士，一般觀眾也看到了現代中國歷史的一個側面前所未有地直接呈現在他們面前。紐約展覽結束以後，1998夏季在畢爾包古根海姆新館繼續展出，藝術史家從歐洲各地前往觀賞。經俄亥俄州

立大學藝術系協助，我以所有的題簽與畫作圖像建立了網上展覽，在1998年這還是一個相當創新的概念，我們的這一個網上展覽就被世界各地以英語教學的大學用為上課材料。美觀的全彩印刷展覽目錄平裝本以平價賣出，美國各大學也以之為教科書，開設了現代中國藝術課程。在古根海姆的大力支持下，中國藝術史的一個新分支領域——現代中國藝術，就在學術界正式誕生了。

會說中國話產生了什麼作用呢？我認為一個不懂中文、對中國沒有任何認識的策展者，很可能會將二十世紀的藝術史全部略去，只選擇一批符合西方標準的當代畫作。這個做法與西方當時對中國藝術史的陳述倒是相符：以為中國藝術的偉大成就止於1725年（譯註：清雍正三年）。這種看法導致的必然結果就是妄自尊大：認為中國藝術家唯有掌握西方後現代主義的準則之後，才能重新進入全球文化圈。我們在古根海姆展出的內容較之要複雜多了。

就我們所知，在中國沒有任何人對我們的策展方案做出正面或負面的評論，但我們確實知道，我們送往北京的展覽目錄副本，未經官方事先批准或審查刪改，並沒有分送給作品出借單位。然而，這些作品歸還中國之後不久，借出許多作品給我們的中國美術館就舉辦了一個展覽，當中包括了我們借來的展品，以及他們的一些館藏。策展者基本上沿用了我們的結構，但毛澤東時代受批判的傳統水墨畫和現代主義油畫、版畫，他們的收藏不豐，也許還有其他原因，他們的展覽比我們的更偏重社會主義現實主義以及歐洲學院主義。在古根海姆的展覽中，我們選擇社會主義現實主義作品的用意，是要說明毛澤東時代文藝政策下形式觀念的演變，並不是（如一兩位美國藝評家所誤以為的）要向美國公眾傳達這些畫作原本蓄意展現的政治政策。中國美術館的

這個展覽，在中國開創了一個新的做法，就是把社會主義現實主義作品作為純畫作展出，而不涉及其政治意涵，這是令人十分欣慰的。

後來，中國美術館居然展出了我們心嚮往之而沒借到的一幅畫的兩個版本。董希文的《開國大典》(1952–53)在完成後因應政治變動而多次修改，可是美術館保存了文革末期董的學生按原貌忠實臨摹的臨本。兩個版本並列展出，觀賞者一方面能夠比較兩代傑出畫家的技巧，同時也能看見竄改歷史的真實狀況。固然有人認為宣傳性作品被後代誤解或被後代再利用也還會造成傷害，然而古根海姆的展覽，不但開拓了西方學術界現當代中國藝術史研究的新領域，也間接給中國的藝術展示帶來重大變動，其正面效應是不可忽視的。古根海姆的展覽是我參與過的最有意義的艱巨項目之一，而如果我不會說中國話，這一切都不可能發生。

如果沒學中文，且不談我的個人生活，我的職業生涯會是怎麼樣的？實在無法想像。

03 何 瞻
James M. Hargett

無巧不成書

何瞻是一位傑出的學者,現任
紐約州立大學奧爾巴尼分校東
亞研究系中國文學教授。何瞻
研究中國古典文學,尤其專注
於宋代文學。他對中文口語的
熟練掌握及多年來對美國學生
的漢語教學也同樣為人稱道。
他的這篇文章,與高德思所寫
的那篇一樣,講述了中文學習
在無意中決定了人生軌跡。

> 如果其發生並無因果關係卻似乎相互關聯,那麼種種
> 事件都是「有意義的巧合」。
>
> —— 理查 · 塔納斯 (Richard Tarnas)

「無巧不成書」這句成語,可以說把我的漢學研究之途說明
得淋漓盡致。

我父親無意之間開啟了這條道路。1940年代初期,他還是
個年輕人,偶然看到了紐約市當地報上的一則招聘廣告。廣告大
致是這麼寫的:

誠徵:海外築路工程師。
待遇佳。不需大學學歷。

父親當時年輕而且性好冒險,就去應徵。面談之後,得了
一個「海外工程」工作。他第一個工作地在四川成都。父親後來
對我描述時是這麼說的:「日本人炸了成都附近的機場以後,我

們的活兒(『我們』包括他手下的一批中國工人)就是去修好柏油路面,讓P-40起飛,把日本轟炸機打下來。」我過了好久才知道P-40是什麼。這些飛機其實是陳納德(Claire Chennault, 1893-1958)將軍和他的「飛虎隊」戰鬥機,二戰時期擊落了大約二千五百架日本飛機。

戰後父親回到布魯克林,幹過好多不同的工程工作(他始終沒拿到大學文憑)。後來在1960年代初期,機緣湊巧,他碰到了一個重慶來的老國民黨,跟他談起在臺灣的一些「賺大錢」的「工程工作機會」。這個時候,我們一家已經有五口人了。我媽堅決反對「搬到泰國的叢林去」(對她來說,連新澤西都彷彿是外國異地,又何必分清「臺灣」和「泰國」呢!)。到現在我還不明白我爸是怎麼說動她的,反正後來我們全家都搬到臺灣去了。

我們到了左營,在臺灣南部的高雄附近,分配到了坐落在「海友村」(海外友人之村)的一棟小房子,鄰近海軍基地。我還清楚地記得,我們的「別墅」裡有飛來飛去的蟑螂,後院裡還有長長的青蛇。在「泰國叢林」裡只住了兩個星期,我媽、我哥哥和我就坐飛機回布魯克林了。

我媽和哥哥再也沒回臺灣去過。我爸卻斷斷續續在臺灣工作了將近十年。他堅持要我經常去看他。我是家裡的老么,也是他最疼愛的一個,實在不能違背他的意思,可是說實話,我真討厭這一趟一趟的飛行。不過我倒是藉機交了幾個中國朋友,也學會了一點兒中國話(我的朋友們都說國語,不說臺語,因為他們都來自外省家庭,是1949年國民黨被共產黨打敗以後撤退到臺灣的)。我能說一點兒,可是讀得很少,寫是完全不會。後來父親的工作結束回到布魯克林,「臺灣故事」就此告終。我們一家搬到康州(找到了另一份工程工作),我上了當地高中和橋港

大學 (University of Bridgeport)。當時我完全沒想過臺灣或者任何
「中國東西」會在我的一生中扮演任何角色。

　　大學二年級的時候，父親建議我將來當律師。他從來沒說
過為什麼這是個好行業，可我總以為跟好「訟師」(律師) 能「賺
大錢」有關。父命難違，我選了政治學為主修科目。必修課之一
是比較政治學，教授是個一頭紅髮的年輕人，名字叫威廉・霍華
德・塔虎脫 (William Howard Taft, Jr.,)，是美國第二十七任總統
威廉・塔虎脫 (William Taft) 的後代。他指派每個學生就一道題
目做期末報告，巧的是我分配到了「中蘇分裂」。我讀的材料越
來越多，加上塔虎脫教授的積極鼓勵，我對「中國東西」的興趣
就重新燃起。我到現在還不太明白到底是什麼火花激發了我，也
不知道跟早期的臺灣經驗是否有點兒關係。無論如何，這是我生
平第一次真正對「學術」產生了興趣。後來我又選了好幾門吳衛
平教授的中國歷史課，吳教授是著名的哈佛中國歷史學家楊聯陞
的女婿。到了大四，我已經對「中國東西」深深著了迷。

　　快畢業的時候，我發現自己對當「訟師」一點兒興趣也沒有，
父親知道以後簡直是失望到無以復加。吳教授建議我正式地學點
中國語言，也許拿個中國研究的碩士學位。我並不知道這些作為
將來會帶來什麼發展，但是畢業之前我已經走了重要的兩步：報
名上聖路易華盛頓大學 (Washington University) 的暑期密集一年
級中文課，並申請了亞利桑那大學 (University of Arizona) 的東亞
研究碩士項目。

　　沒想到，暑期課程的中文老師不是中國人，而是個名叫加
里・提普頓 (Gary Tipton) 的美國白人。那年夏天整整八個星期，
聽到他跟中國助教一起說中文說得那麼流暢，我總是驚嘆不已，
提普頓教授立刻成了我第一位人生楷模。

那個暑期我的語言課成績相當好，可是將來做一個漢學家或是職業語言教師還是完全不在我的計劃中。除了觀察我的老師以外，我對教書一無所知。

在亞利桑那一年以後，我轉到印第安納大學(Indiana University)攻讀古文和中國古代與現代文學。印第安納的教授如柳無忌、羅郁正和歐陽楨諸位前輩，對我日後的生活和事業都有深刻影響。雖說指導學生是導師的職責，不過印第安納的教授對我的幫助遠遠不止於此。他們引導我進入中國古典文學的絕妙世界，更重要的是幫助我找到了人生的志趣。

又是機緣湊巧，在印第安納的第二年，中文課的助教忽然病了，大學急需代課老師。我的教授就推薦了我，雖然嚇得要死，我還是同意試試。當時沒有人指導，缺乏訓練，也沒有時間去聽其他老師的課，所以我決定模仿郭殿坤老師的課堂教法。郭老師是我在1973年明德暑校(Middlebury College Summer Language School)三年級的中文老師。郭老師是我遇到過的最優秀的語言教師。他能以學生理解的詞語解釋語法與詞彙的用法；他吸引所有學生的注意，並且總是以輕鬆幽默的態度和友善而激勵學生的語氣，認真改正學生的錯誤。

使我十分驚喜的是，印第安納中文一年級的學生給了我的小班練習課很高的評價，對我是個很大的鼓舞。我也許能真的成長，變得像我的這些人生楷模一樣？獲得博士學位以後，我在明德大學、科羅拉多大學(University of Colorado)和普林斯頓北京培訓班任教。後來我主要的教學事業都在紐約州立大學奧爾巴尼分校(University of New York at Albany)。

*　　*　　*

　　現在言歸正傳，學習中文對我的事業到底有過什麼幫助？回答再簡單不過：學習中文，開創了我的整個事業。中國話說得好，讓我獲得第一份教職，古代漢語的閱讀能力讓我能從事漢學研究。說來奇怪，優秀的口語能力不是我這一代漢學家所擅長。原因很多，其中之一是自1950到1970年代，中國基本上對西方封閉，年輕的中國古典文學學者就去日本做論文研究，所以他們精通日語，可是只能說一點兒中文或是根本不會。我的語言能力因而使我突出於眾人，為我開啟了許多大門。1980年代初期，我尋找教職的時候，聘用單位認識到我能教語言課，也能用英語教其他有關中國的課程，這在當時是一個相當突出的條件。今天的情況卻有些不同了，謀求中國文學教職的學者，對某專題有淵博知識和具備中國語言能力都是必要的，尤其是在小型學院，這位唯一長期在校的中國專家，校方往往要求他同時教語言和歷史、文學、電影等等課程。

　　我在1980年代初次到中國的時候，中文口語能力也大起作用。當時在中國的外國人很少，會說中文的白人更不常見，所以我受到大量的注意。我有機會接觸許許多多不會英語又想結識外國人的人。有段時間似乎人人想跟我交朋友，可是其中有人別有用心。我記得有位女士要我跟她女兒結婚，把她帶到美國「上哈佛」。有的野心不那麼大，以為我能幫他們搞到美國簽證，或者是個練英語的好對象。當然我也遇見了很多親切真誠的人，除了友誼別無所求，只想在一起享受交友的樂趣，我好來往的個性肯定也起了作用。不記得誰說過：「真實的友情超越任何界限」，我相信這句話，而且我能以親身經驗證實，良好的語言能力的確能夠破冰，開啟友誼的大門。

　　在工作層面，中文能力的重要性就更明顯了。漢學家跟別的學者一樣，都經常搜尋原始資料，有些還相當罕見。對1980

年代的學者來說，這就意味著設法進入不太歡迎外國人的中國圖
書館。

　　讓我舉個例子吧。為博士論文做研究的時候，我去了杭州
的浙江省圖書館古籍部，想看看明版和清版的宋代詩人陳與義
（1090–1138）的詩集，那是我博士論文的研究主題。當然，我是
文件齊全地到圖書館的：護照、學習計劃、幾封介紹信，還帶著
一些外匯券，可是這些還不夠，我得先得到館長首肯。但每次我
到圖書館想見他，前台那位穿著灰色毛裝的女士（從來不笑也不
正視）總是說：「今天不能見館長，他出差了。」我問他什麼時候
回來？板臉女士就含糊地回一句，還是不正眼看我：「不清楚。」
顯然她是不要讓我侵入圖書館！難道是怕外國人偷窺禁閱的內部
資料？

　　幾個禮拜以後，在杭州著名的飯館「樓外樓」的一個飯局裡，
我湊巧遇到了這位館長，更巧的是他也姓何，跟我的中文名字
「何瞻」一個姓。何館長跟一般的政府官員一樣，板著臉，很冷
淡。我納悶：到底該怎麼打通這個關節進到圖書館裡去呢？靈機
一動，我決定採取一個在中國場合百戰百勝的手段——幽默。

　　我對他說：「館長，您姓何，我也姓何，我們是本家吧？」

　　這個小花招打破了僵局，我們終於聊了起來。聊著聊著，
館長隨口問起我的家庭背景，我趕緊抓住這個機會，告訴他我父
親二戰時期在四川跟飛虎隊一起工作。這可引起了他的興趣。
接著幾杯白酒下肚，我們高談闊論起來。分手的時候，我就提起
我想看看圖書館裡的一些資料。果不其然，第二天我就拿到了
入館許可。板臉女士對此特不滿意，我經過的時候她總怒目而
視。何館長倒一直很親切，他常特意出來把我介紹給人，而且
每一次都說：「這位美國來的研究生叫何瞻。他父親是飛虎隊
的。二戰的時候，殺了不少日本鬼子。」

　　這個故事的寓意很清楚：用一點兒幽默和語言技巧，一扇門（在這兒是真正的一扇門）就會為之大開，否則就永遠不得其門而入。這個做法，甚至在三十多年後我還能受惠，再舉一個例子吧。2017年1月，我到了臺灣，在臺北的國家圖書館做一個學期的研究和寫作。我跟圖書館接待人員第一次談話，有個人便說：「你提交的研究計劃有中英兩個版本，我們很驚喜，多數受到我們研究資助的外國學者都只提英文版本。」這次談話全用中文，顯然讓他們很樂意跟我打交道。我是怎麼知道的呢？當然是「心領神會」啦！不過我也有具體證據。我的資助開始的第一天，研究費的第一筆款項跟機票報銷就進了我臺灣的銀行帳戶，我還分配到了一間個人研究室和電腦。過了幾天我見到一位歐洲來的漢學家，也在同樣的資助項目下在圖書館做研究。她受到的待遇可完全不同。她對我抱怨：「我等了好幾個星期才拿到機票報銷！」她說：「他們可真喜歡你啊！」我覺得其實不是他們「喜歡我」，而是我用中文說、用中文寫幫了大忙。

　　老外只要努力說中國話，中國人總是非常高興，甚至含糊地說句沒聲調的「你好嗎？」，他們也會讚賞有加：「哎喲，你說得真棒！」這是一種不由自主的適當反應，往往很不正確，可還是表達了誠摯的善意。

　　這種誠摯的善意，就是對中國文化的方方面面得窺堂奧的開端。中文越好，這扇門敞得越開。我認為這是由於中國人，尤其是受過教育的中國人，發現「溝通」是真正可能的時候，他們很樂於擺脫文化上的障礙。固然，不論中文說得怎麼樣，我們在中國始終是個「老外」，可是我在中國遇見的學者，在能相互溝通的狀況下，總是積極主動地交流意見，一般的中國人也是這樣，儘管程度稍有不同。要是中文說得好，你就更容易為人接受，更容易受到歡迎。不知道為什麼，日本人在這方面彷彿有些不同。

＊　＊　＊

作為一個語言教師，我經常鼓勵學生利用語言來深入文化之中：「出去認識人！跟他們聊起來！在公園裡在藝術展上什麼地方都行。看看外頭有些什麼活動，然後就去參加。要是碰到一個你喜歡的傢伙，就請他吃中飯、吃晚飯，或者請他唱卡拉OK。」我發現唱歌特別有用。在奧爾巴尼我一般教三年級現代漢語，我的課程計劃裡就包括了學幾首中國流行歌曲。好些奧爾巴尼的學生從臺灣或中國回來以後告訴我，唱歌的作用可真不小。

說中文也不只是用幾個中國詞就行了。有人告訴我，他們觀察到我跟中國人交談的時候，語調和肢體語言都有些具體可見的改變。我的這種舉止確實存在，可是我不太明白是怎麼來的。我猜這是出於不自覺地想模仿我的老師，尤其是郭老師。且不管出於什麼原因，我常鼓勵學生模仿母語使用者，特別是在社交場合。當然，模仿還是得建立在一定的基礎上：正確的發音、聲調、詞彙、語法、成語的恰當使用等等，這些基本要求都能寫在教科書上。但是怎麼「像個中國人」卻是只能意會不能言傳的，這個時候「模仿」就是最有效的辦法了。例如在某些時候該用較柔和或謙恭的語氣說話（如一對一時回應老師的問話），在某些時候稍稍低頭避免直視（如與年高德劭者談話），用雙手遞送物件（如將試卷交給老師）。我在課堂上提出這些具體例子，也教一些禮貌的主要原則，如謙虛自抑，抬舉對方；又如受到讚美的時候，恰當的反應是說「哪裡！哪裡！」（表示這個讚美哪兒合於事實呢），而不是說「謝謝！」（似乎表示這個誇讚是正確的）。但並不是所有的微妙之處都能加以分析而教給別人，所以我鼓勵學生步入廣大的中文世界的時候，就盡量地觀察跟模仿。

也許有人要問：現代漢語能力（包括口語）對古文的研究有多重要呢？我專門研究的詩畢竟是千年以前的作品啊！然而我卻發現，現代漢語的能力極其重要。用英語的話，似乎是一個外來者向內窺探。但用現代漢語，就使研究者與中國學者很容易建立密切關係。我在臺灣做博士論文研究的時候，聽說臺灣大學的鄭騫教授剛出版了一冊陳與義詩集評註，正是我研究的主題。我有幸見到了鄭教授，他同意幫助我通讀陳與義的詩。我們所有的對話都以現代漢語進行，除此之外別無他法，因為學問淵博的鄭教授不說英語。簡直可以說，我現代漢語的能力成就了我的論文。

從個人角度來看，回顧我的漢學研究生涯，我認為對我最重要的，不是出版的著作，不是發表的文章，而是多年來結交的老師、朋友和學生。在上文中我已經提過我的幾位老師。與我同輩的同事們，無論在美國還是在太平洋彼岸，對我也都同樣影響重大。我的學生更是在各自的崗位上不斷熱心奉獻。我不能一一列舉，只想提出一位。我寫這篇文章之前不久，看了「教授排行榜」網站上對耶利米・莫瑞 (Jeremy Murray) 的評論。加州州立大學聖伯納迪諾 (San Bernardino) 分校的學生給他的評語是這樣的：「非常熱心、熱愛課題、幽默風趣、答問清楚。全心全意為學生服務……」看到這些話，我的感想是：我對他的教學態度有過一絲半縷的影響的話，我也僅僅是個中間人，這種精神其實是我的老師們傳授給我的。學習中文對我遠遠不只是掌握一個工具，而是我生活中美好經歷的核心。

04 田安
Anna M. Shields

田安，普林斯頓大學東亞研究系教授，研究唐、五代與北宋文學，尤其專注於文學史，以及新文體、新風格的形成、文學與社會變動的關係等等。以非華裔、非母語者的背景，她對現代漢語和中國古典文學的教與學兩方面都做了深刻思考。

古與今
悠遊於現代漢語和
中國古典文學的旅程

　　我本來是不太可能學中國語言和文學的。我是個七、八十年代在阿拉巴馬郊區長大的白人女孩，童年時候沒有什麼亞裔朋友，也沒有中國玩伴，除了偶爾吃個蛋捲以外，完全沒接觸過中國文化，沒有任何當地事物激勵我學中文。我九歲起就學法文而且非常喜愛，發覺自己有些語言和音樂天分，但美國和歐洲以外的世界對我還是一片神秘。直到上了大學，我正在考慮要攻讀法國文學或是當職業演員（是的，兩者差異的確很大），中國文學之途卻意外地在我面前展開。起初也是由譯為英語的中國詩歌入手的。如果要找出引導我走上中國研究之途的興趣所在——美國南方與中國文化都看重家庭與食物，除此之外——我覺得威廉・福克納（William Faulkner）對我影響很大，我高中時期將他的全集如饑似渴地整個讀了一遍。他在劇作《修女安魂曲》（*Requiem for a Nun*）中寫道：「過去從未消逝——甚至並未過去」。這位小說家癡迷於南方血腥歷史塑造成形的二十世紀白人與黑人的生

活。在許多作家之中，特別是福克納，指引我傾聽文學中歷史的回聲。我母親研究美國歷史，無疑地也使的歷史感特別敏銳，幫助我傾聽文化中過去的反響，不論是眼前的還是遠處的文化。

自1980年代與中國語言和文學初次接觸以後，我對中文的投入漸深，探索範圍也逐漸擴大：英譯的古典中國文學引導我在大學本科學現代漢語，後來我去臺灣學習，然後在研究所認真研習古代漢語，其後以教授身分做中國文學的研究與翻譯，這些活動又給了我機會到中國、臺灣及世界各地參加研討會，以現代漢語與各地學者進行討論。今年 (2016) 峰迴路轉，我的第一本著作翻譯成中文並且以中文出版，第二本正在翻譯當中，也即將出版。由於中文世界裡文學研究的讀者數量龐大，不久在中國我的讀者之多將會超過美國，使我十分驚喜。回顧迂迴的學術之途，歷歷在目，然而對在阿拉巴馬長大的小書呆子來說，實在是始料未及的。

過去三十年來，現代漢語和古代漢語一直都對我的工作非常重要。我研究八世紀唐代後半期至十二世紀初北宋末期文學的歷史發展。在我的研究當中，我經常思考中國作家在文學中處理過去的手法 —— 包括歷史性的過去，即形成共同文化的事件記錄；以及文學上的過去，就是所承繼的文學本體。我很幸運，在學術方面正巧碰上西方的中國研究蓬勃發展的時代，其中也包括了古代中國文學研究。中國文學傳統中的創新與立異，以及作家如何在崇尚保守與敬祖的風氣中維護新潮，始終是我的興趣所在。我尤其感興趣的是宏闊的社會與政治變遷如何影響中國文學 —— 作家如何在作品中對社會的劇變做出反應。我的第一本書，追溯十世紀唐亡以後，南方後蜀浪漫詩歌選集中新文體的產生 —— 詞。第二本書探索中唐時期 (780–820) 文學中友誼的新義 —— 文人的交誼，相互的酬答，並闡釋其更廣泛的意義。目

前我正在進行的研究是：五代與北宋學者在唐亡後的幾世紀中如
何建構唐代文學正統，創作便於使用的文學史。過去二十三年
間，我也擔任過中國文學、歷史、文言文的老師，還教過兩次現
代漢語。簡而言之，中文不是我的母語，我不是華裔，我的中文
也並不完美。可是，我熱愛這個語言，我徹底了解「學習中文」
是一件終身事業。

　　然而，我1983年開始研究的中國已經發生了劇變，這些變化
也影響了我們學者用來研究與教授中國過去的方法。面對中國大
陸、臺灣、漢文化圈其他各地幾十年來的重大變化──如政治改
革、新媒體的爆發、中國經濟的快速增長──研究中國文化的學
者不免受到震動。現在我能用微信、LINE和臉書跟中國朋友保
持聯繫，也能用中國期刊資料庫CNKI等資源與最新研究成果同
步，還能用數據工具來描繪並了解中國歷史與文學。然而我的研
究材料，存在千年或更古老的詩歌、散文，基本上並沒有變動，
也沒變得更容易譯為英文或闡釋。新工具可以用來幫助我們解譯
文本，但並未使它簡單化，也不能說明我們為什麼應當繼續研
究。尤其是最後這個問題，具有多種層面，在漢文化圈內圈外各
有不同解答。研究中國文學最簡單的理由，可以說是為了延續文
化遺緒或保存民族遺產，但為什麼唐詩研究在美國大學課程中也
有其重要性？中國古代文化研究，在學術界對人文學科及古代世
界興趣漸失的現代，對更廣闊的學術領域到底有什麼影響？

　　美國的中國文學研究者在各種不同的境況下，想方設法回答
這些問題，比如向學院院長爭取經費的時候，或者對大學新生說
明孔子其人以及為什麼會在考題中出現的時候。現在我在普林斯
頓大學教書，普大的東亞與古代中國研究已有輝煌傳統，但過去
我大部分時間在大型州立大學工作，這類問題經常在財務討論中
出現，而不僅是學術考慮。無論你認為古文課在課程中多麼重

要，只要選課率低，就可能被取消。聲稱與時事相關或符合潮流需要，例如「必須認識孔子才能了解中國對社會階級制度的重視」（可能如此）或「學生必須掌握中國歷史基本知識才能在中國做生意」（不見得如此），這類回答只能滿足短期需要，而我們也就這麼處理了。其實這類問題與早就存在而且更難解答的一些問題是分不開的，那就是：人文學科的將來，以及對人性和人類狀態做歷史性與文化多樣性考察的必要。現今這個「全球化」世界，有時壓制或忽視了歷史與文化差異，古典文學正可以提供一些必要的觀察角度。反思中文在我們各種各樣工作中發揮的作用，恰恰給了我們機會思考這些更大的問題。

學習現代口語與書面漢語，使我能夠透過文字了解中國傳統，學習古文讓我明瞭古典文學的形成以及對現代語言持續產生的影響。在歷史上，中國文字是一個有力工具，創造了時間上和空間上的文化傳承，但同時也掩蓋了變動與分裂。多數中文學習者初期都有過這樣的經驗，表明了上述的狀況：學了一年中文，就能拿起早期文獻如漢代史家司馬遷的《史記》，讀出其中不少的「字」，當然還不是「詞」。繼續認真學習古文的話，就能認識到中文的一些歷史性演變，掌握更細微的意義，超越囫圇吞棗的「成語」了解。當他們再進一步能夠深入閱讀以後，便能看出古文在好幾世紀的演變過程中離口語越來越遠，風格與形式也隨著時代而大有變化。學習領會細緻的區別——如中唐作家韓愈艱難苦澀的散文信函，和北宋文人歐陽修優美流暢的書柬兩者的不同——是學者研究之途的另一重要階段。這都是「學習中文」的一些較深的層次。

我經常對學生說，好在初學現代漢語的高度困難，短時間內分散了我們的注意力，沒注意到文學作品浩如煙海。要不然，大概還沒真正開始，我們就要打退堂鼓了。有幾年我在中國文學概

論課的教學題綱上引用梁蕭統《文選》序中的幾句話：「詞人才子，則名溢於縹囊；飛文染翰，則卷盈乎緗帙。自非略其蕪穢，集其清英，蓋欲兼功，太半難矣。」中世紀的這個因文籍浩繁而發的慨嘆，也不見得真能平息學生拖著沉重的中國文學課本來上課的怨氣，可是能幫助他們了解，傳統的分量幾百年來一直是個重擔。我的部分工作就是解釋這個重擔為什麼值得負荷。我走過的路途充滿了意外的迴轉和曲折，因此以下我要呈給各位的是我遭遇到的點滴 —— 是過去幾十年來的一些發現，以及我在中國語言、文字方面的一些努力 —— 而不是一份直線式的記述。

解譯中國的過去：宮殿殘跡

　　三十年前，宇文所安 (Stephen Owen) 出版了《追憶：中國古典文學中的往事再現》(*Remembrances: The Experience of the Past in Classical Chinese Literature*) 一書，是他一系列有關中國古典文學的著作之一，這本書由相互關聯的散文組成，對後學者影響極大。在導言裡，宇文所安寫道：「古典中國文學在歷史早期便宣稱文章為文人不朽之盛事⋯⋯此種強烈誘因產生的結果之一是：中國文學將不朽的期望內化，使之成為文學的中心主題之一，而且文學中處處關聯著過往的繁劇事蹟。」[1] 雖然宇文所安偶爾也提及其他文學，但他的記述主要仍在中國傳統範圍內，設法使不熟悉中國文學的讀者易於了解。我 1987 年初讀此書的時候是個初出

1　　Stephen Owen, *Remembrances: The Experience of the Past in Classical Chinese Literature* (Cambridge, MA: Harvard University Press, 1986), p. 1.

茅廬的中文學生，我感到他對「感懷」與「過去」的重要性所做的
討論，極有感染力，相當熱切動人。

很久以前我讀了一篇中文英譯，我對歐美傳統作品利用往事
的領會，從那時就起了變化，逐漸複雜起來。我也懷疑閱讀中國
文學——包括學習中文——可能改變了我讀書的心態。我所讀
的是唐代詩人杜甫的〈玉華宮〉在一本世界文學教科書裡的英譯
（不記得譯者是誰了）。熟悉這首詩的讀者都知道，這首詩是中國
詩歌中「懷古詩」的典範之作，詩人憑弔著名的文化遺址，感懷
時空滄桑也悲嘆個人生命的消逝。懷古詩的作者經常直接關聯歷
史事蹟，殘跡即使已然不存，詩人仍可一再摹寫。詩人也可以詠
嘆過去的懷古者，產生一種文學上的重疊相因。[2] 杜甫的〈玉華宮〉
一詩並不容易讀——至少有一處疑惑難解——但也具有懷古詩
體慣用常見的要素。 以下是我的譯文：

玉華宮 (Yuhua Palace) 　杜甫（712–770）

溪回松風長	Above a winding stream, pine-filled breezes blow;
蒼鼠竄古瓦	gray rats scurry under ancient tiles.
不知何王殿	I don't know whose royal palace this was—
遺構絕壁下	its ruined frame spread beneath steep cliffs.
陰房鬼火青	In dark chambers ghost fires burn green—
壞道哀湍瀉	over broken paths, rivulets rush, weeping.

2　《追憶》第一章「Lush Millet and a Stele: The Rememberer Remembered」
　　討論了這種手法。

萬籟真笙竽	The ten thousand pipes of the earth are the true flutes and reeds;
秋色正瀟灑	autumn's colors just now their most sere and desolate.
美人為黃土	Beautiful consorts all turned to brown dust—
況乃粉黛假	even more scattered, their powders and paints.
當時侍金輿	Though they attended the golden chariot then,
故物獨石馬	of those ancient things, only stone horses remain.
憂來藉草坐	Struck with sadness, I sink to the grass,
浩歌淚盈把	singing fiercely as tears fill my hands.
冉冉征途間	Going slowly yet surely on the wanderer's path—
誰是長年者 [3]	Who in the end can prolong their years?

　　杜甫在這首詩裡做了幾點重要宣示：所有肉體終將腐朽；往昔可能毀壞至無法辨識；吾輩凡人只能哀嘆其事並設法抗拒——例如賦詩以求名垂後世。在讀過大量浪漫主義詩篇（譯註：十八世紀歐洲的浪漫主義文學）之後再讀這首詩，起初我感覺像是雪萊（Percy Shelley）〈奧茲曼迪亞斯〉（Ozymandias）的中國版：「我的名是奧茲曼迪亞斯，萬王之王／蓋世功業，造物折服！／而今巨像殘跡處／除衰敗朽壞之外，別無他物／只見寂寞黃沙／荒涼地伸向無窮無盡的遠處。」〈玉華宮〉一詩在一定程度上似乎是杜甫對塵世繁華轉眼即逝的闡釋，但他並沒有像雪萊一樣，採用歷史眼光嘲諷逝去帝王的浮誇，杜甫在詩的結尾處卻脫離了他細細描繪的遺跡。要是我們同意此詩作於757年的一般説法，在幾乎顛

3　請參見蕭滌非編：《杜甫全集校注》，第二冊（北京：人民文學出版社，2014），頁912–917。

覆唐室的安祿山之亂中，這個時候杜甫正在征途。他從朝廷臨時
所在前去探視在首都長安陷落後逃亡流離的家人，心中理當充滿
崩壞與死亡。杜詩真正的主題並不是宮殿與美人的消逝，而是他
個人與脆弱的「往事古蹟」的相似之處。

　　文學老師都知道，稚拙的閱讀像徹底的誤讀一樣，表露了知
識上的不足，也能帶出大量的討論。我對這首詩的初次閱讀引發
的問題比答案多：為什麼這首詩以動人心弦的景象開始而以問題
結束？為什麼充滿了色、音、聲這些東西，意義何在？杜甫對誰
抒發情感？期待什麼人聆聽？詩中的手法與期待我都不太清楚。
我最初的一些困惑後來靠註解與進一步研究得到了解答，如「萬
籟」（典出《莊子》，指風吹過自然孔穴所發之聲），和以問句結束
詩篇（中世紀詩作的常用手法）。但我很久以後才知道「不知何王
殿」是一個學術爭論點。647年唐太宗於此址重修宮室，命名「玉
華宮」，後改為佛寺，不再用為宮殿。既然杜詩題為〈玉華宮〉，
學者以為詩人不可能不知這段歷史。注家對此句有各種不同的解
讀：例如杜甫故作不知以暗諷太宗晚年奢華，或以為是對一般帝
王浮華的嘲諷，也就是暗批玄宗，或簡單地以為七世紀宮殿之史
百年之後已為人遺忘。[4] 杜甫的這個短句使我們注意到，某些問
題 —— 如詩人的意圖及認識 —— 無法靠註解或異文來解答。這
個現象也說明了歷史的脆弱易失，甚至在尊崇歷史的文化中也是
如此。

　　早期的這些對中文英譯的沉迷和困惑，促使我在聖路易華盛
頓大學本科選了中國哲學與文學課，然後又學了中國語言。讀杜

4　　對此句的各種分析見Timothy Wai Keung Chan, "Wall Carvings, Elixirs,
　　and the Celestial King: An Exegetic Exercise on Du Fu's Poems on Two
　　Palaces," *Journal of the American Oriental Society* 127 (2007), pp. 482–489.

甫、蘇軾詩作的英譯有無窮樂趣，但同時得苦學枯燥無味的1980年代初期的中國語言課本，這相互不同的兩面其實很清楚地預示了我未來的工作。這兩者的距離，在後來我教最常開的「中國文學概論」的時候還很有啟發性；雖然現在的本科生比我高中時候接觸的中國與中文多得多，他們在學期之初還是需要學習基本中國歷史和文學傳統的專門詞彙。好在過去幾十年來無數學者以英文勤奮耕耘，已經使這個問題變得比較簡單：如今現代漢語或文言文不足以閱讀原文的學生，可以依賴可靠的英文教科書、歷史書和導讀來打下堅實的基礎，如最近問世的《劍橋中國文學史》(Cambridge History of Chinese Literature)。這類書籍激增，也顯示在大學課室之外還存在著大批熱切聰明的讀者。中國古典文學的英語譯本 —— 學術界長期忽視之作 —— 也逐漸暢銷，很有助於對學生和其他民族文學的學者解釋中國文學的魅力。

有時候，中國古典文學需要一點兒闡明或引導 —— 我並不是指文本與讀者之間的「共鳴度」，而是一種突發、不可預見的文本與時機的湊巧聚合。2001年9月16日，在亞利桑那大學教書的第三年，我為當地社區做一個早就安排好的演講。7月我就製作了講題需要的幻燈片，收錄了杜甫的〈春望〉及其他幾篇詩作。演講之前的一個月間，我忙於照顧初生的第三個孩子，全然忘記〈春望〉包括在內，直到演講前一兩天複查預備材料時才注意到。演講當天有些人沒來，但仍有一批忠實的聽眾參加聚會，來認識中國文學與文化。我打出這張幻燈片，把詩大聲讀出。這是杜甫最有名的詩作之一，在他陷於叛軍盤踞的長安時所作，頭兩句是這樣的：

國破山河在
城春草木深

我讀完以後，講廳內一片靜默，聽眾細品詩意。這正是九一一的五天之後。過了好一會兒，我們才繼續下去。

過去（未）完成式：「了」字表示狀態的改變，以及其他

只要教過說英語的學生，中文老師就都知道教語法虛詞「了」有多費力：首先和首要工作是告誡學生這不是「過去式」。其次是說明這個很容易寫的字能夠以多種方式改變句子的意思，而且學生都得掌握：狀態的改變，動作的完成，表示持續，強化形容詞，這還只是常用的幾個。這個過程需要教師大量的耐心和堅持，以及實話實說：是的，「了」的用法起先的確會覺得很不清楚；沒錯，初學階段你只能靠背下句式來學會「了」的用法。中文語法學家都認識「了」的複雜性：有一本以「了」為專題的書中說道：「虛詞『了』是中文語法中最常用、最常討論而最不為人了解的成分。」[5]

然而換一個角度看，從唐、五代、北宋時代的眼光來看「了」字的現代用法，也是很不容易了解的——這個虛詞在這些時代開始了漫長的語法化過程（大致就是由實詞轉化為虛詞的過程），逐漸產生了現代漢語中的種種用法。雖然早在漢代「了」字已有表示動作完成的意思（現在讀為liao），但唐宋文字中並不含括現代漢語「了」字的所有用法。[6] 換句話說，對我這個專治唐宋文學

5　Marinus van den Berg and Guo Wu, *The Chinese Particle Le: Discourse Construction and Pragmatic Marking in Chinese* (New York: Routledge, 2006), p. 17.

6　同上，頁97–99。

的非母語者，怎麼教美國學生「了」字是艱苦研究後才學會的。這
也說明了中國的書面文字並不顯示各時期重要的語言演變。

　　我有兩個教現代漢語的經驗，迫使我苦苦研究「了」字和其
他語法的教學法。三十歲的時候，還差兩年完成論文，我開始了
第一個正式的教學工作，在馬里蘭大學（University of Maryland）
擔任講師，教二年級中文、古代漢語和英譯中國文學，共有兩年
時間。雖然我受過教法語的訓練，也在大學教過法文（所受訓練
為著名的拉夏式〔Rassias〕教學法），但沒受過正式的中國語言教
學訓練，所以我覺得中國話教學非常困難。後來我在密西根大學
（University of Michigan）、亞利桑那大學（獲得終身教職）、馬里蘭
大學巴爾的摩分校，在本科及研究所教中國文學、文言文以及中
國文化課程，但沒教現代漢語。自馬里蘭大學巴爾的摩分校的榮
譽學院院長一職卸任後，也就是第一次語言教學的十六年後，我
再度教授一年級和二年級中國語言課。這第二次的語言教學，程
度各異的學生組成大班，華裔學生跟非華裔混在一起，令人疲憊
不堪，然而卻比上一次更令人滿意，學生的進步更大。學生給我
的教學評估相當正面，我也送了不少學生到中國和臺灣的海外項
目以及研究所繼續學習。

　　在這間隔的兩次教學之間，到底有了什麼改變？哪些情況發
生了變化？我認為有三點：語言、教學和科技。十幾年來，不斷
閱讀古文和現代漢語，加上正式的中國語言學研究，我的現代漢
語進步了不少。雖然因為撫養年幼的孩子，我難得有機會去中國
或臺灣，但我用中國話跟研究生、同事密切來往；同時，我們住
在馬里蘭州多元化的郊區，與蓬勃增長的中國移民為鄰，我跟鄰
近的、孩子學校中的中國家庭也頻繁交流（在課室之外，我在校
車站、好市多〔Costco〕和基督教青年會說中文的機會比在校園中
還多）。其次，累積了二十年的教書經驗以後，我有了更完善的

工具。教中國話是一項獨特的挑戰，除了與虛詞「了」奮戰以外，還得教一些音盲的美國學生聲調，而其他教學所需的教學法和清晰的條理，也挪用到語言教學中來了。在文學和文化課中我熟用的一些技巧──如利用小組討論以解決人數過多的困擾，或要求學生對其他學生提問以使全班全神貫注──在語言課裡也同樣發揮作用。更何況第二語言教法研究已然成熟發展，我可以利用理論性和實用性資源來磨練教學技巧，課室裡也有較之前更好的語言教科書、錄像、電影和軟體可資利用。

此外，互聯網出現了。所有的外語教師都獲益於網上可得的豐富資源，從字典、語言論壇、教學討論專欄，以至YouTube、土豆網、臉書、微信、推特等各種社交媒體提供的無數自然語料。這些資源固然不能取代優秀的教科書和實用的教學法，網上材料也必須謹慎挑選，但這些東西開展了學生的眼界，使他們看見教室外現代漢語的多樣化和樂趣，鼓舞他們試用剛剛獲得的語言能力。再拿「了」做個例子吧，我大兒子今年（2016）夏天在臺灣臺南成功大學學習，下面是他臉書上跟帖的一頁：[7]

---

7   圖片截取自2016年8月18日「成大黑Girl」臉書：https://www.facebook.com/permalink.php?story_fbid=1091117380982487&id=240778866016347&pnref=story。

　　當地的一隻校園狗「成大黑妞」是個名人，學生給她拍照、寫對話。這則貼文一開始是這隻狗孤獨悲涼地說：「成大，我回來了！你們人都去哪了？」這個詼諧故事裡（她還真是隻感情豐富的狗）有兩個表示情況改變的「了」，是兒子課堂句型練習的一個簡單而有趣的例子。[8]當然，在網上，就像在任何自然語境中一樣，也有許多語法不正確、不標準的用法；但認出（或嘲笑）這些誤用也是語言學習的一個重要環節。

　　數碼工具增進了我們了解古典文學的精準和速度，互聯網上唾手可得的中文媒體也豐富了中文的教與學，超過我們三十年前所能想像。中國語言教學在美國教育各階層都繁榮擴展，浸入式中文學習項目在全國各地雨後春筍般湧現。然而，儘管盛況空前，非母語者專心致志地學習仍然同樣重要，他們得分辨及說出準確的聲調、學會漢字、累積詞彙、把語法句式內化，我們得誠實地把這些需要告訴學生。利用手機上的 Pleco（譯註：線上中文字典及學習軟體）和卡片的同時，漢字仍然必須手寫熟練；長期沉浸於說中文的環境是任何其他方法都不能取代的，而且外語學習永無止境，即使已花費半生學習的我們也不例外。

再讀唐史：帝倚杖躊躇

　　動人的故事永遠不朽；在中國古典文學中最動人的故事幾千年來都為人一再複述。幾個世紀來，八世紀中葉的安祿山之亂被史家、詩人、戲曲家、電影工作者重複描述，將來肯定也會被後世以尚未發明的新媒體再次追述。在臺灣學習了一年中文以後，我在哈佛大學碩士班開始學古文，我們讀了北宋司馬光所著

8　這隻狗所用的表示後續問題的「呢」，是另一句型的好例子。

自戰國至唐的史書《資治通鑑》裡對這個事件的重要記錄。雖然安祿山之亂是唐代最嚴重的事變，但唐代並沒有因此覆亡；九世紀末的動亂才是致命一擊。唐室於安祿山之亂後恢復生機，甚至九世紀初有短暫中興，意味著唐代文人有幾十年的時間再三再四描繪這次動亂。玄宗皇帝對安祿山謀反視而不見、寵幸楊貴妃等等事蹟，在事變後百餘年的正史、雜記和浪漫詩篇中都有詳細記述。宋代史家如歐陽修、司馬光要修改唐代記事謬誤，釐清導致變亂的禍根亂源，參閱卷帙浩繁，整理非常困難（司馬光因以異文別為《考異》，僅唐一代所參引史料便有一百三十八種）。在重修舊史的時候，史家除考慮記述觀點、資料取捨以外，更著眼於史官的主要職責，寓「褒貶」於其中。

儘管我讀司馬遷《史記》的年表、列傳的時候，對中國早期史書編纂的技巧、風格和微言大義已經有了一些認識，但是讀《通鑑》中唐史的記述還是一項挑戰，困難並不在於語法或用詞，而在於述事結構。《通鑑》的記述在全貌綜述和特殊場景之間，在官僚政治的繁文縟節和驚天動地的衝突之間來回轉換。場景變化的時候，讀者得時時記得大量的人物、職稱和地點。通讀這部史書需要掌握精準的詞彙和敘述手法，除文字所述以外，還要理解字裡行間隱含的意義。在編年史和傳記中，史家慎重地使用時間詞；倒敘往事經常以「初」字標記，片刻之間則為「須臾」，諸如此類。這些時間詞的深刻含義有時必須參看上下文：例如倒敘往事，是要說明某人長期不忠；片刻之間，是要暗示危急或草率。

我讀玄宗於亂中逃離首都，深為「久之」一詞所震動。玄宗離京，止於馬嵬驛，軍士譁變，殺貴妃族兄宰相楊國忠，要求將貴妃正法。玄宗知道欲安將士，貴妃必不可免。《通鑑》這一段的下文是：「入門，倚杖傾首而立，久之，京兆司錄韋諤前言

曰：『今眾怒難犯，安危在晷刻，願陛下速決！』」玄宗因命內侍
高力士縊殺貴妃，棄屍於後，部伍始行，逃亡入蜀。

　　初讀此文以後不久（可惜不在苦讀當時），我偶然讀到柯羅
爾（Paul Kroll）的註釋譯文，刊載在較早的《唐代研究》（*T'ang
Studies*，第一份唐代學術研究的英語期刊）中，到現在我還用在
教學裡。柯羅爾在導言裡討論《通鑑》在「久之」一詞之前對玄宗
的簡潔描述：「玄宗聞言，轉身入門。史書記載：『倚杖傾首而
立，久之。』這個素樸動人的句子，把過去尊貴威嚴的皇帝描繪
成一個衰頹老人，不再君臨天下，只是一介凡夫，全然無力保全
他的妃子。」[9] 這位學者由皇帝落敗的姿態看出這個場景的深刻含
義，我則由史家在敘述中所說的「久之」一詞體會到這個場景的
深意——玄宗在內心審視失敗與妃子必死的命運良久，在韋諤
所說的必須速決的時刻。我們不知道司馬光是否依據某一史
料，或者是他自創，《兩唐書》的帝紀和年表都沒有這個句子。
但無論重在姿態描寫或時間詞的運用，悲愴情景都扣人心弦。對
我來說，能夠透過十一世紀的古文感受歷史的悲劇，實在令人入
迷、激動不已。

　　後世讀者對唐代的癡迷，透過無數的詩歌、戲劇、史書與小
說的作者之手，自宋代一直延續到現在——似乎每一季都有新
的關於唐室權謀的電視劇或電影。這種再三詮釋唐史的潮流本身
便值得研究。我目前所做的工作是探討五代和北宋學者如何閱讀
及呈現唐代文學——如何收集、流傳、印刷唐人文集和選集；
如何寫作唐代文人傳記，編纂詩作與詩人的遺聞軼事。他們不僅

9　　Paul W. Kroll, "The Flight from the Capital and the Death of the Precious
　　Consort Yang," *T'ang Studies* 3 (1985), p. 27.

完成了唐代作家與作品的正宗經典，而且建立了實用的唐代文學史。這些學者聲稱述而不作，其實他們既述且作，許多對唐代文學的創新研究一直流傳至今，對後人理解唐代文學文化的幫助絕不可低估。印刷術，就像後來對西方世界的影響一樣，對宋代文化有著巨大衝擊，尤其是使唐代文學傳世機會激增。唐人手稿在有宋一代流傳不絕，同時宋代學者也不斷搜尋遺文加以校勘、抄錄並印刷。1015 年宋宮殿大火，崇文院、秘閣藏書焚毀殆盡，更加強了保存意識，因而十一世紀搜集印行的步驟都急速加快。[10] 唐代名家如杜甫、李白及韓愈固然大受重視，其實唐代的所有著作都廣為受益。我不免有時要提醒學生，閱讀厚重的唐代文學選集中的唐詩英譯，不可不對十一、十二世紀的學者深致謝忱。

我的研究計劃有一部分是文學考古，我要發掘唐代文學如何經兩個半世紀的淘洗而積澱，為什麼某些作品與作家保存下來而某些淘汰消失。同時，對保存及重新編纂唐代文學的學者，我特別注意他們「既述且作」的「創作」部分。宋代學者在編寫唐史與纂修唐人作品時往往是有所為而為，或勸戒剛愎自用的皇帝接納臣下諫言，或彰顯杜甫的才華以垂範詩人。他們不僅要保存唐代遺產，還要從中學習，甚或超越其偉大成就。我研究這些後代學者有關唐代的著作，盼望能夠在中國崇古的歷史長河中稍微增添一些史學貢獻——不僅鑒別何者軼失、何者存留，也要解釋宋人對唐代繁多的遺卷如何決定取捨。

10　關於印刷術對宋代學術的影響，請參閱 Ronald Egan, "To Count Grains of Sand on the Ocean Floor: Changing Perceptions of Books and Learning in the Song Dynasty," in Lucille Chia and Hilde de Weerdt, ed., *Knowledge and Text Production in an Age of Print: China, 900–1400* (Leiden: Brill, 2011), pp. 33–62.

回到未來，杜甫仍然很忙

　　四年的時間，在互聯網時代長久有如永恆，但2012年在網上廣為流傳的一個有關杜甫的迷因至今還掛在網上，可以博君一笑。這個迷因題名「杜甫很忙」，是受詩人一千三百周年誕辰紀念激發而產生的。這個迷因拿中國文學教科書中常見的一幅杜甫畫像開玩笑，給杜甫穿上各式服裝，給他有趣的物件拿著或騎坐。[11] 有些文化評論者，如四川成都杜甫草堂博物館的官員，對這種不敬大為憤慨。[12] 不論這是不是如某些人所說的，原本只是為商業目的而作，2012全年網民不斷在微博和其他社交媒體上增貼新版。其中有幾篇較不粗俗之作如：「杜甫很忙……正野外實戰CF遊戲……正騎車去商場購物……正上網在QQ空間寫詩。」[13]

　　2012年春季我帶了一些這類圖像到現代漢語課堂上，就傳統作家與思想家在當代中國的現實意義，跟學生展開了一段非常

11　中國百度網上的這個迷因，可見於 http://baike.baidu.com/item/%E6
　　%9D%9C%E7%94%AB%E5%BE%88%E5%BF%99/84447。另有一
　　英語討論文章可見於 http://shanghaiist.com/2012/03/28/du_fu_is_
　　busygoing_to_visit_his_wif.php#photo-1（擷取日期：2017年1月11
　　日）。

12　該博物館在微博上的推文怒不可遏：「#杜甫很忙#但這是童心嗎？
　　這是幽默嗎？這就是潮流嗎？這值得鼓勵嗎？這已喪失了對人格最
　　起碼的尊重，何況是對這樣一位被尊為『中華民族脊梁』的偉大詩
　　人？包容有尺度，娛樂有底線，世界文化名人值得世界的尊重和禮
　　遇，#杜甫很忙#值得我們思考和反省……」見於以下網址：http://
　　weibo.com/2241912100/ybJ3L1QRc?type=comment#_rnd1484166605954
　　（擷取日期：2017年1月11日）。

13　參見以下網址：http://knowyourmeme.com/photos/278864-du-fu-is-
　　busy（擷取日期：2017年1月11日）。

刺激的對話 (即使一年級中文學生也懂「很忙」二字)。所謂傳統
人物當然包括孔子，他的巨大雕像就在一年前在天安門廣場上短
暫豎立又立刻消失。[14] 有人在喬治．華盛頓畫像上加一撇鬍子和
傻里傻氣的眼鏡，我的一些學生認為這類中國迷因跟那種胡鬧差
不多，但他們還是為一位詩人竟能挑起這樣的滑稽模擬而感到挺
吃驚的。這樣的驚訝就又引起了有關杜甫名聲的討論，他不僅是
「詩人」，還被視為當時的史家、愛國儒者，甚至被尊為「詩聖」。
只有英國文學中的莎士比亞能擁有如此崇高的地位，但即使莎士
比亞也不像杜甫這樣，在過去以至現代，以德行典範被視為文化
偉人。我們的討論幫助學生理解了杜甫、當代中國對文化遺產的
看法，以及中文互聯網的活力與幽默。

　　對這個迷因的各種不同回應和其他中國歷史事蹟的現代合成
品，應當促使我們也思考一下中國古典文學在學術界之外的文化
性作用，不管是在漢文化圈內或者圈外——它既是不斷復興重
建的民族文化遺產，也是影視界外銷營利的商品 (如影集《神探
狄仁傑》系列)，又是被一再誦讀的非中文翻譯著作。雖然變化
多端，但我感到特別幸運，能在這個文化大觀園中占有一席之
地，近距離觀察中國的語言和文學，尤其是連中華人民共和國的
主席習近平都要對早期中國思想提出一番新解的時候。當然再造
杜甫的形象沒有辯論孔子思想所冒的風險大，甚至有時候只是信
口發出的噪音罷了。例如2010年，我在深圳看到在迪士尼式的
主題公園「錦繡中華」裡頭，建了鋼筋水泥的杜甫「草堂」。這個

14　近年來有許多文章討論孔子在當代中國文化中地位提高，請參閱
　　Evan Osnos 刊載於《紐約客》(*New Yorker*) 2014 年 1 月 20 日一期的簡
　　介：http://www.newyorker.com/magazine/2014/01/13/confucius-comes-
　　home。

「草堂」跟吸引眾多觀光客的成都草堂比起來，連仿造都談不上，真不知道公園建造商希望訪客從中學到什麼[15]（至少水泥迷你草堂的茅草頂不至於像杜甫詩中所述為秋風捲走吧）。商業動機、文化動機，有時還包括愛國思想，相互混雜，似乎很難度量這類投資對讀者人數和文學欣賞有什麼影響，至少目前還看不出來。

　　到底是誰掌控中國文學的過去，這個問題在現今的環境中很難回答。讀者不同，需要各異，因而對文學歷史的各種闡釋互爭短長，大有商榷餘地。這種文化雜音充斥的狀況，倒可能給予我輩未來的學術探索更大的自由：無論是我們生長於中國傳統以外者，或囿於文化主義或民族主義訴求者，要探討、解讀的是古典文學的哪些價值？原因何在？就像研究唐文學的宋代學者一樣，各個世代的讀者都各自選擇自己認為最有用及最有興味的部分，明乎此，就必須對據以完成研究的學術投入誠實以對。這些議題不僅對現代的學術研究有意義，對訓練下一代學者，我們的研究生，也非常重要。他們來自各個不同國家，往往以第二或第三語言在異國開創事業。要求學生在中國語言、文學的研讀途中進行反思，並審慎思考以之為事業的意義何在，已成為我指導工作的主要部分。

　　除了鼓勵這種反思之外，我也幫助研究生了解美國及其他各地中國古典文學研究的不同情況，鼓勵他們用心考察將來工作的

15　最近幾年各方面的許多學者注意到中國的主題公園，自1989年「錦繡中華」開幕後，相關研究便迅速展開。近年研究的成績請參閱 Wen Zhang and Shilian Shan, "The Theme Park Industry in China: A Research Review," in *Cogent Social Sciences* 2 (2016): https://doi.org/10.1080/23311886.2016.1210718. 其結論為主題公園的文化含義及多元意義的研究還是不足。

社會環境與財務環境。由世界各地的大學教職和出版物來看，中國古典文學的研究在國際上已呈方興未艾之勢。在我初學現代漢語的時候，極為特殊甚至完全料不到的學術活動，現在已習見平常。以我最近參加的幾個工作項目為例，有亞洲學者來美國或歐洲，從事雙語或三語共同研究，經常使用網上或數碼方式；美國與歐洲學者也在亞洲進行同樣的活動；古典文學會議上，各國學者以中文為通用語；中國古典文學的雙語譯本，類似於洛布古典叢書 (譯註：Loeb Classical Library series，刊行古希臘與拉丁文學給一般讀者，希臘或拉丁原文在左頁，英語翻譯在右頁。哈佛大學出版社出版)，已在歐洲和美國出版，行銷全世界。2016年夏天我在臺灣六個星期，在國家圖書館研究唐文學近代版本，趁機去京都參加了亞洲研究協會 (Association for Asian Studies, AAS) 亞洲年會，然後在中央研究院對研究中國文學的臺灣學者和來自日本、歐洲與美國的訪問學者用中文發表了一篇報告。這些頻繁的活動似乎就說明了杜甫永遠都很忙。

然而，這幾年的迅速發展給我的樂觀展望，卻不得不因空間性的黯淡遠景而調整一下：世界不是平的，學術資源的分配也不是平等一致的，在美國或國外都是如此。雖然西方學術界的亞洲與東亞研究成長發達，聲譽卓著的研究機構也健全發展，但由於人文學科全面受到擠壓，即使中國語言項目不斷擴增，對中國古典文學在美國學術界的未來，我們最好還是採取謹慎態度。今天在美國以中文學者立足，無論是中文母語者或非母語者，就意味著建立一個學術網絡，既存在於「外頭的」活躍國際社群，又存在於本地校園及課室之中；這樣的環境設置對加強目的感、滿足感和激勵對中國研究的忠誠奉獻都不可或缺。由我身為中國語言、文化的學生及教師的角度來說，我要鼓勵下一代的學者努力

創造這樣的社群，不僅面向學生，也與其他文學的學者分享研究
成果，使中國古典文學成為廣大全球性對話的一部分。作為終身
熱愛中國文學的學習者與讀者，我們更得不斷深入發掘對我們最
具意義的中國作家的聲音、作品和問題。

一些你沒料到的理由

05 何 偉
Peter Hessler

涪陵中文與
後革命阿拉伯文

身分語言學

何偉,曾就讀於普林斯頓大學及牛津大學,是《紐約客》雜誌的特約撰稿人、麥克阿瑟獎獲獎人。他有三部著作對中國人的日常生活做了深刻敏銳的觀察。與本書其他作者不同,何偉的中文基本上是自學的,而且在一般人以為太遲的二十七歲才開始。除了敘述參加和平隊在四川涪陵的兩年生活以外,他以個人的體驗提出了界定身分時,「語言」也可以與種族、性別並列為基本要素。

在 1990 年代中期,我剛學中文的時候,我把詞彙單寫在兩本便宜的筆記本裡。當時我住在涪陵,長江邊上的一個小城。我是和平隊 (Peace Corps) 的志願者,在當地大學裡教英文。學中文是工作之餘我自己幹的事兒,跟工作無關,也不是和平隊的要求。志願者在工作地要學當地語言得自己設法,所以我找了課本和家教,還在涪陵到處亂逛,跟人閒聊,觀看城裡各處的文字。要是一個標語有趣,我就把它抄在筆記本裡,加上英文解釋:

提倡晚婚晚育,優生優育 —— Promote late marriage and late childbirth, have a good pregnancy and sound child-rearing

一對夫婦生育一個孩子 —— One child for one husband and wife

認真學習貫徹十五大精神 —— Diligently study and carry out the 15th Party Congress spirit

獨生子女光榮 —— A girl only-child is glorious [1]

後來我的中文進步點兒了，我就瀏覽《重慶晚報》，特別注意有關涪陵的新聞。有一年，報上的一篇報導說，本地一處考古遺址將要被下游興建的三峽大壩淹沒了。我就把一些關鍵詞抄在筆記本裡：

價值 —— value

遺跡 —— historical remains, traces

永遠 —— always, forever

淹沒 —— to flood, drown

第一本筆記本封面上有隻鳥，用英文標註「Felican」（譯註：應為 Pelican，鵜鶘），是重慶第三印刷廠出的。這個本子記滿了以後，我用了另一本，封面上有張毛澤東坐在竹椅上的照片，是一個學生給我的，我當時並沒多想。但是二十年後看到本子上微笑的毛主席，打開本子又看見裡頭記著如下的字眼，總覺得有點兒怪：

貶值 —— to devalue

風險 —— risk, hazard

尖端技術 —— advanced technology

破產 —— bankruptcy; to go bankrupt

利息 —— interest

預測 —— to predict

個人主義 —— individualism

1　應該是「Having only one child is glorious」——我的筆記經常有錯字或者錯譯。

　　這兩本便宜的筆記本裡記滿了有關錢的字眼。我住在涪陵的時候，這裡是一片窮鄉僻壤，沒有高速路也沒有鐵路。在城裡，穿著制服的高中生或大學生俯首乞討，向人要錢來付學費是很常見的。我認識的人沒有一個有汽車，手機還是個新鮮玩意兒，叫作「大哥大」，來自香港幫派電影對黑幫大哥的稱呼。整所大學只有兩支大哥大：一支是黨部最高領導的，另一支是美術老師及早下海賺了錢以後買的。

　　在那段時間，中國經濟的蓬勃發展在沿海地區已經展開，但這個變化來到涪陵還是好幾年以後的事。不過涪陵人的話語已經變了。變化就是這麼開始的：語詞先到，然後錢到。錢還沒到手，可是老百姓早就談錢了：

股票 —— stock

國債 —— national debt

利息 —— interest

我還貸款 —— I pay back a loan

抵押 —— mortgage

貨幣貶值 —— currency devaluation

風險 —— risk

破產 —— go bankrupt

有時候我不免懷疑：他們要這些詞兒幹什麼？當時雖然我不明白，可是這些詞兒老在談話中和文章裡出現，所以我就把它們加在詞彙單裡：

競爭 —— competition

進取心 —— enterprising spirit

人均收入 —— per capita income

我的筆記本裡也有些過去不久的遺跡：

走資派 —— Capitalist Roader

臭老九 —— Old Stinking Ninth

間諜 —— spy

我在涪陵學到的語言是地方性的、別具一格的，它給了我一種獨特的時間感，成了我很愛學習的原因之一。我是個外國人，在這個城裡的生活完全只是當下：我在這兒沒有過去，而我的工作至多只有兩年。可是這兒的語言是豐富的，既回響過去又預示將來；而且時時提醒我，對住在這兒的人來說，時間像手風琴一樣，過去與現在是可重疊的。福克納曾經說過，過去並沒有真正過去 —— 仍然在一串串的語句中顯露出來。我的中文課本介紹被動式的時候，有個練習要學生把英語句子翻成中文。到底是過去的什麼事讓語法老師想出這樣的例句？

1. He was struck by a bicycle in the street. （他在街上被自行車撞了。）

2. My dictionary was borrowed by Xiao Wang. （我的字典被小王借走了。）

3. That factory was destroyed by the enemies. （那家工廠被敵人破壞了。）

4. That cruel and ferocious ruler was killed by the people. （殘暴的統治者被人民殺了。）

5. That factory was destroyed. （工廠被破壞了。）

6. That cruel and ferocious ruler was killed. （殘暴的統治者被殺了。）

*　　*　　*

　　這本教材叫《話說中國》(*Speaking Chinese about China*)，1995
年由北京外文出版社出版。兩位編者都是母語為中文的人，在中
國和美國的單位都教過書。導言中說這本書是為在美國的學生編
寫的，但是內容顯然經中國當局的詳細審查。頭幾課介紹地理、
古代歷史，然後是政治，有幾個主要概念重複多次，加以強調。
第二課裡出現的一個例句(臺灣自古以來就是中國的一部分)，在
第八課裡以較複雜的語法結構再次出現(中國人民盡最大的努力
爭取早日實現祖國的和平統一)。這是課本裡最有用的一課：我
發現，我們可以用表面複雜的結構，不斷提高層次，重複地表達
一個相同的簡單概念。語法起了香料的功能 —— 就像傳統的中國
烹調，用很重的香味使含肉量很少的菜變成美味佳餚。

　　在《話說中國》裡沒提到過錢。沒有貸款、沒有股票、沒有
抵押、沒有收入 —— 我筆記本裡的東西這兒都沒有，也沒有任
何內容反映經濟變化中的個別狀況。這本教科書是國營出版社的
產品，提供了官方規定的討論改革的視角。第三課裡的一個例句
(他提出了一個很好的發展生產的建議)，在第四課裡變得比較複
雜(人人都拚命幹活兒，結果產量翻了一番)。在第五課裡牽強
空泛到了極點(我們都了解只有發展生產才能提高人民的生活水
平)。人民是誰、他們生產什麼、為什麼拚命幹活等等，都從來
沒清楚地說明過。他們都由未提名道姓而同樣刻苦勤奮的政治人
物領導(第三課：中國的領導幹部真的參與體力勞動嗎？)。

　　要不是在書頁中居然處處潛藏著一股暴力暗流，這本教材可
真是枯燥得要死。像這樣的句子不定什麼時候會突然蹦出來：
「秦朝被農民起義推翻，說明人民的力量是強大的。」在《話說中
國》這本書裡，農民、殘暴的統治者、造反不斷出現；然而，這
些主題跟產量翻了一番、現代全球化社會的發展同時存在。不過

最有趣的還是這本書完全缺乏連貫性。翻譯練習把學生從日常小事帶到恐怖驚悚，然後又回到平凡瑣碎：

18. to move one's family to China（全家搬到中國去。）

19. Sure enough, the enemy brought their soldiers.（果然，敵人把兵都帶來了。）

20. In the end all were killed.（最後所有人都被殺了。）

1. Tomorrow the school is going to organize a sightseeing trip to the Great Wall for us.（明天學校要為我們組織一個參觀長城的旅遊活動。）

2. Only when the people are organized can a guerilla warfare be carried out.（只有人民組織起來才能打游擊戰。）

3. A Japanese sports organization is coming to visit.（一個日本體育團體要來參觀。）

　　和平隊的工作結束後，我在北京當記者的幾年裡，說中文的實用價值很明顯：我能跟人們直接互動。不過在涪陵我就已經發現，學習中文遠不只是為了理解。語言是溝通工具，但也是一種人為文物 —— 時代與地方的具體記錄。我在筆記本上記錄詞彙的時候，我是在學習中文，但也是在記錄涪陵在那段時間裡的某些狀態。這許許多多的清單 —— 筆記本裡成串的詞彙、課本中成排的練習 —— 現在都可以看作一種敘事。隨著時間的推移，這些故事的意義也逐漸加深，因為我們可據以認識那個時代的多重特質。發展、歷史、希望、悲劇 —— 故事在同一時刻向著好幾個不同方向開展：

35. 參與築路工程的工人

36. 中國歷史上的皇帝

37. 造反的貴族

38. 因而餓死

39. 坐船去比坐火車去好。

40. 起義的農民

41. 沒人知道他是怎麼死的。

42. 多民族國家的文化是怎麼形成的？

43. 農民的生活一天比一天好。

44. 最後他們都病了。

45. 其他民族的老百姓也來此地居住，多民族區因而
　　形成。

＊　　＊　　＊

　　談到學習語言的價值時，我們往往著重其結果。學習的行為著眼於將來：今日一個學生投入時間與精力，預期明日——將來——她會獲得溝通流暢的種種利益。但是對中國和平隊的志願者來說，至少在1990年代中期，卻很少有明日的意識。我們為什麼要學中文始終不很清楚，事實上多數人並不學。我自己努力學習的原因很多，但基本動機純粹是學習的過程。對於我，學中文的行為具有很高價值，因為我不止學到了語法和詞彙，也學到了許多有關涪陵、中國、甚至和平隊的知識。

　　當時，和平隊在中國還是個新鮮事兒，對中國這樣政治與語言上這麼複雜的國家，和平隊的經驗也很少。在世界其他各地，志願者一般學語言的速度很快——其實這是我報名和平隊的原因之一。我在密蘇里中部長大，從來沒在學校上過很好的語言課，高中和大學時期也沒機會出國。我覺得缺乏國際經驗是我教育過程中的一個缺陷，而且我相信和平隊是彌補這個缺陷最有趣、最有效也最便宜的辦法。

　　在大部分國家，和平隊志願者與當地人密切接觸，多半很快就學會工作所需的混雜語（trade language），非洲許多地區甚至沒有什麼文字。對我來說，這是一條「未擇之路」（譯註："The Road Not Taken"，為美國詩人佛洛斯特〔Robert Frost〕所作的詩）。1991年我第一次申請和平隊的時候，還沒有中國項目，第一輪的幾次面談以後，他們決定送我去非洲。可是我得了牛津大學的獎學金，就撤回了和平隊的申請。四年以後我再次申請，中國項目已經成立，我就被送到中國。

　　早期到中國去的志願者，會中國話或具備中國知識背景的很少。我的這一隊由十四個人組成，沒有一個在去中國之前學過中文。我沒上過中國歷史、政治或社會課，讀過的有關中國的書也是屈指可數。我知道中文難學，以為主要的挑戰是在語言上。事實上，政治才是學習中文最大的障礙。1990年代，中國對外國人仍然極度謹慎戒懼，尤其對美國和平隊更具戒心。1960與70年代中國曾經有過激烈的反和平隊宣傳，把這個組織描繪成美國政府將發展中國家推向資本主義的工具。

　　不過這個描繪倒是比我們多數人願意承認的更接近事實。幾十年來，和平隊志願者已經發展出很強的特立獨行的工作文化，但這個組織在1961年冷戰巔峰期間創立的時候，是用來反制蘇聯的基層發展工作的一種愛國措施。中國人對這段歷史當然知之甚詳。所以和平隊早期團隊都很小：在未經試驗的情況下，中國是不會讓大批美國政府資助的工作人員進入鄉土中國的，並且中國拒絕把我們稱為「和平隊」──這是 Peace Corps 的正確譯名，而把我們稱為「美中友好志願者」（U.S.-China Friendship Volunteers）。

　　這就是我的中文第一課：要是一個詞有負面含義，可以用另一個說法。我們被「正名」之後，就得了恰當的住房。在世界其

他地區，和平隊受訓者都住在當地家庭裡：每個準志願者分配到一個當地家庭中，在語言和文化上都與之密切接觸。在中國，和平隊起初也想說服政府，強調住進當地家庭對志願者多麼重要，但是這個交涉很快就夭折了。1990 年代中國官員怎麼會讓由政府派來的美國人住在中國人家裡，滲入當地社區呢！因此在訓練時期，我們每天學英語教學法，上四小時中文課，而晚上就被鎖在「外辦」──外事辦公室。「鎖」這個詞不是比喻。我們住在成都四川師範大學的校園裡，熄燈以後，大樓大門就用粗鐵鍊和掛鎖鎖住。

即便是和平隊本身對學習中文也有不同的看法。當時的中國總主任史威廉（William Speidel）是一位漢學家，過去負責過南京大學─約翰霍普金斯大學中美文化研究中心。和平隊的全國總主任通常有公共機構的工作背景，但是中國太特別、太複雜，因此和平隊決定請一位專家擔任領導。史威廉極力鼓勵志願者學中國語言。他指派一位語言學家特地為四川的志願者編寫了一本入門課本，其中有一章專講四川方言。他也說服了和平隊在志願者分派到工作地以後，為他們支付私人課程的學費，而這在其他國家並非常規。史威廉甚至指令和平隊付學費，讓志願者在教英文兩年之間的暑假在中國的大學上課，這在世界其他各地從無先例，因此一直有人反對史威廉的做法。果不其然，他們在我同期隊友在中國的服務結束後不久，就取消了暑期語言資助。至少有一次，史威廉自己掏錢支付了一位志願者暑期的學費。

然而，最令人吃驚的是，這項資助──北京、西安、昆明各地大學暑期中文課程的全部學費，遭大多數志願者拒絕。在我的隊裡，十四名志願者中只有五名申請，上一批志願者之中只有兩名上課。中文的意義──不是這個詞的意義，而是這個語言

本身的意義——在當時與今日是大不相同的。最近我與馬夸特（Christopher Marquardt）聯繫，他是早期志願者中中文學得非常好的一位。他是和平隊的第四批，在1997年到了中國。我問他學中文的動機是什麼，他回答道：

> 中國當時不那麼「熱」，為個人利益而學中文的誘因不如現在強。在我個人來說，我是受文化的吸引而去中國的。我估計在其後的團體中，動機可能轉移到商業方面，或者為商業機會而學習語言。

　　現在許多美國學校裡都有雙語項目，父母提到孩子學漢語成了地位和抱負的標記，很難相信僅僅不到二十年前，看法竟有這麼大的不同。在1990年代多數人看來，中國繁榮發達似乎是不可能的，生活在四川偏遠城市的外國人尤其這樣想。但是與多數和平隊的隊友不同，我卻有個模糊的奇想，覺得學中文對我的事業可能有所助益——我想將來當作家，當時我對小說比新聞工作更感興趣。我相信學一個困難的外語對以寫作為業的人肯定是有利的。可是我從來沒想過學中文會有什麼金錢上的好處，雖然我的詞彙單裡有不少關於錢的字眼，我倒是從來沒預料到中國會變成許多富豪和成功企業的基地。儘管我在毛澤東筆記本裡把那些詞兒羅列成行，但我還看不出字裡行間的意思：

他對錢垂涎三尺 —— he drools over money

貪心、貪婪 —— greedy

貪污 —— to embezzle

他崇拜金錢 —— he worships money

　　在我那一批團隊之前，有另外兩批和平隊去過中國。這些團隊共有近三十名志願者，但只有一個在停留四川期間中文達到

了高水平。其他人也進步到流利的程度，不過是在離開和平隊之後。這個情況反映了動機與信心的重要性——要學好一個語言，必須相信這是可能的，必須相信這是值得的，而早期到中國的志願者在這兩點上都持否定態度。我從沒見過第一批團隊中文說得極好的那個人，他可是個傳奇人物。和平隊的中方人員提起他總是肅然起敬，認為他能把這個絕無可能學會的語言學好，肯定是個奇才。

另一方面，美方人員對他的評價則有點兒欠佳。這個志願者顯然不太容易相處。美方人員感覺他沒盡全力教英文，跟其他志願者的互動也不好；他幾乎整天沉迷在學習中文上。除了史威廉以外，其他美國人員的中文都不行，而這些不說中文的對這位年輕志願者的表現特別不滿。不過，美方的批評也好，中方的讚美也罷，當中所傳達的訊息都一樣：學中文是個不正常的行徑。

*　　*　　*

然而，在第三、四、五批和平隊志願者時期，這種態度開始轉變。每一個團隊都有不少人中文學得挺好，而且其後幾年越來越普遍。這個現象反映和平隊逐年成熟，也反映了四川和重慶政治與文化上氛圍的變化。我參加後不到十年，中國政府終於同意讓受訓者住進當地家庭，現在已成為所有志願者的標準居住方式。同時，對中國語言的價值也有了更高的認知，因此後繼的幾批志願者更熱誠地學習也就不足為奇了。

不過考察早期團隊的情況是很有指導意義的。我們發現，預先學習中文與志願服務時期的習得結果是沒有關聯的——事實上，所有達到高水平的人事先都沒學過中文。有幾個志願者在抵達中國之前已經有了扎實的中文基礎，或是在課室學會或是住

過臺灣，但受到四川方言的干擾而進步很慢。他們對中文已有定見，發覺現實與預期不符的時候就很難調整（當年普通話在四川和重慶遠不如今日普及）。過去接觸過外語或國際化環境似乎也不重要。有一位成績極佳的年輕人在明尼蘇達貧困的拖車社區長大，上的是當地的小州立大學，加入和平隊之前從來沒出過國。

　　天賦肯定起一定作用。絕大多數志願者都從零起點開始，誰天生抓得住竅門立刻顯現，這些起跑特快的兩年之後也都多半是說話好手。不過這個情況不是絕對的。有些訓練期間表現特佳，到了工作地以後並不積極努力。也有的最初幾個星期苦苦掙扎，可是兩年之後卻達到了極高的語言水平，就因為他們受到激勵，全力以赴。

　　學好中文對女性似乎比對男性要艱難得多。這很奇怪，因為一般來說，女性比男性更長於語言，訓練期間女性志願者的中文成績也往往比男性好。但到了工作地，女性在語言上幾乎從來沒有精彩表現。最初的五批團隊裡，女性占了多數，可是在十餘位中文達到高水平的人當中，[2] 只有一位是女性。回想起來，這也不足為奇。我當初學中文和跟人聊天的地點——茶館、飯店、公園，都是男人的天下。當時四川的女人是很少有公開的社交活動的，男人一塊兒幹的事兒——喝酒、抽煙——對女人都是禁忌。結果男性志願者被邀參與社交活動的機會就多得多。我最近跟馬夸特聯繫，他跟一位女性志願者一起工作過，談到她對這類狀況的反應，「我記得待遇不同真的惹惱了她，」他說：「受到差別待遇讓她受到很重的打擊。」

2　這是我自己的估算，是根據我自己的觀察以及與當時和平隊員談話的結果。和平隊並不測驗期滿離隊者的語言水平，所以我的評估是非常主觀的。

　　在那個時期，街頭騷擾幾乎是外國人的日常遭遇。多半的騷擾基本上沒有惡意──無論到哪兒都有人圍觀，對老外喊Hello!。可是這類行為讓我們疲於應付，有時惹人惱怒，也偶爾讓人害怕。作為一個志願者，要麼就學會對付騷擾，要麼就老老實實待在教書的校園裡。這是我們習得中文的一個關鍵因素。中文學得很好的，無一例外都是學會了應付街頭壓力和無端注目的那些人。我在涪陵足足過了六個月才培養出足夠的耐心和鎮定來對付人群的目光，而過了這一關以後，我的中文就顯著地突飛猛進。

　　女性志願者要突破這個難關顯然困難得多。原因之一，就是她們受到的騷擾比男性更強烈更嚴重。我在涪陵的一位女同事甚至有人對她扔石頭，我和男性隊友亞當‧邁爾（Adam Meier）就從來沒遇到過。來中國之前，她在美國見識過方式不同的街頭騷擾，可是這些經驗並不能緩解她的壓力，只是讓她更敏感、更明白潛在的危險而已。

　　不過就像中國生活的各個方面一樣，這個現象很快就改變了，而且比預期的快得多。過去幾年來，我回四川和涪陵好幾次，發覺對外國人的街頭騷擾已不常見。當地婦女似乎很自在地過著比我記憶中活躍得多的社會生活。這個轉變可能比我們意識到的還要意義重大──在一個經歷過大規模實際變動的國家裡，我們經常忽略了比較微妙的社會變化。我也見過不少後幾批和平隊的志願者，性別的區分似乎已經消失──近幾年來，有許多女性志願者的中文學到了很高水平。

　　過去用來描繪婦女的一些詞兒早就廢棄不用了。我還記得1999年我搬到北京，對服務員大聲叫「小姐！」，換來了一副不悅的臉色，可從前四川人都這麼叫。我的筆記本裡有「臭三八」這個詞兒，字面意思是：臭3月8號，譏諷3月8日國際婦女節，

基本上意思就是「賤貨」(有一次亞當看見兩個四川女人吵架,一
個尖叫:「你臭三八!」另一個回罵:「你才臭三八!」)。我筆記
本裡的詞條,像本地香煙公司「宏聲」的廣告底下那一串,說明
有個故事當年我沒怎麼搞清楚:

一握宏聲手永遠是朋友 —— To have a Hongsheng in
your hand is to have a friend forever

娼妓 —— prostitute

允許 —— permit

賣淫 —— to prostitute oneself

私娼 —— unlicensed prostitute

* * *

那麼到底是什麼激勵了早期志願者學中文呢?馬夸特中文流
暢,可是沒再去過中國,他最近告訴我:「我那時要學中文,因
為有趣、免費,而且和平隊教語言教得好。我也是個學癡,中文
就像個字謎遊戲。」我問邁克‧格蒂希(Mike Goettig),他說:

和平隊在我們到了工作地後為我們付學費也是一件大
事 —— 事後想來,在住宿家庭連想也不敢想的時期,
這真是讓我們在社區裡有個立足點的最佳辦法。我的
老師彭紅麗(譯註:Peng Hongli,音譯),自我到了樂
山以後一直是對我最重要的人物:她是我工作地的第
一個中國朋友,我在她家吃飯不知道吃了多少次。

歸根結蒂,追求這種比較人性化而非職業化的人際關係,才
是我們大多數人勤習中文的主要動機。不過在我的情況,還含有

一點政治成分。我跟邁爾到了涪陵以後，起初找不到中文老師。我們是涪陵第一批和平隊志願者，大學答應給我們找普通話好的老師，讓我們繼續學習（和平隊在成都的培訓時間有兩個月）。可是過了一個星期，兩個星期，後來是一個月，一直沒找到。我們每次打聽怎麼樣了，他們總說揀選過程還在進行。後來我發現他們要找政治上可靠的人，也不要未婚女性教單身外國男人。

我隱隱覺得大學職員暗地裡希望拖久了我們就會放棄。幸好他們終於給我們指派了中文系裡兩位不會英語的老師，後來他們成了大學裡我們最好的朋友。不過，起先似乎沒人相信我們真能學會，也常有人模仿我們笨嘴拙舌地說話。第一個學期，在我教的英語寫作課上，有個學生在作文裡寫道：

> Pete 和 Adam 到大學來免費教我們英語，我們很感謝。可是我們為 Pete 和 Adam 的生活擔憂。Pete 和 Adam 中文很差，看不懂中文電視節目。我猜你們的生活很苦。我想知道你們怎麼打發閒暇時間。

這是個好問題。我們沒有互聯網，便宜的 DVD 也是幾年以後才熱起來的。當地又沒有英語書籍或雜誌。我們一個月賺1,000元，相當於120美元，不夠幾次旅行花的。第一個學期，我經常收到學生深刻動人的作文，但當面來往的時候他們卻頗有戒心，大學的同事尤其如此。有天晚上，系裡英語最好的一位同事請亞當和我到他家吃餃子，可是其後他好像就避免和我們有任何接觸。我事後才知道大學行政人員對他邀請我們大感不滿，警告他不要跟外國人進一步交往。我們的學生也收到同樣的指令。他們得監視我們的課堂內容，向校方報告任何異常現象，但不許課外跟我們來往。

　　這樣大約過了六個月以後，我開始感覺被英語困住了。現實與我所預期的不同——我剛到中國的時候，以為全國熱中於學英語，是中國決心對外開放的一部分。我的學生在大學中受到良好訓練，然後才能在英語剛成為必修課的中學裡教課。全國性的英語熱倒是十分熱切的，但畢竟才剛萌芽。大學校園之外，我在涪陵沒見過一個英語說得很好的人。基本上英語在大學之外並不存在，大學又以保守封閉著稱。我來到中國，懷著英語代表外在世界、開放、西方價值的信念，但立刻發現我太天真了。在1990年代的涪陵，英語屬於共產黨。當局對本地每一個英語好的人都嚴加掌控。

　　語言的政治化是雙向的。我逐漸發現我學中文幾乎也是個政治活動。校方不想讓我學：他們讓我很難找到教師，又常警告我們不許單獨進城。我以英語可能建立的任何人際關係，他們都設法監控。但是，用中文我就自由了。我開始以所有課餘時間學中文，多半都在大學外頭。我經常徒步去校園外山上的農村，因為大學人員看不起農民，根本不屑監視他們。現在翻翻我的詞彙本兒，裡頭有不少是當時鄉下閒步所得（我也發現，即使在樸實自然的田園生活中，金錢還是個話題，以各種不同的面目出現）。

春耕 —— spring plowing

秋耕 —— autumn plowing

耕田 —— to plow, till (a paddy)

犁地 —— to plow (a field)

單身漢 —— bachelor

單身漢貴族 —— rich bachelor

沒收 —— to confiscate, appropriate
偷稅漏稅 —— to evade taxes

在許多個下午時分，我會過烏江進市區，在公園、飯館、茶館這類遠離校園的地方學習。我漸漸認識了這些地方的常客，中國話進步以後，談話也就有了深度。在興華東路的一個小公園裡，我常跟一個中年攝影師聊天，他在那兒給逛公園而沒帶照相機的人拍照為生。有一回我提到香港，時值1997年春，這個英國殖民地就要回歸中國。大學舉辦了許多慶祝活動，學生們既驕傲又激動。可是這位攝影師的反應讓我很驚訝。他說：「要是香港這些年來沒有英國人統治，就不會有今天這樣富裕。要是中國統治的話，那麼大躍進、文革等等政治活動都會影響香港的發展。就像毀了別的一切，我們也會把香港給毀了。」

我從來沒聽過大學裡的人說這樣的話，我告訴他我的學生可絕不會同意。

「他們的看法當然跟我的不一樣！」他說：「他們知道什麼？太年輕了！他們沒見過世面，什麼都不懂。」

我說：「可是，我認識的年紀大點兒的老師也不這麼想。」

「那當然！他們每個星期都上政治課 —— 共產黨說什麼他們就得信什麼。我們老百姓可是有自己的想法的。我不用學大學教的那些東西。」

這樣的談話讓我有時候對自己的工作也懷疑起來。可是在涪陵的第二年，我便發現黨對英語的控制並不是絕對的，而且會日漸減弱。系裡一位老師有時晚上到我公寓來借外國出版的書，裡頭的話題要是用中文出版肯定被禁。我理解到，即使在涪陵這樣偏遠的地方，總有一天人們能自由地學英語，免於受大學當局的干擾。

　　我也知道，學中文是擺脫他們控制最有效的辦法。第二年，我開始在校園外跟學生見面，相互的談話就比過去要誠懇得多。談話總是用中文進行。説到敏感話題的時候，即使英語比我中文好的學生也寧肯用母語。在他們心中，英語是當局掌控的語言，至少他們在校時都是這樣，説英語的時候本能地會有所限制和戒懼，但説中文的時候是完全自由的。由於這樣的政治氛圍，我就能用這個外語更誠實、更直接地表達我的想法，儘管語言能力遠遠談不上完美。

＊　　＊　　＊

　　2011 年 10 月，我和家人搬到埃及開羅。前一年夏天，太太 Leslie 和我都報名上明德暑校的阿拉伯語密集課程。到了開羅，又請了一位私人教師。在開羅的第一年，阿拉伯之春正鬧得如火如荼，我們一方面忙於報導埃及歷史上首次民主總統選舉，同時每星期還跟老師上十小時的課。我買了一摞便宜的 Mintra 牌筆記本，把阿拉伯詞彙記下來。有些事情從來不變——無論我是和平隊志願者，還是《紐約客》的撰文者，我用的筆記本都很便宜。可是記下來的東西不同了：

支持
反對穆巴拉克的抗議活動
支持穆巴拉克的抗議活動
廣場上大約有八十人
人民
我今天很累
穩定
車站

地鐵站
烈士
結束了

　　我的阿拉伯文筆記本裡幾乎沒有「錢」字。沒有人為錢垂涎
或崇拜金錢，也沒有必要說「進取心」。但有好些在涪陵從沒出
現過的詞：

公投
意見調查
退選

　　我幾乎是立刻學會了說「陰謀論」。我的阿拉伯文筆記本裡
充滿了解放廣場 (Tahrir) 的宣傳文字 —— 從我抵達的那個月一直
到 2016 年夏天我離開的時候，政治都無所不在。
　　自然也有許多詞條跟宗教有關：

教長
族長
鬍子
地毯
禁忌

　　此外，還有連篇累牘的政治術語、應酬話和委婉用語 ——
在涪陵誰也用不著這些埃及的繁文縟節和委婉用語：

神保佑你安全無恙
事情很簡單
謝謝你
十分感謝

能否請你……？

能否請你……看在先知穆罕默德份上？

有誰在中文課裡學到過談論遲到的一課？

對不起

我會稍遲一點兒

我來早了

能不能把見面時間推遲一點兒？

今天真糟！

你會準時來還是會遲一點兒？

我不能準時來

能不能晚點兒見面？

　　涪陵之行已過了二十年，中國語言對我這些年來的寫作事業可說是影響巨大。1999年到北京的時候，我計劃做一個自由業作家，我的語言能力足敷使用，不需譯員。這對保持獨立具關鍵性作用，因為我不必附屬於某刊物或機構，靠他們配置人員供我使用。我也能夠冒風險搞各種寫作計劃——我的花費低，因為不必雇用譯員或研究助理。我常做長途旅行而不一定有明確目標，在中國也從不聘請助理人員安排採訪或替我做初步研究。在我逐步發展寫作事業的時候，這些方法成了我工作的基本原則：我進行開放性研究，看重自發性際遇。我描寫自然狀態下遇見的普通老百姓而不寫公眾人物。要是我年輕的時候就全職為新聞業或雜誌社寫作，也許就不能走這條路。

　　但學中文最大的利益還不只是眼光和敬業。有時我真恨不得是在學校就開始學，或者像我華裔太太那樣從小就學。加入和平隊的時候，我已經二十七歲，除最初的兩個月培訓和短暫的暑

期班以外，我從來沒上過規劃完善的正式課程。結果就是我的中文有不少漏洞。然而成年後學習外語，在當時當地卻有一種特殊的激情，無論是1996的四川還是2011的開羅。我在涪陵的經驗讓我認識到，語言和語言習得是歷史、文化和社會的綜合反映。語言文本既是人為工具又是記實文獻 —— 是某特定時代、某特定地點的產物。

再者，成年後學習，讓我更容易適應新的語言在我思維上造成的改變。瑣碎的細節可能產生巨大的影響；某些詞語的一再重複會開闢新的思路。學阿拉伯文一年左右，我注意到即使用中文談未來的事件時，我也會不自覺地在腦子裡搜索與「如蒙主恩准」（insha'allah）相當的字眼。

*　　*　　*

2015年，我為《紐約客》寫了一篇文章〈學著談貼身內衣〉（Learning to Speak Lingerie）。在寫這篇文章的幾年以前，埃及一個罷黜穆罕默德·穆爾西總統（Mohamed Morsi，前穆斯林兄弟會領袖）的政變引發了嚴重暴亂。在上埃及尼羅河西岸一個偏遠貧困的小鎮邁萊維（Mallawi），發生了一個殘暴事件，伊斯蘭派暴動，十八個人喪生。暴徒燒毀了一座基督教教堂和政府建築，劫掠了當地博物館的上千件文物。

這次攻擊的幾個月以後，我在那個地區的考古遺址做一些研究，有一天獨自開車去了邁萊維。博物館僅存燒毀的支架，對街露天市場的小販向我敘述事件的經過。一個埃及老闆偶然提到市場裡有個中國商人。起先我懷疑聽錯了，埃及阿拉伯文的「中國」和「西奈」（Sinai）聽起來簡直一樣。可是那個老闆堅持市場裡確實有個「中國商人」（ragul sini），我就叫他帶我去看。果然，在蒼

蠅成群的市場上，在遙遠的上埃及，有個身材矮小面容嚴肅的中國人，名字叫葉達 (譯註：Ye Da，音譯)，開了一家小店。他賣女人的內衣。

葉達告訴我，他跟老婆一起管那家小店，兩個人都是浙江南部人。他的表兄弟在敏亞 (Minya)——另一個上埃及尼羅河岸城市，也賣女人內衣。葉達還認識這個地區其他幾個浙江老鄉。後來的兩年內，我去了上埃及好幾趟，多半做考古研究，可也常去看葉達和其他尋得著的中國人。經常是我到了一個城市，停好車，叫輛出租車，讓他帶我去「中國店」(al-mahal al-sini)。這些地方外國人很少，只要有中國人，幾乎人人都知道。我發現沿著尼羅河到處都有：沿河三百里，我一共找到了二十六個中國內衣販。那個地區沒有一個中國人賣別的東西。

我在這樣的小店裡一混就是好幾個小時，跟中國老闆、埃及助手和當地顧客聊天。我是個外國人，在語言上又能跟中國人溝通，所以儘管商品挺敏感，但是當地人不排斥我。這也是中國人在這兒獲得一席之地的主要原因——他們是外來者，在當地八卦圈之外。要是我帶著一個埃及譯員來，那互動關係就完全不同了。

在我的這篇文章裡，我描述到了邁萊維葉達家中的情況：

> 在這對夫婦家裡，我就看見一本書，是中文的，副標題是：「你是自己最好的大夫」(You Are Your Own Best Doctor)。他們既不會阿拉伯語也不會英語。家裡沒有中文——阿拉伯文的字典、短語集或語言課本，我發現沒有一個內衣販有這類書籍。阿拉伯文跟中文不同，是有性別區分的。這些內衣販因為全靠耳聽學阿拉伯語，所以學的都是女性顧客的說話模式。我把這種話

稱之為內衣方言，聽這些中國男人用女人的口吻說話
倒是挺讓人卸下心防的。

在內衣方言中，有一句話很重要：「我有大一號的。」
這個句子中國內衣販用得多極了。埃及人多半身材高
大，幽默而有魅力……相形之下，較為矮小而嚴肅寡
言的中國人就有一種從場景中心隱身的本事。這種差
別跟內衣交易配合得天衣無縫。中國小販個頭矮小，
所知很少，又顯得冷淡，這些特質都讓埃及顧客感覺
十分自在。

多數讀者都覺得這篇文章很有趣。但是寫有關中東的報導
比有關中國的政治監管更強，批評更是所在多有。海蒂・摩爾
（Heidi Moore）是《華爾街日報》（*Wall Street Journal*）和《市場》
（*Marketplace*）的前記者，她在推特上評論：「哇！這是最最惡劣
的『東方主義』：這個西方人把埃及人性感化，腦子裡幻想著信仰
虔誠的埃及人在床上都做些什麼。」艾莎・甘尼（Aisha Gani）是
《衛報》（*Guardian*）的記者，在推特上說：「這篇文章把『東方主
義』表現到了極點，我簡直無話可說。」她的同事，名叫伊曼・
阿曼尼（Iman Amrani）的一位記者，同意她的看法，在推特上反
應道：「一位埃及女性寫這個題目我可能不怎麼在乎──也許她
們更有洞察力。」她又說：「我們都見過白人女性寫有關性和性潮
流的文章，但白人男性寫有色人種女性的這類文章，我就很不以
為然。」

我自然不同意。我相信眼光敏銳的讀者會看出這篇報導主
要是關於性別，而不是性，這篇文章主要的興趣在語言而不在情
欲。對一個人物的切入點，的確可能是性別或種族，但絕非唯一
或最佳途徑。語言往往更重要。在這個情況中，那個輕易拿出
來的詞兒「東方主義者」的含義，可能比推特幾個作者所知更複

雜。一個密蘇里州的白人男子觀察浙江男人賣內衣給埃及阿斯育
(Asyut) 女人，其動力到底是什麼？要是這個密蘇里男人說涪陵
中文和後革命時代的阿拉伯文，動力是不是有些不同？要是他經
由揚子江到了尼羅河？要是這個浙江男人說內衣阿拉伯語，完全
用女性語氣？要是我們來自各地，而現在站在同一河岸，用相互
了解的方式說話，意義又是什麼？誰向東看，誰向西看？到底怎
麼定義「東方」？

　　在身分政治學的討論當中，很少有人注意到身分語言學。
你，就是你所說的話——在你思維中流動的詞語，對於界定「自我」
身分，與種族或性別是同樣重要的基本要素。唯一的差異是，由
於語言極端複雜，一般的認知是語言更帶有個人性。人們說話的
方式無窮無盡；地點不同、時間不同，語言都隨之變化。我在涪
陵學的中文已不存在了，我所學的埃及後革命時期阿拉伯文也隱
沒於歷史中了。這就是「個人性」的本質：世界上沒有任何一個
人能聲稱擁有與我腦中積聚的相同的一套話語，或者像葉達這
樣，發展出一套獨特的浙江南方方言、普通話、市場埃及阿拉伯
語的混雜語。我們對身分的概念要是被種族與性別所壟斷，要是
有很多人認識到這些特質的定義既僵化又膚淺，那麼在「身分」
的等式中也許就應該加上「語言」。無論如何，一個人總是能再
學一個語言而改變你自己。此外，你學的語言越多，你就越了解
定義別人多麼困難。東方主義者、性別主義者、種族主義
者——標籤是很容易製造的。在開羅學新的語言不到兩個月，
我就已經在筆記本裡收集了一大串了：

　　反猶太主義

　　大屠殺

　　你有你的信仰，我有我的信仰。

共產主義

左派

無神論者

來世

06 張 彥
Ian Johnson

國外報導改良芻議

張彥，在中國居住超過二十年，現在從事教學工作。他定期為《紐約時報》和《紐約書評》寫作，曾獲普立茲國際報導獎。有許多精彩著作和文章有關中國的宗教、俗文化和日常生活。他致力於呈現那些西方人一般不會接觸的方面，並在這篇文章裡主張，涉足這些領域時，中文是不可或缺的。

我在加拿大蒙特利爾長大，在說法語的魁北克省。我的母語是英語，因而我屬於說英語的少數，大約只占全省人口的20%。然而在我父母那一代，說英語者多半是除了 *merci*（譯註：法語「謝謝」）和 *au revoir*（譯註：法語「再見」）以外，什麼法語也不會說。他們住在被法語環繞的英語區，出外闖蕩的時候，也盼著別人說英語。這樣的語言隔離反映了歷史事實：英國人打敗了法國人進入此地，占據了許多經濟上的核心地位。那是十八世紀的事，但即使是二百年後，魁北克的說英語者不會法語也只是稍有不安。反正店鋪櫃檯後的女人都會說一點兒英語。要是不會，那她們該會，甚至有時被迫得會。

醜陋的說英語者

1960年代末我上小學的時候，這種傲慢態度因魁北克人的民權運動，也就是所謂的「寂靜革命」（Quiet Revolution），而逐

漸消失。説法語者成為新興勢力，説英語者發覺他們得學習當地
語言，否則就只好離開。我是上沉浸式法語課的第一代小學
生，我們即使在操場上玩也只能説法語。這是態度轉變的一部
分——以語言來做測試。有許多人發覺學習法語是應該的，將
來是必要的；有的卻接受不了新時代；有的根本就拔腿離開。我
的一些親戚就是這樣，他們完全不想留在得説法語的魁北克。我
一個姨媽就半開玩笑地説過：「現在法國人居然跩起來了。」

　　這些經歷對我的影響一直延伸到我上大學。狹義來説就是
我不想再學歐洲語言了——學過了，也學夠了。所以我選了一
個差異最大的語言：中文。廣義來説，過去的經驗讓我悟到，語
言與了解和融入社會的深度有密切關聯。我了解到當我去外國的
時候——我真心實意想環遊世界——不要成為一個我自幼便見
識過的、醜陋的説英語者。我要跟當地人民直接交往，透過他們
本身來了解他們的生活。我也意識到會説其他語言不只是一件
好事或對事業遠景有利，而是一種道德上的必要。

　　學了中文並在校內報紙工作幾年之後，1984年我去了中
國，在北京大學的一個語言項目學習中文，也為本科畢業論文做
研究，題目是「在中國的北美新聞事業」。我採訪了各個報社和
通訊社的十幾位記者，重點之一是要知道其中多少人能説中文。
我發現有少數能説，如《紐約時報》的約翰‧伯恩斯 (John F.
Burns)，但多數不能，這讓我十分驚訝。報社透過工作分派調換
記者，就像外交官輪換國外職位一般。能説當地語言是一項有利
而非必要的條件。

　　在研究過程中我還注意到，多數記者互相抄襲。你會看到
同一個個體戶、[1]農民、雜技演員的人物特寫。他們是從《中國日

1　「個體戶」是鄧小平的經濟改革中依法可以個別營業的商人。

報》(*China Daily*) 上摘出的或在彼此的報導中存在的人物，然後
就輾轉傳抄。這些報導沒錯，也不壞，但有局限而且缺乏原創
性。這個現象不足為奇，因為那些記者都住在外國人集中區，就
像說英語的魁北克人一樣。部分原因是中國政府不讓外國人住在
「外交公寓」以外地區，這些集中區可以把他們集中一地便於監
視。但這只是問題的一部分。更嚴重的是，他們深陷於一種心
理上的「畫地自限」，只能猜想中國人有什麼想法。他們就靠他
們的助理人員跟在晚飯桌上聽來的謠言，希望能再敷衍一個星
期、一個月或者一年。生活在這麼孤獨的世界裡讓人精神十分疲
憊，這是導致那麼多人住個兩三年便回來的原因之一。

　　這幾十年來我也發現，這個狀況並沒改變多少。多數記者
既不能說中文也不能順暢閱讀。多數還是住在集中區──不過，
不是地理上的外交公寓了，而是網上的虛擬空間如推特與新聞集
合網站。要是記者像一個國家的感官知覺，那我們對中國的現實
認知就是在半盲或半聾狀態。

一個思想實驗

　　試想一個駐華盛頓或紐約或洛杉磯的中國記者，卻不能說英
語！這個人極端聰明，還有好幾個年輕能幹中英俱佳的助手。可
是我們這位來自杭州的中年二流文人工作上卻是個文盲。除了叫
一杯白酒、跟計程車司機說話、採訪開頭寒暄幾句以外，她什麼
都說不出來，什麼都聽不懂。意思也就是她無法深入閱讀《紐約時
報》或《華盛頓郵報》，無法看《新聞時段》(譯註：*NewsHour*，PBS
的新聞節目) 或《奧萊利實情》(譯註：*O'Reilly Factor*，Fox News 的時
事談話節目)，聽不懂《事事關心》(譯註：*All Things Considered*，
NPR 的座談節目) 或拉什·林博 (譯註：Rush Limbaugh〔1951-〕，

著名的電台談話節目主持人），不能讀《政治》（譯註：*Politico*，華盛頓與紐約曼哈頓的政治新聞報紙）或《布萊巴特新聞網》（譯註：*Breitbart*，極右派新聞及評論網站），更無法跟阿帕拉契亞農民或穿著流蘇便鞋的國會說客直接談話，從來也沒真正聽懂過巴布・狄倫（譯註：Bob Dylan〔1941–〕，美國著名民謠歌手、詩人，2016年諾貝爾文學獎得主），或科爾・波特（譯註：Cole Porter〔1891–1964〕，美國著名音樂劇作曲家）所唱的一個字，沒法讀懂大都會博物館展覽畫作的說明，看著時代廣場的滾動新聞條而大惑不解，參加國會開幕式也只聽得懂一兩個句子。

這樣的一個人會描繪出一個什麼樣的美國？她的生活有多麼貧乏、隔絕？當然，她能懂幾個主題 —— 她知道槍枝問題和大學籃球、重新劃分選區，以及《以色列環球時報》（譯註：*Globes*，以色列的財經新聞報）—— 但她的了解是模糊歪曲的，有如透過紗幕或哈哈鏡觀察世界。

這麼一個人如果也寫一本關於美國的書，一本給本國民眾介紹這個奇妙國度的入門書籍，那就恐怕不是一部現代的德・托克維爾著作（譯註：Alexis de Tocqueville〔1805–1859〕，法國政治思想家，以其美國遊歷著《民主在美國》〔*Democracy in America*〕一書），而更像是1950年代的《國家地理》（*National Geographic*）雜誌，集中報導最奇異、最具異國情調、最陳腔濫調，這個「美麗國家」最不典型的種種景象。

解決問題並不容易：合理的原因

畢業論文完成以後，我決定不能同流合污。我從中國回國，畢了業，然後在一家地方報紙拚命幹活，學會了在期限內趕出一堆報導的本事。可是一年半以後我辭職了，因為我從蒙特利

爾的經驗認識到，要是學語言而不精通的話，不久就會忘記。學語言像爬上一個後接高原的陡坡。爬上陡坡到達流暢的高原後，這個語言就不會徹底離棄你。爬不上陡坡就會下滑，不久就回到原點。因此我辭職去了臺灣，1980年代臺灣是學中文最理想的地方。後來在柏林的研究生院我繼續上中文課，並且獲得一份新聞工作，於1994年配備著相當流暢的中文又回到中國。

不久，我認識了一個同事，讓我意識到語言不是一切。他會好幾種外語，可是除了勉強湊成最基本的短篇報導以外，從來沒寫過什麼像樣的東西。有一次我正準備去看他，另一個朋友叫我帶上滿滿一盒小木棒，把木棒撒在地上。

我朋友說：「他能馬上告訴你有多少根！」

我問：「你是什麼意思？」

他說：「白癡大師。」

我的朋友並不是嘲笑語言不過是晚會上的把戲或是什麼奇技淫巧，而是說記者還需要很多別的本事才能成功。

不重視語言的部分原因，就是媒體公司的運營方式，至少是直到最近的運營方式。一個資深的駐外記者可能在這一行工作二十多年，也許在四、五個國家住過。一個人有可能會那麼多當地語言嗎？一些小語種呢？我們能合理地要求多少記者說塞爾維亞—克羅地亞語？盧安達—盧地語？或達利語？但在波士尼亞、盧安達和阿富汗都屢有新聞發生，需要記者做快速而準確的報導。顯然，全世界新聞迭起的各地幾十種語言，連《紐約時報》都不可能每一種都有說得流利的記者。

當然中文應該與之不同。美國、加拿大和其他國家都有許多第一或第二代中國移民能說普通話。可是新聞機構還是難以在其中找到做記者工作的人。為什麼？是由於種族歧視？還是對年輕人的偏見？

　　歧視的確是原因之一，但只是答案的一部分。有一個重點必須記住：新聞業其實也是一種行業。它在一定的時限下運作，所以優先考量效率和處理方法。成功的記者必須具備各種各樣的技能。即便外語能力極為重要，但缺乏分析的頭腦、研究能力，而且母語不佳的話，還是不夠的。

　　1990 年代在北京工作，我很快就發現不少好記者並不能說中文。例如我認識加拿大電視公司一對夫婦檔，克莉絲汀·尼爾森（Christine Nielsen）和馬康·福斯（Malcolm Fox）。他們的中文只夠他們找到友誼青年酒吧（Poachers Inn），可是他們是我所認識的最積極敬業和最誠實正直的記者。有一次我們到陝北黃土高原，報導當地農民起訴地方政府超額徵稅。才過了幾個鐘頭我們就聽說已被跟蹤，警察半小時後就到。這時速度就是一切。他們鎮定自若地善用每一分鐘，利用最有效的問題明確勾畫出貧困地區農民生活的錯綜複雜。儘管受到干擾，他們的報導既公正又深入。他們的專業修養和高明技巧，使我發覺即使學會上千個高深的中文成語，跟全力奉獻、公正不阿者的工作技能相比，也不免黯然失色。

　　後來我為《華爾街日報》工作，發現在今日複雜的世界裡，還有其他技能也相當重要。在《華爾街日報》，經濟知識是關鍵條件。2009 年我搬回中國，與長期觀察美國聯準會（U.S. Federal Reserve）的鮑勃·戴維斯（Bob Davis）共事一年，他就讓我強烈感到這一點。他不會中文，但是知道對經濟官員該問哪些問題。另外土生土長的日本人白水紀彥也是如此，當時他是《華爾街日報》的首席汽車業記者。白水的中文不行，但是他走過一家汽車工廠所觀察到的許多東西，是中文高明的《紅樓夢》學者好幾輩子也看不見。

不合理的原因

　　工作多年以後我所學到的另一點是：這個行業總是獎勵最不需要語言能力和文化理解的報導。

　　這個現象在普立茲獎尤其明顯，它總是盲目崇拜戰爭和危機的報導。普立茲國際報導獎的一般原則是這樣的：如果發生了一場重大戰爭或侵略，尤其是由美國主導的，其報導便將得獎──只是考慮哪一家新聞社中選罷了。這些都是重要主題，評審委員也立即理解其重要性，但也是最容易報導的。當然我不是指所需的勇氣與毅力，而是就理解當地狀況而言。軍隊向某方向推進，你緊隨其後，摸清狀況，然後派出助理趕緊搞到一個受害者的故事──最好是一個家庭慘遭滅門或者損失了牲畜。為了加強效果，你還可以找一個當地的文化象徵，或被毀壞、或被保存、或與當前衝突有個一絲半縷的關聯──一座老城、一首詩、一座雕像都行(在《孤獨星球》旅遊指南裡讀到的就很好)──然後寫一篇扣人心弦的文章提到十字軍、亞述人或蒙古人。這就給人一個你了解這個國家的假象。評審委員都愛這個──讓他們感覺他們並不是在搞戰場色情，他們會在頒獎詞裡讚美得獎記者：「在戰爭的恐怖中展現了高敏感度」──行了！這位記者從此就進入海明威及其他雄性激素特強的戰爭記者行列。

　　也不僅戰爭報導是這樣的。其實報上最受歡迎的報導，包括醜聞、人權侵犯、饑荒、政權轉換等無不如此。在這類報導中，當地人是受害者，多半很願意受訪，派幾個能幹的譯員弄到幾句街頭心聲也就足夠了。報導的基本脈絡很簡單：獨裁政府Ｘ逮捕受害者Ｙ，我們只需要弄到幾句Ｘ的否認和Ｙ聲淚俱下的幾句話，再加上說英語的外國學者透過電話採訪，把所有這些都關聯起來。這樣的報導，任何一個有過幾年新聞工作經驗的人都寫

得出來。這些都是數字填色（譯註：paint-by-number，按照數字指示填入顏色的兒童畫畫遊戲），但也就因為如此，編輯和許多讀者都對這種報導方式熟稔、理解而愛之不能捨。

醜陋的原因

有一年我報導柏林牆倒塌的時候，《紐約時報》上有一篇關於德國總理赫爾穆特‧科爾（Helmut Kohl）的採訪，發稿地點卻註明「倫敦」。跟我在當地並肩工作的一個朋友大笑不已——他說：是啊！對他們來說都是在國外啊！

跟其他一些報導相比，這還不算太糟，至少這個人在大西洋正確的一邊。如今，有不少關於中國的報導讓我聯想到安東尼‧路易斯（譯註：Anthony Lewis〔1927–2013〕，美國著名學者、新聞記者）的專欄「發自國內的國外報導」（Abroad At Home），當然路易斯是有意名之，他以曾旅居國外而稍帶距離的客觀眼光觀察美國。現在有些人根本就是住在國內卻寫國外——住在華盛頓或紐約，卻聲稱是報導中國新聞的記者。事實上，可以說最有影響力的中國新聞彙集者和評論者，例如 Foreign Affairs、Tea Leaf Nation、ChinaFile 等網站和許多有關中國的播客、新聞摘要和自動發送系統，都是由不在中國的人編輯，甚或多半是由此等人寫作的。

我們簡直像是回到毛澤東禁止外國人進入中國的時代了。當時的外國人至少進駐香港。如今無論身在何處，人們透過互聯網能夠讀到各種各樣的文章，便自以為有資格濫加評論。我並不是指學者或有專業知識的人，他們不必親臨其境就能寫出有價值的東西。我是指新聞記者，他們的職責就是見證事件的發

生。但相反,他們都以為自己是第二個沃爾特·李普曼(譯註:
Walter Lippmann〔1889–1974〕,美國著名作家、記者、政治評論
家),不用離開東海岸的辦公室就能對世界上任何事件說三道四。

為什麼得改變

　　我第一份全職新聞工作是在佛羅里達州一個名叫德爾托納
(Deltona)的未建制社區(unincorporated community)做報導。這
是一個有三萬人的大型規劃社區,由縣政府派來的一個年輕行政
人員管理道路修繕、自來水供應、警察拿到工資等等事務。他就
像市長,當然是在縣裡最重要的人物。我是次重要的人物。我
為《奧蘭多前哨報》(*The Orlando Sentinel*)工作,幾乎每天都寫有
關德爾托納的報導。這位行政人員開每周例行公眾會議的時
候,我就寫幾個故事給報社第二天刊登。

　　文章刊出的第二天早晨,我一定會接到一位和藹可親的二戰
老兵的電話,他是房主協會的主席。他深度介入德爾托納的地方
事務,縣辦公室考慮的每一件小事他都知道。他會客氣地指出我
報導中的錯誤,並建議我下次該寫哪些問題。一兩天後,我會去
跟那位年輕的行政長官喝杯咖啡,從他那兒再找些點子。這是找
新聞材料而且誠實寫作的無上絕招──完全不用虛構談話,捏
造數據或粉飾細節。

　　八年後在中國工作可就大異其趣了。我給《巴爾的摩太陽報》
(*Baltimore Sun*)做報導,可是我的文章引不出絲毫反響。我做了
一篇有關文革的長篇特寫,沒有一個下放的年輕人來電指正可能
有誤的枝節,更從來沒有政府官員給我任何報導線索。至多有些
了解情況的中國移民會來封信,可也極少。幾年後互聯網普

及，報導被放在網上，評論欄提供了回饋機制，有時能讀英文的當地讀者會反駁某篇報導。但大體說來，國外通訊員都知道，可以放心大膽地隨意胡寫而絕不會有人指出。

這樣的新聞寫作，其缺陷倒是日漸暴露出來了。許多大型媒體，如《紐約時報》、《華爾街日報》、《金融時報》、彭博新聞、路透社和美聯社都有中文版。這些外國的中文網站在中國都被屏蔽，但有些讀者使用VPN（譯註：虛擬專用網絡，翻牆設備），所以他們的文章還是在社交媒體上廣為流傳。此外，如「譯言」(Yeeyan) 這類的中國網站翻譯外國媒體的報導，提供了更多的當地回饋。

這麼一來，不讓人們知道有錯就比較困難了。2015年我給《紐約書評》寫稿，對這個情況便有個親身體驗。當時我談的是新的考古發現重塑我們對中國儒家傳統的認識。這些考古發現根據的是盜墓所得。因為是偽造的，這些古代文件沒有證明其真偽的出處研究，有好些收藏單位，包括上海博物館在內，為偽品花費了幾百萬的金錢。這本可以是我文章的一個很好的著眼點，可惜直到我的文章被譯為中文，一位中國作家方舟子指出了這點以後我才知道。這樣的情況越來越常見。大致正確是不行的——必須完全正確，否則就會被當地讀者糾正。

更具正面意義的一點是，現在能跟讀者進行很有趣的對話了。有一回我為《紐約時報》寫了一篇文章，關於一位異議藝術家計劃拍攝五百位中國學者政要的訪談紀錄片。這篇文章刊出以後並沒在社交媒體上激起浪花，我幾乎沒收到什麼回饋。但幾天後被譯為中文，突然間電子郵件和社交媒體的通訊就紛至沓來，許多中國讀者想要跟這位藝術家聯繫。有些人認為搞這樣的拍攝計劃肯定是瘋了，另有些人則想提供協助。這本是報導德爾托納

房主狀況時才可能獲得的反應，現在同樣的回饋竟也在外國記者與中國人之間出現了。

超越街頭公告員

　　懷疑者會說，這些都很有趣，但無關緊要。新聞工作者應當是專業人士，即使不會說某種語言，他們也能調查文章中提及的事件，確定報導正確無誤。會說一種語言並不能保證報導的正確性。

　　對這一點，我的回答是：沒錯。對基本的、毫無特色的文章，不會當地語言而寫出正確報導是可能的。要是一篇報導只是純信息──某某人被捕／被驅逐出境／因土崩而死亡／被炸死／在警方掃蕩中被殺，在這些情況中，語言上的缺憾可以由其他技巧和優秀的助理人員來補足。優秀的翻譯員和助理能夠搜集事實，然後記者(此處的「記者」定義不十分精確，然無妨)將之彙總為一篇報導。被採訪者的語調和表情可以略去不記。紀實文學作家兼教授馬克‧克雷默 (Mark Kramer) 把這個稱為新聞寫作中的「街頭公告員」功能：「市民們，市民們，請聽重大新聞！市政府著火了，設法保護你的房子。」

　　即使在這樣簡單的文章裡，語言能力還是有其作用的；要是記者能讀中文網站或者聽懂中文談話，不依賴專業水平可能有別的另一人，那麼寫出正確報導絕對容易得多。但大體而言，這類文章可以不顧及細緻微妙處，最重要的是基本資訊，任何一個自命職業老手的傢伙都能將搜集來的材料成功地合為一篇報導。

　　但如果在意情感的細緻表達或社會深層的事件，這個做法就不夠了。事實與直白的報導重要是重要，但是要真正了解另

一個文化不能只有這些。優秀的紀實文學——無論是在報上、雜誌裡或者是書籍,都能引導人們進入文化深處:了解當地地理的意義,人們內心獨白的節奏,深藏於日常事件底下的心願與渴望。

　　道理向來如此,但我認為直到近幾十年才能實際做到。過去幾世紀中,外來觀察者——如德·托克維爾在美國,或裴麗珠(譯註:Juliet Bredon〔約 1881–1937〕,英國人,著有《北京紀勝》〔*Peking–A Historical and Intimate Description of Its Chief Places of Interest*〕等書)在中國——都在外國長期居住。他們憑藉淵博的知識與優秀的寫作技巧,對客居國家做深情細緻的描繪。但這類人物是鳳毛麟角。全球化趨勢推動大批人群移居另一文明並長期停留,只是最近的事。如今不必是馬可·波羅或利瑪竇才能在中國生活工作;大批外來者都能在中國居住,用寫作或廣播為本國人介紹中國。即使與我剛到中國的 1990 年代相比,改變之大也是很驚人的。當時只有十幾個美國人報導中國——《紐約時報》、《華爾街日報》、《華盛頓郵報》、《太陽報》、《費城問詢報》、《芝加哥論壇報》,以上各報各有一人,美聯社多一點,三大電視網也各有一人。他們都有支援人員,但駐地主要人員很少。如今大約有上百人了——單單《紐約時報》就有八位特派記者在中國。

　　不僅人數增多,停留時間也在加長。由於經費削減,媒體機構不再於世界各地輪換記者。他們也不再有錢為記者提供語言訓練或支付昂貴的譯員、助理費用。因此,現今我們所處的可能是個外國人記述中國的黃金時代。在我看來,其中的關鍵就是在當地社區中扎根。

最佳引用句

深深扎根當地，我們便可以大膽設計如何記述像中國這樣的地方。山水景觀可以用來表現象徵意義，內心獨白可以顯露深藏在內的盼望和恐懼，行動與對話能傳達具體的時間感。文字能夠預示未來或回敘過去。簡而言之，各種景象和寫作手法都能用來加強文章的衝擊力。

值得一提的是：這類寫作方式在雜誌或書籍中十分盛行，但報紙上也常見到。在《華爾街日報》的全盛期，頭版上每天總有兩到三篇紀實文學作品。每篇都是實實在在的二千五百字，由善於剪裁的人員加以編輯。但即使今日，一般報紙也能夠刊登基本新聞以外的文章。

不論這類文章在哪裡刊載，作者都必須說當地語言才能寫出佳作。原因很多，暫且談談最基本的。

基本原因之一，就是無法避免的翻譯局限。假設你有個世界最佳譯員──每個字的細緻意義他都分辨清晰；問題在於生活不是一部譯製電影，讓你可以讀翻譯字幕，然後跟對方回話，讓他們讀你對話泡泡裡的翻譯字幕。我們得停頓，傾聽翻譯，才能繼續下去。這是一個極度缺乏效率、浪費時間、令人身心俱疲的過程。

此外，譯員只能給你實況的片段。理論上，譯員也可能是個具有外語能力的作家，能夠在一下午的事件中選出精華部分，可惜現實中他們並不是。他們也許極為敬業也很有天分，但總是無法從整個訪談中擇出最精彩的言語和真情畢露的句子。我使用譯員時便經常遇到這種狀況。多數譯員只將某人所說做概括的翻譯，而非表現個人神韻與特色的地道文句。

　　讓我舉個例子吧。我寫《中國的靈魂》(*The Souls of China*) 的時候，某一天走在一個香客旁邊，他忽然瞥見一把他的亡友過去常坐的椅子，就隨口對另一個人說：「咱們別坐那兒。」他說這話的時候我正好在他們旁邊聽見了。我跟這人很熟，知道他為朋友之死非常傷心，這一刻的哀慟我就確切感受到了：為了紀念亡友，這把椅子整個參拜禮都不許坐。他說這話的時候眼泛淚光，但也就那麼一剎那——他是個粗壯的建築工人，不會在神廟裡嚎啕大哭的。一個翻譯員怎麼可能把這樣的深情傳達出來？要是譯員如影隨形地跟著我，我每次跟這兩人吃飯他也都來，知道兩人之間有深厚的交誼——中國人是向來不化為言語或表露在外的——那也許他能捕捉到這些。可是這太不可能了，然而佳作就是建立在無數這類短暫時刻上的。

成為圈內人

　　描述外國狀況時，另有一個重點我想提出，也許只跟雜誌或書籍寫作有關。在這類篇幅較長的文章裡，作者經常使用內心獨白來展示一個人的思緒。使用這類技巧，我要提出一項鐵律 (但也許有爭議)：除非你懂一個人的語言，否則你無法準確描摹這個人聲音的節奏變化。

　　為什麼呢？在書籍和雜誌寫作中，內心獨白是常用的技巧。依據記述性或創作性紀實文學的嚴格寫作標準，作者可以問一個人在想什麼，然後再摹寫其思想，將之放在作品人物腦中。

　　但如何形之於文字？畢竟你沒聽見他的思緒，而是訴諸言語之後才聽見的。在我看來，這有點兒像為剛發現的歌劇腳本重新譜寫失落的樂曲一般。文字的再摹寫是可以令人信服的，但是作者對人物聲音的抑揚頓挫必須非常熟悉。就像作曲家將歌詞與音

符相配，作家與人物長時間相處，聽其言語，深切體會──不只是字義的理解，也包括節奏韻律。這一點很重要，因為我們的內在心聲有如潮水──話語起落，思潮也隨之來去。只有會說記錄思潮的這個語言才能忠實複製。

　　有些作家雖然不說某種語言，卻連篇累牘地描述作品中人物的內心生活。在註釋或謝辭中，他們就天花亂墜地讚美譯員，說聽譯員的翻譯比直接聽被訪者說話好，因為譯員的耳力比作家的更敏銳。此外，他們還主張譯員──通常是當地人──能夠替作家跟本地人打交道，說不定比外國作家更能贏得當地人的好感，更容易打進他們的圈子。

　　我得指出，這些多半都是胡說。我的確享受過有譯員的好處。有些時候，尤其是在官方採訪中，一個一流的的專業譯員特別有用，因為他們可以幫你爭取點兒時間想出下一個問題──我絕對不要在沒有譯員的狀況下採訪如習近平這類人物。我也曾經跟一些能幹的助理工作過，他們就像另一對眼睛、另兩隻耳朵，幫助我收集到更多的信息。但這幾乎都是在幾句話就結束的簡短採訪中才派得上用場。

　　但你若想要真正深入某人的生活，靠一個人在旁邊低聲把翻譯送進耳朵是絕對行不通的。你得親耳傾聽。尤其是多數情況中作家雇用的譯者／口譯員都是本地人。意思就是他們會本地語言，而他們的母語並非作家的語言。在翻譯中這是個致命傷，譯出的語言總是呆板造作，因為無可避免地譯員並不熟悉作家語言中相對應的比喻或慣用語，而使被訪者的話生動起來。因此你根本沒聽到被訪者的話語，你只聽到了那個文化中某人想像你能聽懂的話語。如此一來，把被訪者的話以你自己的語言忠實複製就幾乎全無可能。

行動倡議

我認為我們正處於一個能夠與其他文化密切關聯的獨特時代。不幸的是，目前的成果很差。有時候這可以歸咎於新聞工作本身的特質，例如對效率或其他技能的需求。但即使擺脫了這些限制，尤其是在書籍寫作方面，我們並沒有善用接觸另一文化的種種機會，主要原因就是我們中文能力的欠缺。

根據我的經驗，只有會當地語言才能真實地深入當地人的生活——了解他們的傳說與歷史，他們的內心與夢想。不能使用他們語言卻要深入他們的生活，通常是虛妄的，所得只是陳腐濫套罷了。單靠學會中文當然不能解決所有這類問題，但反過來說也是不會錯的：除非會中文，否則便不可能真正了解中國，不可能為本國人解說中國。

07 劉美遠
Melinda Liu

為什麼學習中文影響重大

一些你沒料到的理由

劉美遠，一位多次獲獎的新聞記者，是1980年《新聞周刊》第一位駐北京通訊員，1998年起擔任《新聞周刊》北京編輯部主任。她生長在美國，英語是她的母語，因而跟眾多以中文為第二語言的學習者一樣，她也得勤學苦練才能習得中文。她以華裔美國人的身分在中國工作，觀察的角度獨特，見解不同一般。

　　對一個在中國工作的新聞記者來說，會說中文在事業上發揮很大作用是顯而易見的。對我，會說中文影響到一些重大問題，如歸屬感、身分，以他人的眼光看世界等等；而在另一端，在工作和生活的細節上也產生了巨大作用。當一個記者突然遇到變動快速的事件，身邊又沒有譯者、字典或翻譯程式等方便的工具可資利用，會中文顯然是很有幫助的。中文就曾經幫助過我進行採訪、發掘消息來源、找到交通工具，在黑白分明的事實之外領會到語意的微妙神韻。

　　然而最重要的是：會中文打開了我的視野，認識到中國人如何以其獨特眼光看世界，看待他們在世界中的地位、他們的關係和他們的政府。會中文使我深刻認識中國的遼闊，也了解內部各地的極大差異。要是總有一個譯者在側，我會輕易地錯把十三億中國人民視為頑強龐大的單一個體——人人感覺相同，夢想相同。我甚至可能宣稱「中國要X」或「中國總是Y」，這是錯誤的，

是媒體之罪。現在我要談談一般不列於首位的一些學中文有用的原因。至少在我工作初期，我發現像我這樣出生在西方的華裔，要是不會說所謂的「母語」，常被看作次於正常的——某種有缺陷的人。我很清楚地記得，1980年代遇到中國人，他們會很驚訝地看著我，皺起眉頭，滿腹狐疑地問：「你是中國人，怎麼不會說中國話？」他們似乎以為中文能力跟黑頭髮黑眼睛一樣，是基因遺傳的。

我父母在二戰後搬到美國來，心中不免殘存這個「語言能力遺傳論」，儘管理智上他們明白得多。我在美國中西部出生長大，我母親堅持在家教我和兩個美國出生的弟弟一些初級中文，為幫助那點兒潛在的中文能力發芽滋長而英勇奮鬥。

可惜當時我們沒有中國玩伴，沒有中文電視節目，甚至也沒有中文流行歌曲來刺激我們說中文。結果，我們這三個非常美國化的孩子就只有一丁點兒理解能力，對話能力非常差，讀跟寫更是完全談不上。後來我上了哈佛大學一個學期的「初級中文課」，也沒進步多少——當然不是老師不好，他們都非常優秀。實際上是我對語言實習室毫無興趣，哈佛校園裡正在進行的反戰抗議又老讓我分神。

一直到1973年，由本科後的洛克菲勒遊學獎學金（Michael C. Rockefeller Memorial Travelling Fellowship）資助，我到了臺北研究京劇，這時才徹底認清了現實。我看起來是個中國人，可是不會說中國話。別人待我像個殘疾人，而我，說實話也覺得自己有殘疾。即使有譯員的幫助，我也無法進行誠心實意的交談。我聽不懂政治辯論，我甚至聽不懂中文辛辣生動的罵人髒話。要想研究京劇，不說中國話是絕對達不到目標的。這時我才開始認真地上中文課。

那些課到底起了多大作用呢？首先，那些課幫助我開展了事業。在臺灣研究京劇的時候，我開始以自由業身分發表了一些文

章，到了 1975 年我就為《新聞周刊》做臺北特約記者，定期寫稿。我並未想到將來要以此為業，但我熱愛這份挑戰。當時已經有許多比我更有經驗的西方記者長駐臺北，所以我就傾向於報導別人接觸較少的題目：如人權案件，特別是黨外政治人士。他們被稱為「黨外人士」，是因為臺灣的戒嚴時期只允許執政黨存在，禁止正式的反對勢力（後來臺灣民主化，黨外人士就成為正式反對黨的主力）。

　　這些黨外人士身處險境。任何報導黨外活動的記者都得迅速報導，分散各處和輕裝行動——最好不帶譯員（當時國民黨政府想方設法監視外國記者及其消息來源，指派譯員是監視捷徑）。部分由於我能以中文進行採訪，1977 年我得到了第一份正式工作——為香港的《遠東經濟評論》（*Far Eastern Economic Review*）報導中國經濟。兩年以後，中美關係正常化，北京對美國記者打開大門，允許他們在北京居住並工作。《新聞周刊》需要一個能說中文的人設立北京第一個編輯部。雖然我資歷還淺，但是《新聞周刊》聘用了我。

　　1980 年 3 月我到了北京，發現這是一個新聞資源豐富的理想環境。在這個令人亢奮的後毛澤東時代，世界對中國的興趣日益高漲。對我個人來說，說中文讓我能夠跟一些惴惴不安的消息來源人士接觸；僅僅幾年之前，他們還被告誡要警惕邪惡的西方，甚至因為有「海外關係」而遭到迫害呢。靠我學到的幾句中國話，遠遠談不上完美，可是我不再感覺像個基因變種了。

　　學習中文對我個人生活也產生很深的影響。首先就是讓我能跟我的大哥光遠聯繫。我父母二戰剛結束的時候到美國上研究所。沒想到中國發生內戰，共產黨的勝利阻撓了他們回國的計劃。光遠滯留中國，由住在蘇州的祖父母養育長大。我是落腳美國的劉家見到他的第一人，中間相隔整整三十五年。1979 年我們見面的時候既是兄妹又是陌生人，兩人語言相通對彌合鴻溝

自然是大有幫助（我的小侄女當時才五歲，覺得這是個特別有趣的中西交會。她在我哥哥家前後連跑帶跳，嘴裡嚷嚷著：「姑姑是個外國人！姑姑是個外國人！」）。

　　這也許不是學中文有好處的一般理由，可能也不是個很好的理由。但對我個人來說，學中文的確消除了不安全感或不完整感。1980年移居北京，我由衷地感到跟七年前到臺北時大不相同。這次，作為一個華裔美國人，我相當適應既為中國人又為美國人的雙重身分。在事業上，這個雙重身分還使我大起膽子接近最遙不可及又冷淡的被採訪者，驅車百里通過崎嶇的蜀道，去問最魯莽的問題。

＊　＊　＊

　　在中國工作的西方記者當中，我並不是唯一感到說中文的時候更大膽外向的一個。最近我問駐北京的《紐約時報》記者儲百亮（Chris Buckley）——他的普通話和中文閱讀能力都極好——中文是否讓人以不同方式思考？他說：「說中國話會給你另一個人格。也許跟我們記者的工作有關，我發現我說中國話的時候比較直爽熱情。」「這也不完全是演員的面具（譯註：古希臘戲劇中的演員都戴表情誇張的面具，以便觀眾清楚辨認其角色）。反正跟原本的我有點兒不一樣。」

　　這可能跟中國人慣常問人私事也有點兒關聯：「你賺多少錢？」「那傢伙是你老公嗎？」「你沒有孩子？為什麼沒有？」然後我馬上反問刺探性的問題也就暢然無礙：「你父母逼你結婚嗎？」「花錢找人假裝女朋友跟家人見面，你幹過這種事兒沒有？」「你賺多少錢啊？」我從中文對話裡收集到的奇聞軼事、掌故笑話不計其數，甚至還有不少粗口，因為我喜歡搜集這類自嘲的笑話，而且我聽得懂中文的意思。

　　有時候有職業譯員在場，他負責翻譯一切為英語，我也還能這麼做。一般來說，譯員（尤其是官方譯員）往往把中文譯為最最枯燥的陳腔濫調式英文。官方文字的翻譯尤其是乏味到家。我最喜歡的一件80年代文物是一卷薄脆的紙條，1980年11月2日曾在國營新華社的滾動新聞條上嘎嘎出現。新華社的報導是這麼開始的：「The ministry of public security of the People's Republic of China, after concluding its investigation, has referred the case of the plot by the Lin Biao and Jiang Qing counter-revolutionary cliques to overthrow the political power of the dictatorship of the proletariat to the supreme people's procuratorate of the People's Republic of China for examination and prosecution. 中華人民共和國公安部在調查結束後，將林彪江青反革命集團陰謀策劃推翻無產階級專政政權一案，交由中華人民共和國最高人民檢察院調查審理。」這篇報導又接連寫了三百字，然後才提到判決 —— 有罪，並列舉犯罪事實。

　　西方報紙的標題會簡潔有力：「Gang of Four' Guilty in China's Trial of the Century（中國世紀大審，四人幫被判有罪）」。不過，我得為新華社辯護一下，他們到底還是忍不住透露了如下的一些有聲有色的內容，雖然用的全是英語，譯者給不知其詳的西方讀者特意加了解釋：林彪下令迫害高級幹部，不但抄家，而且還「cap some with tall paper hats... [and] use measures such as the 'jet aircraft'（forcing a person to bow with both hands raised over the back like the swept-back wings of a jet plane — translator）強迫他們戴帶高帽子……用『噴氣式』批鬥法（逼人彎腰低頭，雙臂在背後舉高像噴射機後斜的雙翼 —— 譯者註）」。

　　在現場採訪中，政府譯員有時會略去我感覺特別有趣的一些細節。也許是那些枝節在中國幾千年的治國之術中微不足道，或是脫稿講話令人擔心，或者有些敏感，譯員不想惹禍就不譯出了。

　　1980 年，我參加了一個中國外交部組織的外國記者團訪問福建，就發生了這麼一件事。我們訪問設在一幢西式建築內的一個政府機關，這棟 1930 年代的宏偉建築過去是美國領事館。就在這個時候，有個中國老頭由女兒扶著出來招呼我們。「我從前給這兒的美國領事幹活，不記得他的名字了。」他用當地方言說話，外交部的一位譯員把他的福建話給我們翻成英語：「他匆匆忙忙走了，叫我照看領事館。我就一直在這兒掃樹葉啊、管花園啊。」我告訴他我們團裡有幾個記者給美國媒體工作，我本人也是。他有沒有什麼話要跟美國人說的？

　　那個老頭又用方言說了些西方記者聽不懂的話。突然，官方翻譯停止了。外交部官員顯得驚惶失措，跟老頭和女兒急遽交談了幾句，好像要他閉嘴。我感到事有蹊蹺。政府接待人員要把我們帶走，可我堅持用普通話問老頭和女兒到底有什麼話要告訴美國人。最後，雖然官方翻譯沒恢復，可是老頭的女兒用普通話解釋了一番，真相大白。「我照管這棟房子這麼些年了，」女兒翻譯老頭的話：「美國政府能不能補發工資？或者給我點兒養老金啊？」（奇妙的是，我聽說他後來真的拿到了華盛頓補發的工資，而且帶著幾個家人移民到美國去了。）

　　即使官方譯員不再翻譯，有些事還是能很快看透的。1980 年代末期，1989 年 6 月流血事件之前，我記得我鼓足勇氣做了一個極不尋常的提問。那是在中國政府的新聞發布會上，而且我一反常態，決定用英語發問而不用中國話（我曉得這本書是關於學習中文所發揮的作用，但暫請各位包涵）。

　　的確，用英語向中國人發問總是會造成疏離感，在採訪者與被採訪者之間插入文化隔閡，對記者往往是不利的。但如中國官員急於表現自己並沒有跟西方人過分親暱或者狼狽為奸，那麼記者用英語發問他們也是樂意接受的。在 1980 年代，邪惡的海外

影響被稱之為「精神污染」──甚至現在，持狹隘民族主義的中國報紙社論也還在警戒有毒的「西方思想」──因而當年北京官員很少説英語。

事實上，有些英語流利的中國外交部官員在官方場合故意用中文講話，耐心地等待譯員翻譯（有時候他們還改正官方譯員的英語，惹得在場的人都笑起來）。外交部常被懷疑有吃裡扒外之嫌，即使是現在，他們在「權力機構」的排名還莫名其妙地處於劣勢。由於以上種種原因，有些外交官需要利用譯員造成距離，來表示他們並沒有錯誤地急於擁抱西方（我也疑心他們利用翻譯時間來構思怎麼回答難題）。

在這個新聞發布會上，卻是我要突出差異和距離。我要藉英語發問來強調我是美國通訊員，不是中國記者。在官方新聞發布會上，有個中國面孔不見得總是有利；官員有時故意不指定我發問，因為他們要讓人看見他們給了西方記者發問機會。對某些官員來説，舉辦新聞發布會就是要做出與外國媒體打交道的樣子，即使並不真心想跟他們來往。

我以英語發問的另一個原因是：我打算問一個中國記者都不敢問的問題。還有，我當時以為──結果證明了我太天真了──譯員來來回回的翻譯也可以給我點兒時間想想接下來該問什麼尖鋭問題。這個新聞發布會的主角，是中國最高領導人鄧小平（跟今日的高級官員不同，鄧小平接受媒體的臨時發問）。當時他已辭去好幾個官方職務，包括副總理頭銜，但仍是國家和黨中央軍委會的重要領導人。這些改變究竟有什麼意義，鄧小平計劃掌有最高權力多久，眾説紛紜。

我深吸一口氣，然後問鄧小平：「你已辭去了一些職務，軍委會的重要職位你打算再保有多久？將來誰接替你的工作？恕我冒昧，請問你什麼時候全面退休？」整個房間突然一片死寂。那

位可憐的譯員把我的問題譯為中文的時候，鄧小平的眼睛眨都沒眨一下。他沒有絲毫的驚詫不安，泰然自若地說他已辭去了一些職務，還保留了一些，其實並沒回答我的問題。譯員翻譯了鄧小平的回答，語調裡攙雜了明顯可見的不悅。然後鄧小平揚手一揮，進行下一輪問答。不久新聞發布會結束，他向著出口走去。

我惹了禍了？會上的中國官員會不會因這些他們認為失禮的問題而報復？人們在會場裡閒蕩等候鄧小平離開，他卻停步逗留了一會兒。我記得我環顧四周，看看他身邊是否有安全人員，但沒看到警衛（中國領導人現在也不這樣做了）。

突然鄧小平走到我面前，我竟跟中國最高領導人打了個照面，還跟他握了手。鄧小平個子不高，卻沉穩莊重。媒體和官員立刻聚在他四周。他凝視著我，我覺得他的眼裡閃過一絲困惑。他發了一個小小的詢問性喉音，有點兒像上升的二聲「嗯」，然後用濃重的方言口音問道：「你是越南人嗎？」

問得好。我被人以最微妙的方式侮辱了一下。十年以前，中國跟越南在邊境打了一仗，兩國關係還十分敏感。我覺得鄧小平的問題表示他認為我「不友善」。旁邊那個倒楣的中國政府譯員文風不動，他不翻譯這個問題。我驚惶失措，勉強用中國話說：不是，我生在美國，我父母是中國人。一個層級不高的官員用中文對鄧小平及旁人低聲說道：「華裔美國人」——好像沒聽出我剛才說的是中國話（為他講句公道話，也許是我心慌意亂，把聲調說得亂七八糟）。「啊，美國人。」鄧小平回答，點點頭，好像一個謎團給解開了，然後就走了。

如果沒學過中文，我就不可能了解鄧小平給我的困窘。我從這個遭遇還學到了另外幾課，例如中國各地方言有巨大差異。聽懂領導講話的人真了不起！我是個記者，我聽過毛澤東的錄音檔案，在臺灣看過蔣介石講話的電視直播，跟鄧小平也交談過幾

句。要聽懂這些著名中國政治強人的話還真是挫人銳氣。一個
中國人聽不懂另一個中國人的話，會怎麼樣？要是碰巧這另一個
人又是他們的世界裡最重要的人物？

　　　　　　　　＊　　＊　　＊

　　聽了來自各地的中國人說中文，就強勁地打破了中國龐大一
體的神話，或者說打破了完美的領導政權無所不知無所不能的神
話。每次我在鄉下旅行，聽見各地方言與我拚命學習的清晰的普
通話有天壤之別，總是讓我深深體會到中國人民的多元性。幾年
前，我去浙江農村研究二戰時期發生在偏遠山村的一個事件。同
行的有來自浙江衢州的一位中國歷史學家，一位二十多歲的北京
女士，還有外子亞倫（Alan），他是個能說中文的英國人。我們坐
了一個寧波人駕駛的小巴一同前往。

　　我是來採訪一位八十多歲的鄉下老頭。這位老兄看起來就
像剛從《水滸》走出來的英雄好漢——飽經風霜的面孔，蓬鬆的
花白鬍子，長髮胡亂地在頭頂結成一髻，指甲給煙草燻得焦黃。
我熱切地跟他打聽1942年這個村子是什麼樣子，水滸老頭也顯
得同樣熱切地想告訴我。

　　問題是，他的話我一句也聽不懂，同來的人也聽不懂。就
只有一個人能明白：小巴司機。結果是司機把他的話翻成普通
話，我才打聽到一些資料。後來我發現，浙江方言是出了名的難
懂，即使一些中國人也力不從心。溫州話尤其奧秘難解，以致二
戰時期國民黨政府用溫州人來傳遞機密，就像美國軍方利用納瓦
荷（Navajo）印第安人一樣。

　　等一等。這裡不是該談會說中國話帶來的好處麼？為什麼
我反而談到學了好幾年中文還聽不懂水滸老頭的話呢？其實，這

就是我的重點之一。學了中文才會發現不能相通的方言有多少。明白了這一點，才會驚覺中國文字的重要性：中國人即使口語不通，但只要識字就能相互溝通，簡直是不可思議（水滸老頭給我們的另一挑戰是他好像不識字）。

這種固有的人與文字的連結，有助於解釋中國人如何看待語言、社會和彼此。在 1980 年代，新聞記者馬修斯 (Mathews) 夫婦傑伊 (Jay) 和琳達 (Linda)──他們分別為《華盛頓郵報》和《洛杉磯時報》成立了北京編輯部──在他們的著作《十億人：中國記事》(*One Billion: A China Chronicle*) 一書中論及這個特殊連結。他們也對中國方言互不相通造成的混亂相當震驚：「口語有八種主要方言，相當於幾千年的敵意、偏見和猜疑。」

但同時他們也十分驚嘆，有幾千年歷史的中國文字，其古雅優美給了中國人結為一體的憑藉，「不僅超越時代，也橫亙空間」。因此，一般中國人靠著些許幫助就能夠通讀古代文獻，而「相反地，英文學者卻需特殊註釋才能讀懂不到千年的文字」。作者還說：「文字以奇妙的方式蘊藏著中國一統的奧秘，大一統在有歷史意識的中國人看來並不是輕易得來的。」

共同文字像「文化膠水」一般把絕大部分中國社會連結起來。再說，中國文字不只是文字，也是藝術。書法之美可能是中國人熱愛文字的原因之一。用中國話交談的時候，有時候人們會用食指在掌心「畫字」，把急於要別人了解的詞兒用筆畫表現出來，我覺得特別有趣。我偶爾認出了「畫」出來的字──絕不是每一次都能認出──總是興奮不已。我也覺得書寫的姿態特別優雅動人。不少語言有聽覺之美、視覺之美，但有多少語言有觸感之美？（潘文〔John Pomfret〕是我的朋友，也是個作家，在他的著作《中文課》〔*Chinese Lessons*〕裡，也表示很欣賞我稱之為「畫字」的「芭蕾式舞動」，說是「引人入勝地無用」。）

你看過中國人用大掃把般巨大的毛筆，在公共廣場的人行道上用水婉轉流暢地「畫」字嗎？水分蒸發文字消失，寫字的人就耐心地再寫一個，一個接著一個，觀眾看得心醉神馳。

觀賞書法之美的樂趣，是勤學中國字的回報，更確切地說是苦學的回報。對西方成人，學會讀寫中文其難無比，而且是避不開的。部分原因是，中文的發音與字形之間缺少固定聯繫，與拼音文字不同。（戴維‧摩瑟〔David Moser〕在他《南腔北調：中國通用語言的尋求》〔*A Billion Voices: China's Search for a Common Language*〕一書中說：「說中文能表音，就像說性行為是有氧運動一樣，理論上是有道理的，但實際上並非其最突出的特色。」）

而我們在學習讀寫的過程當中，儘管累到筋疲力盡，卻常感受到一種無法形容的滿足。那是一種即將豁然開朗的感覺。突然真能用中文做從前不能做的事了，不禁驚喜莫名。有人描述這種感覺是興奮，甚或是激動，但我總覺得其中也包含著認知意義。使用中文的時候，這種興奮刺激的感覺是否跟啟動了腦部的不同部分有關呢？

過去十五年來，我一直對這樣的新聞標題很感興趣：「說中文者用到的腦部較說英文者用到的多」，這是 2015 年 2 月 27 日《石英》（*Quartz*）電子報上一篇報導的題目。這篇報導引用了北京大學與其他機構研究人員的研究報告，表明：使用中文之類的聲調語言的人，在言語理解的時候，腦部的信息流動與其他語言有很大的不同。中文使用者用大腦的左右兩半，而其他語言的使用者只用向來被視為處理語言的神經中樞——左腦。

說中文者與說英語者左腦的三區都有活動，但腦成像資料顯示說中文者還用到了右腦的顳葉顳上回，過去認為是處理音樂、音調和音色的重要部位。使用中文、越南文、泰語等聲調語言

者，在言語理解的時候，右腦處理音樂的部位呈現特殊的信息流動，其實是不足為奇的。

然而，主張知識與腦皮質各區都相關、各部位活躍互動的「連結論」(theory of connectionism) 卻有一個論斷，遠遠超出中文使用者學習音樂時較易獲得完美音高的概念範圍。2006年6月27日《新科學家》(*New Scientist*) 所刊載的另一項研究中，研究人員使用核磁共振成像腦部掃描器，記錄了十幾位大連的中文母語大學生與十幾位英語母語者(來自美國、澳洲、加拿大和英國)解答數學題時的腦部活動。兩組學生都顯示活動集中在腦部的一個部位——顳頂皮質。

除此之外，根據母語的不同，兩組學生在腦部不同部位有不同等級的活動。這篇報導引用亞利桑那鳳凰城班納醫療中心 (Banner Good Samaritan) 其中一位研究員埃里克・雷曼 (Eric Reiman) 所說，英語母語者較多依靠腦部處理語義的部位，即左腦的外側裂皮層。而「中文母語者較多依靠腦部的視覺圖像及物理性處理的部位」。

說中文者顯示他們較多使用視覺—前運動關連網絡 (visuo-premotor association network)——一個腦部掌管視覺與空間的中心。雷曼與他的同事主張中文敘述數字的極簡說法——11是「十一」，21是「二十一」——「可能使母語者做數學題時較少依靠語言處理」(由中國大連理工大學唐一源教授所領導的研究團隊也提到，亞洲學校裡常使用算盤，也可能刺激學生的腦部以空間與視覺來思考數字。不過這又完全是另一個故事了)。

難怪要是我整天說中文，特別是在鄉下，有時會累到腦子好像完全癱了。說中文刺激腦部的不同部位，可以稍稍解釋為什麼中國人聽見白人說中文總是挺吃驚，他們說得極好的話更是驚

訝。如今白人遊客能說個把中文句子，聲調亂七八糟，中國朋友
也常讚美有加。然而1980年代甚或1990年代，不少中國人似乎
不了解白人真能說中文，即使面前的白人確實在說，而且說得相
當好。說中文的非裔美國人更被視為絕世奇人；參與這次會議的
演講者葛思亭（James Gadsden）在報告中就說到，在臺灣當地人
看到一位黑人卻說出一口「字正腔圓的漂亮中國話」，簡直樂到
忍俊不禁。

　　《華盛頓郵報》的記者傑伊・馬修斯覺得中國人對語言的這
個態度非常有趣。華盛頓和北京官員宣布中美外交關係將於
1979年1月1日正常化之後，傑伊、傑伊的太太琳達和我都是第
一波被批准駐中國的美國記者。當時我們和其他美國通訊員都住
在俄式的前門飯店（我的房間特色則為蝙蝠成群出沒）。我們常
在中飯或晚飯時交換一些奇聞趣事。有一天傑伊和琳達談到中國
人相信母語與眾不同的一則趣聞。這個故事後來收錄在他們的
《十億人》一書裡：

　　有些外國人想直接溝通而用中文跟中國人打交道，可
　　是他們發現，中國人甚至不相信這是可能的。有這麼
　　一個英國外交官的故事。這位外交官曾在劍橋東方語
　　言系上過榮譽課程，在北京又住了好幾年。他開車去
　　天津，因為走錯了路，就停車用字正腔圓的北方口音
　　向路邊的幾個農民問路：「這條路去天津嗎？」
　　「啊？你說什麼？」
　　「哪條路去天津啊？」
　　「哎呀！我們聽不懂外國話。」
　　「這條路去天津嗎？」
　　「對不住，我們只會說中國話。」

這個外交官一怒之下不想再問，就發動了車子。正要走的時候，他聽到一個農民對另一個說：「怪了！我敢打賭那個老外剛才問怎麼去天津！」

*　　*　　*

現在要中國人相信老外能說中文容易點兒了。外國人也更容易體驗到用中文交談所形成的極親密的歸屬感或包容感，儘管官方宣傳並不鼓勵。1990年代初期，有一天晚上，我跟一個在北京學中文的美國朋友——年輕男性白人——從胡同深處的一家四川飯館出來。那個夜晚溫和寧靜。我們叫了一輛三輪車去附近的地鐵站，可是我們請車夫先在胡同裡隨意逛逛，帶我們看看沿路一些有意思的建築。

「你朋友是美國人嗎？」車夫一邊踩一邊用中國話問我。我說：「是啊！你問這個幹嘛？」那個車夫說：「行，我用中國話給你介紹介紹，可是別翻成英文。這些都是機密，我們不能讓美國人知道。」我同意了，而且對這個荒謬狀況感到挺可笑的。第一，三輪車夫絕沒想到我是個美國人；他肯定以為我是中國人。第二，看來車夫以為我朋友不懂中文。事實上，他的中文好得很，後來他在美國政府擔任亞洲事務高級顧問。我們估計，只要我朋友假裝不懂中文，隨後的對話一定趣味橫生。

我們在胡同裡四處閒逛。車夫帶我們看了一些漂亮的老四合院。然後到了一扇彩繪精緻的華麗大門前，大門後看起來是個特別講究的四合院。「中國的外交部長在這兒住過，」車夫說，把聲音壓得低低的：「他對當時的外交政策影響特大。」然後出乎意料地，他開始詳細敘述1970年柬埔寨的一個軍事政變，人名都用中文，我無法辨識（這就是我經常處的奮力了解而不太成功的時刻）。

　　我到底還是拼湊出來他所說的是推翻西哈努克(Sihanouk)親王，為右翼總理朗諾(Lon Nol)掌權鋪路的政變。「美國的中央情報局支持他呀！」這位車夫一副對陰謀瞭如指掌的樣子，「不過就是有美國軍方支持，朗諾還是維持不了多久！」(沒錯，朗諾於1975年逃離金邊，由紅色高棉接掌政權。)「這是中國的勝利，這位外交部長在這件事裡可要緊了！」他得意洋洋地說：「他就住在這幢房子裡！」不久我們到了地鐵站，給了他一大筆小費，目送他踩著車子沒入黑暗，然後我們就忍不住因為剛從三輪車夫學到了「最高機密」而笑了起來。

　　起先我們為獲得這個「獨家秘聞」沾沾自喜，這個車夫對我們洩漏機密，因為他不知道我是美國人，也不知道我朋友聽得懂中文。可是我們越想越覺得不對。我們剛才揮手叫車的時候，他明明聽見我們又說地道的英文又說不地道的中文。那他為什麼要假裝對到處刺探的美國人瞞住機密呢？

　　最終我們得出一個非比尋常的結論：其實這傢伙早知道我不是本地人，也知道我朋友聽得懂他的話。儘管我們是外國人——不該探聽中國機密，即使是老資料——可是他對我們愛胡同很有好感，所以就願意說那個柬埔寨故事給我們聽。再說他知道這次能完全用中文講，也知道我們聽得出來這個故事是真的(我記得不太清楚，但我想觸發這件趣事的四合院，是毛澤東的英語老師，已故外交部長喬冠華的夫人，章含之女士的故居)。

　　中文詞在意義和情感上的細微差別也相當重要。工作早期，有一次在飯館裡用餐完畢要帳單的時候，我用了「算帳」這個詞，通常翻譯成「settling accounts」。一塊兒吃飯的中國堂姐妹悄悄告訴我不該這麼說，因為「算帳」帶有政治意味，意思更接近「settling scores」，跟「報復」差不多。晚餐間的談話一時尷尬地停頓了一下，我暗自為失言罵了自己一通。當時我堂姐妹的父

親，我的伯父平反後剛回到上海。在毛澤東時代他被打成右派，下放到戈壁沙漠邊緣貧苦的農村過了好幾年。聽說文革時期甚至有些家人也背叛了他，向尋釁的紅衛兵告發他。「算帳」是個很不愉快的話題。後來，在堂姐妹面前我就再也不用「算帳」這個詞了。

有些觀念用中文表達的時候就已經相當特別，與英語翻譯比較起來，本身就帶著一種獨特的中國心態或世界觀，透過中文自動呈現。例如英語的「grandfather」就全不反映中國家庭關係中嚴格的等級特性和細緻的區別。中文不是用一個詞表示「grandfather」，而是用「爺爺」和「外公」兩個不同的稱謂。同樣的，稱呼「sibling」得分清男女和年紀大小。因而怎麼表示cousins也是挺複雜的。

同時，中文新詞——或衍生的新詞義——也不斷產生。在北京城外明陵山谷我有一座農舍，裝修的時候，我要求建商找顏色合適的窗框。他興奮地打電話給我，說找到了一個很好的顏色。他用中文說：「是一種金色，但不是金黃色，帶一點兒綠。」我一口氣猜了好幾種顏色：米色？淺咖啡色？香檳色？他說：「從前叫香檳色，現在有個新名，我一時想不起來。」靈光一閃，我問：「是不是大家說的土豪金？」（我知道這個詞是因為我買了土豪金的iPad，其他顏色的都賣光了。）「就是這個，」建商大叫：「就是土豪金！」

對多數中國人來說，尤其是三十五歲以上的人，「土豪」是個貶義詞，就像英文裡的「nouveau riche」（暴發戶）一樣。可是我遇見的好些二十多歲的北京人可不這麼想。一位二十八歲的北京女士堅持說土豪「是個好詞。人人想當土豪」。她從前是我的中文老師，現在是好朋友。她說：「誰不想發財？」

有些新詞是社交媒體的產物。有個出自微博的新詞，充分表現了微妙的矛盾：「羨慕嫉妒恨」——指著一種嫉妒、厭惡和渴

望交織的複雜情緒。推特上有人說最近度了一個豪華昂貴的假期，你就可以在推文後回應「羨慕嫉妒恨」。換句話說，這就是看了國內激增的土豪階級玩的花樣之後，你所產生的矛盾情緒。

中國社會深奧複雜，對渴求了解這個社會的記者來說，使用中文所獲得的認識是極其珍貴的。語言確實有其作用。無論一個記者多麼有條不紊，無論雇用了多少辦公助理和譯員，總有譯員不在場的要命時刻。有人問，幾十年的語言學習，用來應付偶發的戲劇化事故，或勝任用中文狠狠地罵人（或被罵時聽得懂），到底值不值得？就個別事件而論似乎不太值得。但能夠一窺古老社會的靈魂深處，與普通中國老百姓直接往來，不用任何心計手腕，這番工夫無疑還是值得的。

＊　　＊　　＊

無論在工作上、生活上，我多年的中文學習都曾經以種種方式發揮巨大作用，而且不只在中國。我用中國話做的一個永遠難忘的採訪，不在北京而在巴格達。2003年初，我奉派盡量駐留伊拉克，最好能報導薩達姆・侯賽因（Saddam Hussein）的崩潰時刻。說實話，他的政權還沒垮台之前並沒什麼突破性的報導可做。我就盡力多接觸巴格達的外國外交人員，搜集他們對即將發生的地面戰爭的推測，以及他們對後薩達姆時代的看法。

對所有的外國人這都是一段驚惶不安的時期，有不少人計劃在地面戰爭爆發之前離開伊拉克首都。很多西方人已經撤離，但我採訪了幾個還沒走成的歐洲外交人員，一般他們都持謹慎的樂觀態度。我好幾次聽到人們說，美國海軍陸戰隊到達巴格達的時候，伊拉克人會「高興得在街上跳舞」。後來沒什麼西方外交人員可採訪了，我就打電話給中國大使館。

　　我用中文要求跟大使說話。沒想到他立刻接了電話，而且同意跟我見面。中國大使思慮深刻又誠懇坦率，他卻勾畫了一幅陰沉悲觀的遠景。他認為薩達姆‧侯賽因的崩潰會激發一些危險難測的事件，可能發生搶劫與暴亂。支持薩達姆的部族民兵會發動游擊戰。使用化學武器的可能性也不可排除，因為以前就用過。他還說許多伊拉克人討厭薩達姆‧侯賽因，可是他們更痛恨被視為變相殖民勢力的入侵者。

　　這個冗長陰鬱的談話結束的時候，大使警告我不該留在巴格達報導地面戰爭。他要我搭乘護送中國外交人員的車輛盡快撤離伊拉克首都，穿過沙漠前往約旦。我婉拒了他的好意，我告訴他，身為美國記者，報導薩達姆‧侯賽因的垮台是我的職責。這次會面後的幾天內，大使的個人助理不斷跟我聯繫，勸我加入外交人員的車隊前往安曼。

　　事後看來，中國大使的戰況摘要可說是我在巴格達獲得的最有幫助、最有先見之明的信息。雖然我終究沒加入他的外交人員車隊，可是受到他悲觀態度的警醒，我加強了我所住的巴勒斯坦飯店 (Palestine Hotel) 的安全防備。我拿大量膠帶貼在房間的窗戶上，在美軍「震懾」轟炸的時候就不至於震碎。我從高層房間換到接近地面的低層，就比較容易逃離。我也存了食物和水。

　　最後，對留在巴勒斯坦飯店的媒體最危險的時刻終於到來。一輛美軍坦克的炮彈擊中了高層陽台。一些歐洲記者在美軍進擊的時候在那兒用望遠鏡頭拍攝照片，美軍坦克誤以為他們是狙擊手。我看見一個記者裹在毯子裡由同事們抬下樓梯，眼睛直視渾身是血，後來他不幸死亡。學中文對我的事業發揮了多大作用？說不定是救了我的命？

　　學習中文，說不準在什麼地方、如何或為什麼會對人生發生重大作用。透過學習中文，我們獲得了大量對中國社會的深度認

識。當然，學會中文讓你能讀中文書，可是能學到的遠遠不止於此。學一個方塊字，看看中國人怎麼說、怎麼寫、怎麼描述它的歷史 —— 所有的這些都傳達了有關中國人民的深奧知識、中國人的希望與恐懼。這是很重要的，尤其當北京的形象在世界舞台上冉冉升起，影響力在國際社會中逐漸擴大。學一點兒這個語言，就像窺探這個新興而又古老的大國的靈魂。

08 馮若誠
Owen Fletcher

馮若誠,畢業於普林斯頓大學。
2004年本科一年級就開始學習中
文。2008年前往北京,在美國國
際數據集團擔任科技記者,又曾
在道瓊斯通訊社及《華爾街日報》
任金融記者。回美後繼續新聞工
作。2012年曾採訪當時即將上任
的國家主席習近平訪問愛荷華的
活動。他用實例說明了在時效要
求極強的新聞工作中,中文能力
有決定性的作用。

語言學習如何讓我在新聞工作中搶占先機

2004年我在普林斯頓大學開始讀本科,決心要學一個難學的語言。我幾乎學了阿拉伯文,後來改選了中文,這個決定影響了以後多年的生活。

我第一位漢語老師是林培瑞教授。我們由繁體字開始,而且用的是國語羅馬字拼音系統,林老師說這比起簡體字和漢語拼音更能打下扎實的中文基礎。他說得很對。

林老師對漢語聲調的要求非常嚴格。他上課的時候讓學生多次重複詞語和句子來改正聲調,也用風趣又易於記憶的方式解釋中國話的一些面貌。例如,林老師說明「e」音,也就是「餓」字的發音,他說這個音相當於「under」的「u」字母的發音,要是用美國南方口音來說就萬無一失了。又有一次他給我們一個例句,英文是「I have both yo-yos and oil.」,用中文說就是:「我又有悠悠又有油。」

我本科的幾年當中,林老師也指導我安排暑期活動和尋找在中國的工作機會。有了他的指引,加上普林斯頓東亞研究系與其

他單位的慷慨資助，我才能夠發展對中國的興趣，後來還去了北京工作。

　　除了林老師以外，我還有許多位既熱心又專注於中文教學的老師。2005 年我上了普林斯頓北京暑期培訓班，在普大每學期都上中文課。我非常喜歡周質平博士的課，至今記憶猶新，也很感謝他在我學習上的幫助。

　　那麼，會說中國話在我的生活中，尤其是在跨文化工作方面，到底發揮了什麼作用？

工作機會

　　中文流利帶給我的最實際的利益就是工作機會。在大學裡我花費了大量時間學中文。我越學，就越堅持要把中文學好，而且要在教室外使用中文。

　　後來我決定畢業以後到中國找記者工作。剛畢業的學生要跨入門檻，無論在哪個行業都相當困難，新聞業也不例外。在競爭激烈的新聞界，似乎總有超額的經驗老到的記者在找工作，因而即使是入門級別的職位，沒有實務經驗的新手也很難申請到。在中國，我希望漢語能力在工作市場上能助我一臂之力。

　　2008 年我搬到北京，2009 年初找到了第一份記者工作，擔任資訊技術出版公司美國國際數據集團（International Data Group, IDG）的中國通訊員，這家公司出版《微電腦世界》（*PCWorld*）和《麥金塔世界》（*MacWorld*）之類的科技新聞雜誌。很愉快地工作了一年多，我又得到了道瓊斯通訊社（Dow Jones Newswires）的工作機會。大約有一年半的時間，我在道瓊斯北京辦公室上班，同時為《華爾街日報》寫稿。後來我搬回美國，在道瓊斯做另一份工作。

　　IDG的一位經理告訴我，中文流利是他們雇用我的主要原因，儘管當時我的經驗有限。拿到道瓊斯的工作也歸功於我的中文。在道瓊斯，由於金融通訊社的工作特質是時效性要求特強，中文好就更重要。申請這兩份工作的時候，我都參加過測試，先閱讀新聞社發布的中文稿件，然後用英語寫成新聞報導。

時間壓力下的理解力

　　能說漢語提升了我報導中國訊息的工作表現。要根據口頭或書面的中文新聞來源寫出新聞稿，我一定得先聽懂或看懂。尤其是在道瓊斯公司，我得立即了解報告內容，才能先於競爭對手幾秒鐘把新聞標題發出去。

　　我為道瓊斯通訊社工作的時候寫過不少時效性很強的報導。他們跟路透社和彭博新聞社搶著發出突發新聞的「閃電」標題，這些標題會影響股票或商品等資產的價格。舉例來說，我與其他幾個人共同負責監讀中國人民銀行（中國的中央銀行）的網站。中國央行常在毫無預警的情況下突然在網上發布重要資訊。這類網上資訊可能包括評論中國的金融業、改變銀行存款準備金率或者改變基準利率。中央銀行在網站上一發布新的信息，我就會經由監視軟體收到警示，然後我就得打開鏈接，識別重要新聞，立即發出影響市場的閃電標題。在特急案件中，例如利率或存款準備金率改變，為了擊敗對手，我得在中央銀行在網站上公布後的二十秒內，就將第一標題寫好並發出。第一標題一般簡潔具體，如「中國中央銀行調降基準利率」（China Central Bank Cuts Benchmark Interest Rates），有關細節則在以後的新聞中發出。

　　當然，要成功地完成這項工作，我得能夠立即了解中央銀行的聲明，如「中國人民銀行決定下調存貸款基準利率0.25個百分

點」之類。這類聲明有時候也包括央行採取這個行動的理由，我得在其後的報導中加以說明。

發出這麼緊急的標題的時候，依賴譯員就太不實際了。發送標題的記者得獨自負責其正確性。對於中國利率改變這類極度重要的新聞，正確性尤其不可輕忽，因為記者是直接發布以節省時間。在標題上載新聞專線讓訂閱者看到之前，是沒有編輯複查其正確性的。萬一標題有任何錯誤，記者必須發出更正——這種難堪使人顏面盡失，甚或導致被解雇。在寫影響市場最大的新聞標題的時候，即使有一個下筆很快而且非常優秀的譯者，我也不敢冒翻譯錯誤的風險。由單獨一人閱讀中文然後寫出英文標題，並不能保證萬無一失，但肯定比較安全。

速度的重要性也不下於準確性。訂閱新聞專線的金融交易員進行交易，只要比對手早幾分之一秒，就能賺到大筆利潤。他們經常依靠事先設好程式的電腦，在重要貨幣政策標題出現的一瞬間立刻進行交易。全世界的市場都根據中國貨幣政策的變動做出反應。因此一個新聞專線要是能比競爭對手稍稍早一點兒發出重要標題，就能吸引更多人訂閱而且收取比較高的訂費。

必須把標題迅速發出，這種需求造成記者極大的壓力。中國央行宣布重大政策以後，路透社、彭博新聞社和道瓊通訊社的編輯就發給他們手下記者這三大新聞專線第一標題的一張清單——包括時間戳，精密到秒，毫不留情地顯示誰贏誰輸了最新一輪的競賽。記者把這樣的時間戳比較稱為「時間競賽」(time-off)。多次贏得「時間競賽」的專線記者就能獲得獎金並升級。老是輸那就前途堪虞了。

因此，每一秒都事關緊要。即使譯員又快又高度正確，獨力工作的雙語記者還是可能比靠譯員的記者至少早一秒鐘發出閃電標題。因為跟譯員協調會用掉一秒，譯員翻譯然後說出的過程

又可能耗掉一秒。因而在新聞通訊之類時效要求極強的行業中，依靠譯員是既不智又不利的。

在其他各種受時間約制的狀況中，對身為記者的我來說，中文流利也是非常重要的。金融記者經常在會議或其他活動的場外匆匆忙忙地採訪政府官員。不管是我單獨進行或是與對手記者一起採訪，發問、了解回應、發出新聞的時間都很緊迫。

有一次我到倫敦去報導中國的國事訪問。對這種訪問，新聞社都派遣記者快速報導官員發布的談話。但在國事訪問中，新聞總是不定時地突然出現。為了有更多機會直接從高級官員口中獲取新聞，記者往往得在會場外就地攔住他們。記者管這個行為叫「進門拜訪」（doorstepping）。

我一大早起來，就到打聽來的中國代表團下榻的旅館去。運氣很好，那兒沒有別的記者。我在大廳閒逛，眼睛盯著電梯，希望捕捉到什麼大人物的身影。我心裡已經備好了各種簡短問題，以便一看到我要採訪的官員就立刻提出。

突然我看到周小川，中國人民銀行的行長，他吃完早餐快步走向電梯。周小川正是我最想採訪的人物。他職位既高又能自由發言，「進門拜訪」他以後總能寫出重要新聞。可是他快步走也許就是要躲開記者的糾纏不放吧。

我跑上前去，他正按電梯的按鈕。機不可失，我二話不說拿起錄音機就問：「周行長，中國支持誰當國際貨幣基金組織（IMF）的總裁？」中國還沒表態到底支持克莉絲汀‧拉加德（Christine Lagarde）還是墨西哥的阿古斯丁‧卡斯滕斯（Agustin Carstens）接任國際貨幣基金的總裁，而中國的支持是具決定性的。周小川說：「我們好像已經對拉加德表示了相當充分的支持」。我匆匆又問了一個問題，周小川就進了電梯，結束了對話。

我挖到了一個獨家內幕消息！我給道瓊斯新聞通訊和《華爾

街日報》寫了新聞，我們是唯一報導中國支持拉加德的新聞社，切實地終結了各方對誰將領導IMF的猜測。[1]其他的新聞機構得引用我的報導來寫他們的新聞。道瓊斯為這個內幕消息給了我一個報導獎。

我會中文對得到這個內幕消息有多大作用？用英語問也能得到嗎？也許能。周小川在國際會議上有時也說英語。但用英語錯誤的可能比較大。我聽周小川的英語總是有點兒小問題。另外，他說英語可能比中文慢，但要是因語法或其他因素使他的英語回答不太清楚，我不能確定他的意思，那就根本寫不出報導。說中國話，能保證周小川聽得懂我的問題，我也聽得懂他的回答。為了清晰明確，讓被訪者說他/她能完全掌握的語言似乎是最明智的。

在爭取這個內幕消息的時候用譯員也是很不實際的。我對周小川的採訪錄音不到三十秒，使用譯員的話連一問一答都做不到。

除了應付時間約制以外，中文理解能力對我記者工作的其他方面也有幫助。因為聽得懂中國話，在中國我能更有效率地獲得資訊。以下我要舉兩個例子。

首先，我在中國任記者的時候採訪過各界人士，政府官員、經濟學家、駭客、外交政策專家、大企業的執行長等等。我常得用一些專業詞彙，尤其是有關經濟問題、金融或科技新聞的詞彙。例如我採訪過一家大型通訊設備公司——中興通訊股份有限公司(ZTE)的首席財務官。有些中國企業的執行長英語流利，

1　Owen Fletcher and Sudeep Reddy, "Beijing Backs Lagarde for IMF Post: Key Endorsement By Emerging Nation Comes as Fund's Board Nears Decision." *The Wall Street Journal*, June 28, 2011, https://www.wsj.com/articles/SB10001424052702304314404576411650044472070.

寧可以英語接受採訪，但我所採訪過的ZTE的執行長都說中國話。當時我的編輯特意要我詢問ZTE有關防範外幣交換風險的策略──ZTE在全球各地除人民幣外也用其他多種貨幣進行交易，公司因匯率變動可能損失金錢。我用中國話問首席財務官，ZTE如何使用外匯遠期合約和貨幣互換等金融工具，也討論了ZTE以幾種主要貨幣進行的交易所占比例。我成功地獲得需要的資訊，寫出了報導，贏得了老闆的讚許。

　　學會幾個「遠期合約」之類的中文名詞並不太難，但用中國話進行相當長的訪談，與重要公司的高層執行長談專業話題，我是挺引以自豪的。要是透過譯員進行，就只能問一半的問題，我也會擔心譯員可能犯些小錯或略去我需要的細節。何況要完成任務，譯員還得具備金融專業知識，才能理解我的問題和被訪者的回答。

　　對工作有幫助的第二個例子，是一件與金融無關的小事。2012年，即將上任的中國國家主席習近平訪問愛荷華州的馬斯卡廷（Muscatine），我是採訪記者代表──習近平在當地民家發表短篇講話，我是唯一獲准進入的書面媒體記者。習主席的譯員並沒翻譯全部講話，可是由於我聽懂了中文原文，所以能夠為記者團提供比較詳盡的資料。最精彩的是，1985年習主席訪問過愛荷華，那次來訪的時候，他對愛州一位年輕人談到他曾經看過《教父》這部電影。譯員沒譯出這件瑣事，而由於我捕捉到了這一點，許多媒體在報導習主席的愛州之行時便都提到這件事。我看見不少報導的大標題和副標題因為我的文章而提到《教父》不免樂不可支，我相信其他記者也很高興有機會報導這段軼聞。

更通暢的人際交流

具備良好漢語能力使我與消息來源人士的聯繫更順暢，讓我由人際互動中獲得更好的成果。當天運氣好的話，我能在電話上跟剛認識的聯絡人談好幾分鐘，對方都聽不出來我不是中國人。有些人看見我電子郵件的英文姓名才發覺我是個老外：「O...w...e...n...，等一等，你不是中國人啊？」一般來說，我用中文跟聯絡人談話的時候，複雜的思想和微妙的意思都能表達出來。

我的漢語能力使我與消息來源人士的人際交流更為有效，至少表現在四個方面。首先，我能夠清晰地表達我的要求，因此對方就易於了解並且滿足我的需要。我經常親自以電話、電子郵件和傳真要求對方提供信息。上述的幾個故事就可以說明這一點。

其次，有時我隱瞞是個外國人，就比較容易由不信任外國人的消息來源人士獲得信息。有好幾次我打電話給偏僻小鎮的公安局，要證實當地媒體報導的事件，如抗議或爆炸之類。要是我透露我是個外國人或記者，公安很可能會掛我電話。但如果我只用中文問問題而不表明身分，而且我的口音聽來是個中國人，那我就會獲得有用的信息。

如果進行順利，往往就有如下的典型對話：

「喂，是某某區公安局嗎？」

「是啊。」

「那好。我打電話是因為報上說你那區某某街上有個爆炸案件。我對那區很熟，而且有朋友在那兒，挺擔心的。真有爆炸的事兒嗎？」

「有，可是沒有人受傷。」

「噢，好。知道爆炸的原因嗎？」

「我們正在調查。還不知道。」

「能不能說說……」

「我們很忙啊。」（咔嗒—電話掛了。）

　　得到編輯同意後，我就能根據這樣的電話對話寫出：當地報紙報導了爆炸案且獲警方證實。說中國話冒充中國人來詢問這類案件是唯一的辦法。要是以外國記者身分給公安局打電話，尤其是比較偏遠的地區，甚至還沒做完自我介紹電話就給掛斷了。

　　第三，我的漢語能力有時讓我能有效地說服對方，使本來持猜疑態度的對方提供資訊給我。與政府有關的消息靈通人士往往不願意跟外國人談話，國營企業的職員和官方或半官方研究機構人員也是這樣。我常向他們解釋與我合作其實對他們有利，以此來博取對方好感。我記得對好幾個機構接電話的人說過，他們不該掛電話，因為我對他們機關的報導初稿是負面的，跟我談話正是他們自我辯護的大好機會。固然一般這還不足以獲得大量具體資訊，可是我用漢語勸說還是能朝這個目標推進一步。順帶一提，我感覺我用漢語勸說更加有效，不僅僅是因為漢語能力，也是因為我了解中國文化與社會的緣故。例如我大致明白與政府有關的人員為什麼不願意跟我說話。當然我之所以能積累這類知識，主要也是用中文與中國人互動多年的結果。

　　第四，就因為中國話流暢，我從很多消息來源人士贏得了一定的欣賞與信任。我的漢語經常給人留下深刻印象，因為漢語非常難學，而我的發音又跟多數外國人不同。我中國話的流利程度使聯繫者立刻意識到，我對他們國家確實下過一番工夫。很多消息來源人士非常讚賞我下的這番苦功。也許是因為刻苦學習是傳統儒家文化倡導的價值觀，而且今日在中國仍普遍受到推崇吧。我也相信有些人把我的中文流暢視為對中國人民和文化的尊重。

因而反過來，一些消息來源人士就比較願意滿足我的要求。我不能量化由這些因素所獲得的利益，但我相信中國話流暢確實幫助我獲得一些人的好感，使我更有效地獲得資訊。

　　舉例而言，當我寫兩位毀譽參半的中國駭客的報導時，[2] 說中國話就起了很大作用。這兩位都是1990年代「紅客」愛國駭客團體的領導人物。其中的萬濤，經常接受採訪。另一位，龔蔚，就比較低調，除我以外，沒聽說他接受過其他外國記者的正式採訪。

　　我之所以能接觸到萬濤和龔蔚，是透過另一個消息來源人士的介紹。這位消息來源人士在網路安全業工作，在多次訪談和頻繁的來往以後，我得到了他的信任和讚賞，他經常毫不保留地讚美我的中文。他為我聯繫那兩位駭客，問他們願不願意跟我談話，我猜他的賣點大概包括我中國話流利、了解中國，而且相當可靠。

　　萬濤和龔蔚都同意跟我見面。龔蔚比較沉默，不愛說話。我初次見他，我們就用中國話交談，爭取到他足夠的信任以後，他同意接受正式採訪。我們第二次會面，龔蔚開車帶我在上海吃晚飯，見了他太太，在正式訪談之餘，還談到私人生活中的種種趣事。也許他對工作與駭客活動仍有保留，但我從他和萬濤獲得了足夠的材料，寫出了關於這兩位駭客的精彩故事，讓《華爾街日報》的編輯十分滿意。

2　Owen Fletcher, "China Hackers Seek to Rally Peers Against Cybertheft." *The Wall Street Journal,* September 3, 2011, https://www.wsj.com/articles/SB10001 424053111903895904576546430870651962.

學習其他亞洲語言

　　中文對我職業生涯種種幫助的最後一個，就是使我學習其他亞洲語言時比較容易。中文對亞洲其他地區語言的影響極大，對語言學習者來說，中文簡直就是東亞的拉丁文。

　　學過中文以後，我學了日文和越南文。日文的文字系統採用漢字，有一些同源詞發音也來自中文。閱讀日文的時候，我經常能猜到日文漢字（kanji）生詞的意思，因為儘管我不會以日文發音，但我認識這些漢字。我在研究所學了一年日文，由於會中文而進步神速。

　　中文對我學越南文的幫助更大。在歷史上中國對越南影響巨大，自公元前二世紀到第十世紀，越南千年來一直是中國藩屬。說漢語的人很容易發現越南文的許多成分都源自中文。

　　會漢語幫助我迅速掌握了越南文的聲調、詞彙和語法。我對聲調語言的概念已經很熟悉，所以我知道要讓人聽懂，必須聲調正確。林老師在我上漢語課之初就告訴我們，說漢語而沒有聲調，聽起來就像說英文時用一個母音替代所有的母音一樣。把握漢語聲調也使我初學時就能自動地記住越南文的聲調——因為我可以根據規律性的變化由漢語聲調推斷出越南文的聲調。再說，越南文有許多來自中文的借字。借字的母音和子音與漢語詞密切相關。熟練之後，聽見借字的聲調也能立即推測到對應漢字的聲調。我很容易習得並記住漢越詞（譯註：越南文中源自古漢語的詞彙），就是因為許多越南詞只是我已熟悉的漢語詞的變化版本而已。

　　本科時候選擇學習中文是我一生當中最好的決定之一。中文幫助我在中國找到記者工作，並且表現優異。中文幫助我學會了其他的亞洲語言，在未來的工作中肯定也會對我大有助益。

09 馬潔濤
Mary Kay Magistad

給正在為事業奮鬥的學習者
盡力而為，絕不放棄

馬潔濤是國家公共電台、《華盛頓郵報》與《基督科學箴言報》的記者，1995年為NPR成立了第一個北京編輯部。她曾報導過許多重要新聞，尤其對中國經濟崛起、中美關係有許多專論。在這篇文章裡，她語帶幽默，卻對記者工作與中文學習的關係做了嚴肅的討論。

首先我得坦白承認，我的中文並不流利。但以我的水平，我曾經跟寬容的朋友和陌生人長談，曾經以記者的身分在採訪中聽到官方版本背後的真實故事，曾經跟人一塊兒說笑話、交換意見和生活經驗，分享人生的各種平凡時刻，超越了語言的限制。所有的這些，過去吸引我去了中國，將來也會誘惑我再回中國。

我的中文閱讀能力也不太好，要是「閱讀」的意思是能讀報、讀小說或讀唐詩。但我學過的幾百個中國字幫助我理解了這些符號代表的思想和價值；在這個古老文明變身為現代之時，幫助我認識其情感上的風貌。

請別誤會我的意思。我完全相信，中文口語流利與閱讀能力強，對任何住在中國的人在事業上、生活上都大有幫助。但我也從個人經驗體會到，不是人人都有時間或語言天賦，在忙碌的職業生涯中把中文學到流利程度。

　　要是你正在事業中期，學習時間少而承擔的責任多，也許就很想省掉學中文，或者東拾西揀馬馬虎虎學幾個詞兒，覺得這就成了。在這兒我要進一言給各位，不論你學了多少、不論毛病有多少，中國這個複雜多變、深不可測的國家都會給你加倍的回報。可能的話，就學到口語和閱讀流暢；要是做不到，那就亂七八糟地結巴著說吧——無論如何，要盡力跟中國人接觸。

　　我很了解人到中年、事業中期那種「我忙著呢」的困境，因為我本身就經歷過。國家公共廣播電台（National Public Radio, NPR）在1990年代中期決定派我到北京成立第一個正式的編輯部，國際編輯給了我一個夏天來學中文。我還住在學生宿舍裡呢，忽然就得換檔加速去報導在北京舉辦的聯合國婦女大會了，其後的四年工作節奏也很少緩過。我因而特別感激我能有一個夏天把基礎打好，堅持不懈地練習聲調，記住一大堆生詞，還扎實地掌握住語法規則，以後只要一有機會我就能自學。

　　一旦基礎打好，任何人都能成為你的老師——鄉下農民轉業的管家，說話像嘴裡含著彈珠的北京出租車司機，清晨公園裡在人行道上用大刷子和清水寫字的老頭，地上的字慢慢蒸發的時候，他就給你說些老北京的故事。我在北京沒住多久就發現，中國人對中文差勁的老外真是寬厚容忍，比一般美國人對英語差勁的外國人好得多，後來我就變得大膽外向，毫不在乎地到處亂逛，跟人閒聊。每回出門我對中國的了解都加深一層。

＊　　＊　　＊

　　現在回顧一下，談談我完全沒想到要在中國生活的時候吧。

　　我本科學的是歐洲歷史，研究生畢業時寫了一篇關於埃塞俄比亞的論文，27歲開始以自由業身分做國外通訊員，長駐東南

亞。其後的七年，我經常在七國之間旅行，報導緬甸和柬埔寨為世遺忘的戰爭和難民，越南的追求與孤立，印尼在蘇哈托統治下的鎮壓活動，馬來西亞在馬哈迪和新加坡在李光耀領導下的雄心壯志，以及老撾的消極社會主義。

我學過一些泰語，一點兒高棉文，幾句越南話和緬甸話。我高中時學的法語跟老年越南人、柬埔寨人和老撾人談話時很派得上用場，他們是在法國殖民時代學會法語的。可是我壓根兒沒想過要學好我報導的每一個國家的每一種語言，單單緬甸就有一百多種方言。我的做法是找個好的譯員，不但注意他說的話，還注意他怎麼說，語境如何以及他的肢體語言。我也傾聽沒說出的話。有點兒像聽力或視力有缺陷的人，其他感官變得特別敏銳來彌補視力聽力的不足。

要是你在我入行之前問我，我當然會說期望將來說得跟本地人一樣，深入文化底層，體會細微差別等等。可是一旦到了曼谷，我埋頭給五個通訊社寫稿，才能賺足房租錢。隨著我對這地區的認識和了解加深，我覺得這個工作在很多方面令人滿意，但卻是個長期不斷的奮戰。結果我變得煩躁不寧，開始為將來擔憂。

也就是這個時候，在曼谷的一個熱帶傍晚，採訪戰區和難民營中間的空檔，我學到了第一個中文字。

我的一個朋友跟我聊他在四川學中文的事。我說學一個跟英語差別這麼大的書寫系統，肯定很難。他拿出筆和筆記本兒，畫了一個東西，像個簡單的小人兒。他說：「這是『人』字。」然後在人的腰上畫了一條橫線：「這是『大』字。」在頭頂上又加了一條橫線：「這是『天』字。不太難，是吧？」

我大為陶醉，可我本來就是個容易著迷的傻瓜。我向來覺得中國字特具美感。上大學的時候，我穿過一件芝加哥中國城買來的背心，上頭的中文字寫的是「為人民服務」？「周氏洗衣店」？

我不知道，我就是喜歡穿。這並不是什麼東方主義或文化挪用，我感覺到了這些字的力與美。1980年代初期，我的一些朋友和同學已經到了中國，實地探索這個古老文化的語言文字。雖然我沒有這樣的計劃，但中國已經引起了我的注意。

十年後我學到第一個中國字的時候，我已經在東南亞做新聞工作三年之久，見識到中國文化的影響，像水分滲入裂縫一樣，在當地文化中無所不在。我渴望學習更多有關中國的知識，但是要直接學習，而不是透過這個地區的反射印象。這個地區與中國的關係長久而複雜，而且當時與這個北方大國之間的局勢相當緊張。

由北京支持的共黨叛亂所造成的動盪不安，在多數東南亞國家記憶猶新。馬來西亞的共黨武裝鬥爭於1989年以失敗告終；緬甸的共黨革命在前一年失敗，混亂延續到1990年代；柬埔寨的赤色高棉正在暗中接受中國的軍事援助。印尼在1965年鎮壓共黨暴亂，導致五十萬人死亡，有許多是居住印尼幾個世代的華人後裔，他們還生活在血腥鎮壓的記憶之中。越南共黨領袖原先與中國共黨有兄弟之情，卻漸漸變得憤懣戒懼，尤其是在南海爭端中國強硬捍衛主權之後。1988年赤瓜礁海戰，中國海軍護衛艦擊沉兩艘越南艦艇，越軍陣亡六十四人，中國因此鞏固了對南沙群島六個島礁的控制。

越南外交部長阮基石當時告訴我：「中越有如唇齒相依」。他淡淡的微笑掩蓋不了強烈的諷刺：「但有時牙齒會咬到嘴唇。」

因而我剛學到一些中國字的這個時候，中國在許多東南亞人的眼裡還是一個籠罩此地的巨大陰影，引發不安和猜疑。後來的天安門鎮壓更加重了他們的疑慮。

但是漸漸也有了些變化。中國敞開大門，不再專注於意識形態，轉而向散居東南亞各地龐大的中國僑民招手，歡迎他們回國，與先輩的祖國重新連結，經商致富。不少人前往勘察，起先

是試探性質，繼而踴躍參與，熱烈投入。我來往東南亞各地，為NPR一系列有關此地華人的節目報導這項重大變化，認識中國的興趣也就更加濃厚。

＊　　＊　　＊

我是在最寒冷的時候去試探水溫的。1989年6月，我第一次去中國，忐忑不安地從曼谷搭機飛往北京。

我用的是前往朝鮮的過境簽證。朝鮮在北京的使館通知我可以在北京領取簽證，但需要等候一個星期。

抵達北京的時候，我鼓起勇氣準備面對在越南和柬埔寨經歷過的行李檢查，和在蘇聯遭遇到的動機盤問。我護照裡的各地記者簽證也讓我擔憂不已，深恐在北京機場就被遣返原地。可是，沒有。護照很快蓋了章，行李立即送達。在中國不止一次，我預期有嚴格管制，而實際狀況卻截然不同。我有些困惑，可是當然大大鬆了一口氣。

這第一次的中國之行，我住在北京建國門外的外交公寓。一位同事指給我看牆上的幾個新彈孔，是幾天前由東二環的一輛裝甲輸送車上射進公寓的。下頭有個監控攝像機，追蹤著中外人士所有的行動。

我借了一輛自行車，冒險出門。寬廣的馬路上汽車很少，可是馬路兩邊卻車流成河，人們穿著沉悶的藍灰色衣服，踩著灰塵滿布的自行車前進。我也踩著車擠進車流，預備隨時有大禍臨頭，要不是給警察攔住，就是在擁擠不堪的車流中被撞倒，而路上連倒下的地兒都沒有。

奇妙的是，一旦進入車流，一切都如潮水般自然流動。一種集體的第六感像爵士樂的直覺即興演奏一樣，人人似乎都知道該發出什麼信號和如何反應來維持流動。我們經過士兵和警察身

邊，沒有人阻攔我。有幾個騎車的在紅燈路口冒險用英語跟我打招呼。然後我到了一個公園，離人群遠了，就又有幾個人來多聊幾句，好「練習英語」。他們談家庭、談學習、談提高英語水平，也許將來去美國。雖然有人提到局勢不好，可是沒有人直接說起天安門。要是我能跟他們說中文，不知道對話會有什麼不同。說不定在這個特殊時刻，英語提供的緩衝反倒是個幫助而不是障礙。

後來我繼續前往朝鮮的行程。在朝鮮，我倒是見到了本以為在中國會遭遇的鎮壓狀態——隨處可見的監視、控制、官僚的無端多疑，還有一般朝鮮人跟外國人交往的時候感到恐懼。指派來跟我談話的人不斷重複偉大的領導和親愛的領袖之類的個人崇拜。相較之下，北京的氛圍反而輕鬆一些。我當然知道嚴酷的鎮壓正在進行，但即使在中國現代史上最低潮的這個時候，我遇見的一般老百姓所表現的自重與沉穩給了我深刻印象，我決定要再訪中國，認識中國。

六年後，我說服了NPR國際編輯讓我去北京開設NPR第一個北京編輯部。我也要求給我一些時間學中文，他給了我一個暑期。

普林斯頓北京培訓班可以說是最佳選擇，幾個星期內可以學完大學水平一年的課程，還能在我將來要住的城市街頭隨時練習。那年暑期我三十三歲，是班上年齡最大的學生。其他學生都是本科生或者剛畢業，習慣埋頭苦讀、拚命玩樂，而且不太需要睡眠。零起點的一年級學生住在北四環北京音樂學院的宿舍，水平較高的學生都在北京師範大學住宿和上課，跟我們保持安全距離，以免被這些中文不足的一年級學生污染。我們的語言誓約要求完全以中文交流，可是一年級學生顯然還不行。

然後就是鋪天蓋地猛然衝來的新語言概念和漢字、每天要人命的背書、四小時的課再加半小時的個別練習。起初的轟擊真是來勢洶洶，把我搞得筋疲力盡。更糟的是在我房間左右住的兩個

小夥子好像只需要我一半的睡眠時間，他們總是在酒吧裡痛快地玩一個晚上，然後聽錄音帶一直聽到天亮。

　　沒錯，我不是班上最好的學生。有幾次老師們甚至有點兒惱火，因為「這會影響你的成績的」這類警告，不像對年輕學生那樣讓我害怕。有一次因病缺了三天課以後，老師叫我在黑板上寫漢字，我説沒法寫。他責備我：「那你當記者得看重要文件的時候，可怎麼辦？」我那時候又困倦又煩躁，就氣急敗壞的説：「讓我的助理翻譯！」班上的同學都笑翻了，老師當然很生氣。不過這倒正確預告了將來的狀況。其實並不是我不要學，而是時間實在有限。兩個月的中文課以後，我就得全力以赴積極投入新聞工作，我只是很現實地考量在有限的時間裡能做什麼罷了。

　　在這些學習活動當中，除了埋頭書桌之外，我還設法找一些變化。有一天下午，我去了一個濃蔭蔽天的公園，坐在一張長椅上練習寫字。才過了幾分鐘，就有好奇的過路人慢下步子，低頭觀看，糾正我那不像樣的漢字。接著對話就展開了，很友善、很鼓勵人，我那天説的中文比從前什麼時候都多。那個暑期，我帶著漢字本到那個公園去了好幾次。

　　這樣的中文對話，無論多不完美──其實都挺不完美的──只要你努力交流，總有一扇門為你開敞，讓我特別感激。我常跟街頭小販和店鋪老闆聊天，我也在火車上跟人坐一個隔間，一塊兒吃東西、一塊兒談話。不論在哪兒旅行還是做報導，我總跟人隨意交談，起先是用我很初級的中文，然後加上中文助理的幫助。我新學的這個語言遠遠不如母語説得流暢，但我設法克服了自愧不如的忸怩不安。

　　一個中國朋友，也是過去一塊兒工作的新聞助理，多年後告訴我：「説得不好反而讓人沒有戒心。」「你盡力説才是最要緊的，而中文不太好幾乎是把事情變得更容易──別人不覺得受

威脅。」我倒是從來沒這麼想過。我總是怕把別人的耐心耗光了。

那麼出租車司機呢？他們可真是愛說話。他們有的是時間，至少你坐在車裡的時間都是他們的。當時北京的出租車司機簡直可以算是了不起的老師，又教語言又教當地掌故。有的司機非常機靈，一下就摸清了我的語言水平，然後就在那個水平上跟我聊，偶爾加幾個新詞兒點綴點綴。在北京一個夏天下來，關於李鵬總理的笑話我至少聽懂了一半，還有一個故事也多半聽懂了：警察隨身帶著毯子，好把聯合國婦女大會上裸體抗議的婦女裹起來。這個故事我聽明白了，不過不太明白為什麼北京警察以為外國婦女抗議的時候一定會裸體。

這樣的出租車對話聊了十幾次以後，一坐進前座關上車門，司機連珠炮似的那些問題我不但聽懂了，也開始回應。

「從哪個國家來啊？」

「美國。」

「啊，美國。美國人有錢啊！」

「有的美國人有錢，有的不怎麼有錢。」我一般這麼回答。

「你賺多少錢呢？」

「不多。我是個記者。」

有的司機還不罷休，可我堅持不說，他們只好問些別的。「你住在哪兒啊？是租的還是買的？租金多少？你幾歲啦？結婚了沒有？還沒結婚？為什麼還沒結婚？不小了，該結婚啦！」

後來，我結婚了。問題就變成：「有孩子嗎？為什麼還沒有孩子？不喜歡孩子嗎？」再到後來，「你結婚了嗎？」我的回答是：「我離婚了。」1990 年代末，這就封住了他們的口。他們像挨了一拳，一時說不出話來。

不過離婚倒也有點兒好處。我們開始談關係、婚姻和孩子，談兩個文化相異和相同之處。交通堵塞的時候，呆坐著沒事

幹，我的中文對話技巧就開闊了談論個人經驗和感想的天地，在正式採訪對著麥克風的時候是絕對不會說的。我想知道一般老百姓最關注什麼、為什麼關注，在這個瞬息萬變的時代他們有什麼樣的困惑、抗拒或解脫，出租車裡的談話對了解這些都有很寶貴的價值。

我要告訴各位另一個出租車司機的故事，不過，在加強駐外記者只跟出租車司機談話的刻板印象之前，我要先做兩個聲明：(1) 我不是只跟出租車司機談話，(2) 要是在中國我不跟他們閒聊，幾年下來就會浪費大量搭車時間，還不如跟他們談談。這許多年下來，就算不是好幾千也有好幾百次搭車和談話，不論大城小鎮，我逐漸體會到出租車司機其實是地方文化的流動貯藏所。幾乎每上來一個新乘客，他們都收集到新的笑話、故事與八卦、新聞和評論。我下了車，當然要查證事實，但十分感謝他們讓我瞥見地方生活的一些側面。

好，下面就是另一個出租車司機的故事。1999年5月8日，也就是美軍駕駛北約飛機炸了貝爾格勒的中國使館，造成三位中國記者死亡的第二天。聲勢浩大的抗議者在日壇公園南側我辦公大樓旁邊的街上遊行，向美國大使躲藏在內的美國使館投擲磚頭、尿袋和燃燒彈。他們也對英國使館、阿爾巴尼亞使館投擲，阿爾巴尼亞人本以為中國人是朋友，給搞得莫名其妙。

這天我看見了中國民族主義醜陋的一面。有些美國記者被毆打被推撞，有一個臉上挨了一拳。頭一天晚上，我在街上採訪，一個憤怒的年輕人對我大喊大叫，立刻有一群人圍攏，把我圈在中間。我低聲問助理：「他說什麼？」她臉色發白：「呃，他說：『血債血償』。」旁邊的人大聲叫好。這時候我認為非得想法改變群眾情緒不可了。

我就用蹩腳的中文直接對那個憤怒的年輕人說話。我說我

不知道出了什麼事，也不明白事故的原因，可是我為中國記者喪生感到非常難過，我說我理解他為什麼憤怒。我設法轉化他眼中的我，由一個面目模糊的敵人變為一個有人性的人。另一個年輕人拍拍他的肩膀說：「跟她沒關係。」我感激地望了他一眼。這時人群的情緒鬆懈下來，就讓我走了。

第二天我回到街上，又看見西方記者被騷擾被毆打。交稿的時間快到了，我溜進一條小街走上新東路，揚起手叫了輛出租車，幾秒之內就坐進了安靜而有空調的舒適空間。

那個司機問道：「你剛才在美國使館？」

我說：「是啊，我是個記者。」我等著他譏刺謾罵。

他看了我一眼。

「美國人？」

「是啊。」

他目視前方開著車，過了好一會兒，然後說：「政府幹政府的，我們只是普通老百姓。」後來我們談了好一陣子。我安全地到了家，發了稿，盥洗乾淨，在徹夜不眠之後還睡了一小覺，我非常感激這位司機沉穩合理的務實態度。要是中國政府能包裝並推銷這種態度，那麼所謂軟實力問題就能解決了。

＊　　＊　　＊

夏末我離開了中國，三年之後再訪中國的時候，完全是另一種景象了。有許多中國人到國外旅遊或留學，看外國電影和電視節目並且上網。龐大的購物中心取代了露天市場，追求時尚的顧客搶購時髦的外國名牌或廉價仿冒品。經濟全速成長，民族自信也大為提高。中國早就把前任領導鄧小平「韜光養晦」的建議拋在腦後，奮力搏取全球領導者的地位了。

　　隨意閒談的時候，沒什麼人問起我的個人生活和財務，談的多半是中國的變化，無論好壞。常常有人提到「素質」這個詞兒。我問中國朋友這個詞兒到底是什麼意思，回答並不一致──內在本質、學識、教養、禮貌、見識等等。有素質的相反就是粗俗。似乎中國現狀與中國人的期望之間的差距，大部分可以用「素質」來描述。街上有人吵架，官員行為惡劣，又有食品醜聞在地方報紙上暴露，人們就搖頭嘆氣：「我們的素質太低。」

　　同時，年輕一代無論在關係上、工作上、生活上都看到了無限的新機。有更多的人敢自由地對外國記者表達意見，包括政治觀點，甚至熱切地在網上披露自己的看法。我很幸運能以有限的中文來探討這些現象，更感謝一批又一批聰明機智的年輕新聞助理，補足了我所未能聞未能見的部分，並且教育我當代青年與「上一代」有不同的眼光──所謂「上一代」，在這個瞬息萬變的時代，只是三到五歲的差距。

　　抗議事件在全國普遍增加，他們反制環境公害，或者反抗地方官員毀壞民宅、攫取土地圖利開發商。過去十年間人們表現出來的謹慎戒懼已經消失，沒經歷過政治恐怖的一代開始爭取更大空間，有勝有敗。

　　天安門事件之後不久實行的愛國主義教育，激發了強烈而受傷的民族自尊，這種自尊心也在我的談話中出現。我回到中國最初的幾年，出租車裡的對話往往是這樣的：

司機：「你們美國人太好鬥了。為什麼老侵略別的地方？幹嘛打伊拉克？」
我：「問得好。我不知道。」
司機：「你們不該打伊拉克。」
我：「我同意。」

司機：「可你是個美國人啊。」

我：「我們美國人有時候不同意政府的做法。」

司機（帶著懷疑的表情）：「是嗎？」

　　然後對話可能往幾個不同的方向發展，因為兩人之間的隔膜已經打破。有時候回頭談個人狀況，有時候繼續談政治，或者兩者夾雜。儘管我的中文水平不高，但要是全不能說，我便不可能有機會相互逗樂和辯論，無法分辨有多少是人們的獨立思考，什麼時候他們套用官方媒體供應的陳詞濫調。

　　話題如果是個人狀況，人們多半都實話實說，甚至談到地方政府的貪污腐化和不公正的時候，也相當真誠坦率。但是當政治性話題觸及日漸增強的民族主義的神經時，就老有人以同樣的話語重複同樣的內容。2008年西藏騷亂以及同年中國奧運火炬接力時外國的一些抗議活動，中國人對西方媒體報導的憤怒反應，就是很好的例子。

　　本世紀的頭十年，兩股勢力不斷成長，一為民族主義，另一為大膽直言的多元狀態，以抗議、網上言論、評論和諷刺等形式呈現。萌芽中的公民社會正在成形，有那麼一段很短的時間，政府也或多或少容忍這種狀態。這是在中國做新聞報導的黃金時代，尤其有利的是外交部對採訪任何人皆需官方許可的規定起先放鬆，接著廢除。反正事實上也沒有幾個駐外記者遵循這項規定。

　　另外，有些中國記者善盡調查職責，對一般中國讀者貢獻良多，這些調查研究對駐外記者也是極有價值的資料來源。審查制度並沒有完全棄守，只是似乎跟不上由各處蓬勃萌發的大量資訊，例如公民記者、博客與微博的使用者，他們用巧妙的暗語傳播個人意見，也盼著人們認真閱讀。

　　公開披露的公眾意見龐雜不一，不但政府的審查制度跟不上，連駐外記者也跟不上。但是盡力追蹤是很有意思的。語言能力越好，就越容易搜集，但也不可能全數網羅。有位中國資料搜集助理很有幫助，還有急遽增加的博客和網站，他們掃描並翻譯中文社交媒體的文章，也是相當有用的。

　　中國共產黨自然對這個趨勢深感不安，感覺到攸關生死的威脅，因此就開始反擊。在2011年阿拉伯之春與茉莉花革命進行的時候，中國網上的一個匿名號召要人們走上街頭，結果只有少數幾個人大膽上街，而且立刻全被拘留。這個事件給了當局加強控制的口實，從此對網上及地方記者的審查都更加嚴密；並且對外國記者發出警告，如果報導違反禁令，便可能被驅逐出境，也的確有幾個駐外記者因此而遭到驅逐。

　　現在習近平政府正在壓制過去公眾評論與辯論活躍的空間，使之沉寂無聲。但在相對自由、穩定與繁榮中成長的這一代是否願意長期受到壓制，或者他們可不可能反抗，還是一個有待解答的疑問。中國向來是個值得注意的地方，不過，現在值得注意的原因不同了。現在新聞助理經常被公安局盤問，中國記者被警告得遠離外國記者，在這樣一個時期，對在中國的外國記者而言，優異的中文讀說能力在工作上就更形重要了。

　　但這並不是一個簡單的是非題：會中文就行，不會中文就不行。要了解中國，點滴的積累都起作用──在煙霧彌漫的硬臥車廂中不眠的夜晚，在農地裡與農民閒聊，在城市酒吧跟年輕企業老闆談他們的夢想與焦慮，談權力的誇示、施展和濫用。一輛黑色的奧迪在自行車邊呼嘯而過毫不減速，這個時候你根本不需要流暢的中文就能了解其中的意義。

　　當然，對所報導地區的語言說得流暢肯定是比較有利的。但如果時間不足，就別讓要求完美妨礙了說話。

　　再說，即使漢語流暢，你也還是在用很多人的第二語言跟他們交談。我在四十個國家做過報導，其中有好些不只有一種語言。理論上當然可以要求學會每一種，但比較實際的態度是善用手頭上的時間能學多少就學多少。要是駐外記者只在所有當地語言都說得流利的國家做報導，那麼他們所做的報導肯定減少，我們所知也就更少。也許你會說：那又怎麼樣？為什麼不請當地人報導當地的事呢？的確，由於「全球之聲」(Global Voices) 之類網站的興起，這種做法已經起步，是極有價值的一種新型媒體。但是「旁觀者清」，外人的觀點與當地人的觀點同樣有存在價值，外人會注意到當地人以為理所當然不值一提的事、被忽略的事，或者由於言論箝制而不敢說的事。

　　在最佳狀況下，駐外記者都觀察力敏銳、心態開放、善於學習。優秀的記者把握時間盡力學習當地語言和文化，不管是一周、一個月或五年，不足之處則求助於譯者，同時做大量背景研究和採訪，再加上無限的虛心謙抑。記者寫出歷史的第一稿，為不可能親歷其境的讀者、聽眾與觀眾描繪當地生活的真實面貌；即使他們能夠親臨，也不太可能鑽研如此之深。我們不是學者，但是非常感激學者的貢獻，因為我們師之而受益。我們如果在某地居久而熟悉，或許也能做些回報。

＊　＊　＊

　　我很後悔從前沒有休假一年專學中文。不分晝夜應付天涯彼端的編輯，為報導工作而多次離開中國，這些都不是快速學習的理想條件。但是在中國幾年以後，我倒確實發現，每次回頭複習，在原有基礎上力求更上層樓的時候，總是感到更輕鬆、更有趣，並且立刻得益。

　　沒讀過現代中文小說和古代經典的原文，是否若有所失？絕對是的，好在還有時間。我已經了解到學習中文跟認識中國一樣，對我是一個終身事業，學海無涯，寶藏無限。

開啟世界　改變世界

10 郭丹青
Donald Clarke

處理中國法律事務而不懂中文的危險

郭丹青，喬治華盛頓大學法律教授、大衛・韋弗（David Weaver）法學研究教授。他早在1977年就以加拿大交換學生身分前往中國，中文口語嫻熟。他從事中國法律的教學與研究；曾在與中國相關的事件中代表客戶，也曾在涉及中國的法律訴訟中擔任專家證人。郭丹青根據多年的經驗，舉出實例來說明不會雙語時處理法律事務所發生的種種問題。

在中國工作會說中文的重要性，有一個簡單而不可避免的原因：很難找到可靠的譯者和口譯員。中文與西班牙文不同，西班牙文跟英文有很多同源詞，有類似的語法結構。一個譯員無論是英翻西還是西翻英，不需預先提示便能幫助你討論三聚氰胺中毒，因為英文是melamine，西班牙文就是melamina。可是中文是「三聚氰胺」；當場便能譯出這個中文詞兒的口譯員不多。

這類問題還不太糟，因為這是已知的不知：你知道這是個問題，只要多花點時間就能解決。比較嚴重的是不知的不知：不明顯的誤解。一種屢見不鮮非常典型的翻譯缺失就是一個人說了五分鐘話，而譯員只說寥寥幾個句子。這是因為譯員沒懂多少，或者對哪些是要點個人擅自做了過多判斷。有時候譯員以為懂了，其實沒懂，聽者也絕不可能知道傳譯有誤。這類錯誤非常普遍，甚至很優秀的譯員也會犯。而優秀的譯員——很少犯錯的——是鳳毛麟角，而且多半不在你參加的那個會議的譯員室裡。

在中國的法律工作與中文

起草合同的時候，即使很少的幾個錯誤也是不可接受的。譯文必須完美。無論誰做了翻譯，必須經語言能力合格的律師審閱；在我而言，任何其他做法都是玩忽職守。

這個要求並不是不切實際的：審閱譯文（或監聽口譯）者不一定得兩個語言的水平都比譯者高。一個優秀的譯者可能有個譯法審閱者從來沒想到過。那沒問題，可是審閱者得知道這個譯法是否正確；得對兩個語言有足夠的語感，知道什麼時候該去找譯者進一步問一問。

同樣地，在口頭談判或會議當中，監聽的律師不一定得比口譯者外語能力更強才能核對其正確性。只要能夠順著對話聽下去，錯誤發生時及時抓住就行。我曾經參加一個討論法律事件的會議，當時的譯員是與我工作過的最好的一位——據說她在中國的高層會議中為美國政府官員翻譯，給朱鎔基總理留下深刻印象，甚至偶爾請她做他的譯員。在語言能力上我無法望其項背，她解決翻譯難題的巧妙手法我也望塵莫及。但是那天我們談到一些技術性的法律問題，當中有些區別她並不知道。有些詞外行人看來是可以互換的，像「法院」和「法庭」，一般都說是「court」，其實是有重要區別的專門名詞。最高人民法院於2014年在瀋陽和深圳設置審判機構，我們就得知道這是「法庭」（最高人民法院的分院，其判決即最高人民法院的判決），而不是「法院」（最高法院之下的審判機構，其判決可上訴至最高法院）。[1]

1　這位極富才華的譯員誤解的也許並不是這個區別。我不想冤屈她。我只是要以此為例來說明，這一類區別是充分了解中國法律制度之後才能區分的。

　　我的重點就是：無論是書面翻譯還是口譯，不能將正確性的最終覆核外包給他人。譯者和口譯員會出錯，這是必須考慮到的事實。

　　另一個必須能讀中文原文的原因是：中文本身有些很有趣的特色，易於導致歧義。有一派看法主張：中文固有的模糊性使它不適合表達精確的法律觀念。中國人自己也常這麼想——在我看來這似乎是一種自我東方化。中文法律文本有時確實模糊而具歧義，但我認為這不完全是出於語言本身，而是因為使用這些文本的機構並不重視精確性。當法律判決可能取決於一個逗號的位置的時候（有的西方法律文件便是如此），[2]中國的法律文件起草者就會認真考慮逗號的位置了。

　　以下是在中文法律文本中，造成歧義的三個常見原因：

　　1. 缺少主語。 中文不要求每一個謂語必須有一個明確的主語，因而行文方便。但起草法律文件的時候，指定權利、權限及義務就可能發生問題。舉例來說，1993年通過的中國第一部《公司法》，規定各種違規行為將受懲罰，但沒說明誰有權認定違規行為並加以懲罰。第二零九條就是一個例子，相關部分如下：

> 公司的發起人、股東在公司成立後，抽逃其出資的，責令改正，處以所抽逃出資金額百分之五以上百分之十以下的罰款。

　　因為缺少主語，譯者有兩個選擇：一為使用被動句式，譯為「...an order shall be issued to rectify the matter, and a fine shall be imposed...」，或推測主語是誰而加進譯文。

　　譯者一般採取前一做法，確實比推測主語是誰要安全容易。儘管法規起草者心中所想的主語幾乎總是國家工商行政管理總局（這是與《公司法》交涉的專業人員都「意會」的事），但這個推想並不完全準確。2005年修訂的《公司法》中，給所有無主語的謂語都加了明確的主語。比如上面所引的條文中就載入了認定及懲罰都由「公司登記主管機關」執行。但是在其他法條中（如1993年《公司法》第二一一條、2005年《公司法》第二零二條），對另立內容不同的會計帳冊的公司處以罰款的（本未指明是哪一個政府機關），卻不是「公司登記主管機關」，而是縣級以上的政府財政部門。

　　2005年修正案將1993年法條的模糊處系統性地除去，顯示原條文並不是有意為之，即並非有時可見的為掩蓋爭議而有意地模糊處理，而是由於中文的特性使缺乏經驗的起草者最初沒注意到問題所致。

　　用英文的話，只有指定權利、權限與義務時全用被動句式，才會犯下這種心不在焉的錯誤：「in case of violation X, a fine of \$Y shall be imposed.」，只讀英語譯文的人會以為中文起草者特別愛用被動句式。其實中文原文並沒有被動的語氣。讀來似乎是起草者心中有一個行為者，但行為者是誰在起草群體中盡人皆知，因此疏忽而未予寫明。

　　2.「以上」和「以下」。讀中文法律文本的人往往被「X以上」跟「X以下」的用法搞糊塗。「X以上」表示「較X多」或者「X或較

多」;「X以下」表示「較X少」或者「X或較少」。要是物理學家談宇宙中原子的數目，那這個不同就無所謂。但如果談的是公司董事會六位董事投票表決某一議案，到底法律要求「三分之二或以上」(意即至少四票)或「超過三分之二」(意即至少五票)才能通過，就至關緊要了。

中文起草者已經發覺了這個問題，有時特別講明到底包不包括X來解決問題，但又往往自食其言。如我剛才提到的《公司法》常用「以上」和「以下」，但並沒說明是否包括X。他們指望人們讀過較概括的法規《民法通則》，在第一五五條中的缺省規則是包括X。但《公司法》第四十一條規定：如董事會主席及副主席都不能主持董事會，則可經董事投票以「半數以上」通過選出會議主持人。換句話說，根據《民法通則》，就是「半數或半數以上」。那就意味著要是兩人都得了董事會的半數選票，就可能會有兩個候選人同時當選。這樣的尷尬局面肯定不是起草人最初想要的，要是把「半數以上」解釋為更合理的「超過半數」或「多數」，這個狀況就可以避免。但是文句的結構又不容許我們這樣解讀。

要是只依靠譯文，根本就不會發覺這樣的歧義存在。《公司法》的譯者也不太可能知道《民法通則》的缺省規則。要是譯者聰明，發覺把「半數以上」譯為「half or more」會造成問題，可能就會譯成「more than half」。可是這樣的手法會掩蓋問題的存在，讀者對中國法律制度的了解也就會因之稍差一點。

3.「應當」與「必須」。在中國法律中有一個長期令人頭痛的問題是「應當」(一般譯為 should)和「必須」(一般譯為 must)用法的不一致。有時候「應當」看來只表示should而不是must。如《婚姻法》第三十二條規定：法院判准離婚之前「應當」進行調解，如

調解無效則應准予離婚。有人在1988年解釋舊版此條,主張:若一方犯叛國罪或被判死刑,調解則不應視為必要。[3]而且如果調解顯將無效,法律堅持每個人通過此一程序似乎是不必要地拘泥形式。因此,此處的「應當」可以被理解為給法院的指導方針,在多數案件中如此行事,但在適當情況下可有例外。在中國法律法規中,某些其他地方使用毫不含糊的「必須」,因此將「應當」視為指導方針便更有道理。既然中國法律的起草者在認為某一行為是必要的時候,明顯知道得使用「必須」一詞,那麼他們不使用「必須」的時候,我們推斷他們不認為某一行為是必要的,這就很合理了。

不過,很遺憾,正如霍姆斯(譯註:Oliver Wendell Holmes, Jr.〔1841–1935〕,美國最高法院大法官)在《普通法》(The Common Law)中的名言:「法律的生命在於經驗,而非邏輯。」中國法律制定的現實經驗是:「應當」經常被用在起草者的意思毫無疑問是「必須」的地方。例如《居民身分證法》第三條規定:公民申請居民身分證,「應當」登記指紋信息。意思難道是他們應當登記但不一定得登記嗎?顯然不是的。

「應當 / 必須」的用法混亂這麼普遍,讓我們看見中國法律體系的什麼問題呢?一個假設是:中國法律起草者很粗心。要是果然如此,知道這一點就相當重要。另一個更有趣也更可能的假設是:他們並不粗心,而是中國法律體系中含有一種西方法律所未曾有、而且無法理解的義務,是一種既不完全是強制性,也不完全是自願性的法律責任。這樣的假設自然使研究中國法的學者要追問,在理論上和實踐上這到底是什麼樣的一種義務。要是不能讀中文,就不可能提出這個問題。

---

3   潘劍鋒,〈談談離婚訴訟的幾個問題〉,《法制日報》,1988年8月26日,頁3。

不會讀中文的人完全依賴翻譯，根本就不可能知道「應當／必須」的問題存在。試想譯者看見「應當」的時候會怎麼翻譯。有四種可能：(1) 一律譯為should；(2) 一律譯為must或者shall；(3) 有時譯為should，有時譯為must或shall，就看譯者覺得在上下文中哪個比較恰當；(4) 隨意翻譯，因為譯者完全沒意識到有個問題得注意。

只有第一種譯法才會使這個重要的問題在英語中浮現。因此，除非所有譯者一貫採取第一種譯法(這是個極不可能的情況)，讀中國法律文件英譯的人是不會發覺中國法律體系存在什麼重要問題的。

學術工作與中文

一個專精中國法律的學者必須具備中文能力，這簡直像句廢話。試想，要是一位中國學者聲稱專精美國法律，可是對憲法、州法和聯邦法、行政法規及判例都得依靠中文翻譯，會給人什麼觀感。但有很長一段時間，西方學者不會中文，而寫出關於中國法律極具啟發性的文章倒是可能的。這種狀況有好幾個原因。首先，一般所知很少，因此專家寫得新穎有趣就很容易。其次，向大眾公開的資料如聯合出版物研究中心 (Joint Publications Research Service, JPRS) 和中央情報局海外情報檔案 (Foreign Broadcast Information Service, FBIS) 都提供大量可靠的翻譯(某個年紀的學者應當還記得能全靠FBIS的資料建立起整個學術事業的時期)。第三，來自中國的資訊量相當少。

今天這些情況已不復存在。我們對中國法律的知識比從前多，在這些領域工作的也大有人在，所以要發前人之所未發就更具挑戰性了。自2013年以來，FBIS和JPRS不再對社會大眾開

放。[4]再說，且不提廣泛的各個方面，單單中國法律信息的總量之大和來源的多樣化，就把利用翻譯成為專家的想法給整個擊垮了。因此，現在在學術研究中，除少數例外，利用原始資料的能力已是不可或缺的了。

以下我要對學術工作中很重要的兩個活動做一些討論：研究與教學。

採訪式研究。我讀過一些不說中文的學者所寫的研究報告，似乎他們透過採訪式研究的確獲取了豐碩成果。對這樣的成績我總是非常驚訝。我只能推斷，採訪成功的學者必然是極端討人喜歡的人物，而採訪不成功者或是沒發表研究報告，或是用其他方式隱藏了他們的不成功。根據我個人的經驗，要想跟採訪對象建立關係以獲得坦誠而完整的反應，跟他們說中文是基本要件。

有很多被訪者在採訪之初，對某一事件說出標準化的官方看法。這倒不見得是要故意愚弄採訪者，而往往是被訪者認為這就是他的角色應有的標準演出。在中國做採訪的西方學者之間，流傳著一則趣聞，也許因為不斷轉述而簡單化了：一位地方官員虛報當地經濟狀況，提出了亮眼的數字，採訪者表示懷疑的時候，那位官員就說：「噢，那是我們上報的數字。想知道真正的數字？你怎麼不早說！」

你在過道裡看見一個同事，問他：「今天怎麼樣啊？」他總是會隨口說：「很好！」那位政府官員有心說謊的程度就跟這個隨口說好的人差不多。要是採訪者對所談事物表現出具有深度認識，被訪者經常就立刻改變態度，樂於提供真相。

4　參閱 Steven Aftergood,"CIA Halts Public Access to Open Source Service," 2013年10月18日。此文在 http://fas.org/blogs/secrecy/2013/10/wnc-ends/。JPRS 後來被 FBIS 合併。

　　要是用英語進行採訪，就不太可能由這種公式化回答轉為實際對話。不用譯員而官員被迫說英語，對話會有點兒牽強不自然。要是用了譯員，使採訪達到最佳效果所需的信任關係（即便是程度極低的）便幾乎無法建立，因為被訪者實際上必須跟兩個人建立信任關係。而且無論使用譯員與否，要是不能以中文進行採訪，就很難使被訪者相信，你具有值得他開誠布公、直言不諱的知識。

　　舉一個例子。1990年代，我曾經與幾位中國法官討論審判委員會在中國法院中的角色。當時關於這個機構的英文文獻非常少，但是它在中文文獻中和中國法學界是為人熟知的。因為我讀過這些中文文獻，我能使法官明白（尤其是用中文使他們明白）我了解中國法學界正在討論的這個問題。由於我表現出我了解有關這個機構的爭議，他們也就明白不必假裝這個機構在現實中發揮的功能跟書面上設定的一樣了。

　　書面材料的研究。利用圖書館做有關中國的研究，具備閱讀中文資料的能力大有助益，這是顯而易見的，不需要討論。所以我想談談不特別顯著的另一個問題：除了讀1950年代中期中國全面推行的簡體字以外，讀繁體字的能力有多重要？

　　不少美國的中文教學項目不教繁體字，所以這個問題有必要討論一下。我認為不會有人反對，學中文的人能讀繁體字肯定是有些好處的。既然如此，為什麼這麼多項目不教？答案恐怕是：這些項目認為好處抵不上學生額外付出的努力。

　　但額外負擔應當與學習中文的全部負擔相比較。假設學習中文的聽說讀寫學到足敷進行研究與工作所需的流利程度，不包括繁體字，需要一百單位的努力，那麼增加繁體字的學習——以我不科學的估計——至多需再加五單位的努力。不是因為繁

體字容易學,而是因為中文難學,[5] 所以邊際負擔並不重。

如果學習繁體字的邊際負擔實際上相當低,讓我們再看看利益是多少呢?簡而言之,不能讀繁體字,基本等於不能閱讀1956年以前出版的任何讀物;1956年以後出版的,除中國共產黨宣傳部門批准者外,其他的也無法閱讀。[6] 試想一個學英語的外國學生要了解美國,卻自限於1956年以後由共和黨全國委員會批准刊行的讀物,結果會是怎麼樣。任何一個中文教學項目都不該這樣蒙蔽學生。「中國」應該是全部的中國,不只是中華人民共和國。

教學。會中文對教中國法律有什麼幫助?首先自然是明顯的信任感因素:如果你教某一個社會,而他們的語言你不會說,學生對這樣的教授比較沒信心。當然,不會說這個語言,還是有可能提出睿智深刻的一家之言。據我所知,馬克斯・韋伯(譯註:Max Weber〔1864–1920〕,德國政治經濟學家、法學家、社會學家、哲學家。著有《中國的宗教:儒家與道教》〔*The Religion of China: Confucianism and Taoism*〕)寫作有關中國的著作時並不會中文。但我們之中沒有幾個會被學生視為當代的韋伯。

也許更重要的是:會中文使教師能在他所選的專業領域中與最新動態同步,而不是與另一個會中文的觀察者所選的同步。在歷史或文學領域這可能不特別重要,因為並不依靠時事發展,但教中國經濟或政治、法律制度的話,能夠在最短時間內,對最新動向進行原創研究,毫無疑問是有利的。

5　討論這個題目的經典篇章是 David Moser 的 "Why Chinese Is So Damn Hard" 一文。http://pinyin.info/readings/texts/moser.html [https://perma.cc/RM8G-5CG9]。

6　有一個小小例外,新加坡的書面材料也用簡體字。

法律事務與中文

　　起草合同。雙語能力不見得是在中國做生意的基本要件，不少曾經開創基業而且仍有出色表現的人不會中文。但在他們的團隊中有一個中英俱佳的律師卻是必要條件——不是律師助理，不是翻譯服務，而是一位真正的律師。有些工作是不能委託給任何其他人的。

　　以交易中常用的中英雙語合同為例吧。大筆金錢都依靠寥寥幾個句子，所以「完美」是唯一選項。有些美國商人過分大意，讓中方處理中英兩語的合同，不經為美方工作的雙語律師審閱，甚至不經任何雙語人才審閱。即使經過審閱，也做得十分草率。美國商人看見英文合同上說發生爭議時以英文本為準，就高高興興地簽字了。他所不知道的是，中文本有些重大不同，其中最要命的是沒說有爭議時以英文本為準。結果就是發生爭議的時候，中國法院有看來以之為準的中文合同，而美方手中只有待翻譯的英文本。最終就以中文本為準了。

　　再拿我工作中碰到的一個合同來說明一下。這個合同的英文本包含如下的條款：

Governing law

This Agreement shall be governed by the provisions of the laws and regulations of the United States, but it is also subject to relevant laws and regulations of the People's Republic of China, without regard to any conflicts of laws principles. Any disputes between the Parties shall be heard by a court of competent jurisdiction in Los Angeles or in China.

中文本是這樣的：

> 適用法律
>
> 本協定遵循美國法律和法規，同時亦可參照中國相關
> 法律。協議雙方如發生糾紛，經雙方協商可提交洛杉
> 磯或中國有關法院裁決。

請注意一些非常明顯的差異：中文本說「可」「參照」中國法律；
這兩個說法分別比「shall be」和「followed」語義較輕。英文本明文
規定當使用某一國法律時，衝突法的原則就不必顧及（此為標準
用語，意即一律適用A國法律，而不必顧及A國法律中任何表明
適用B國法律的部分）。此句在中文本中完全不存在。最後，英
文本清楚地表示洛杉磯與中國的法院對糾紛都有管轄權；意思大
概是誰先起訴誰就可以選擇審判地點吧。中文本談到「雙方協
商」，意思是任何一方起訴之前需經雙方同意（此項規定就其本
質而言是無法執行的，其存在僅僅導致困擾與額外的訴訟費用）。

很明顯，這個條款的兩個版本都未經稱職的雙語律師審閱。
整句在一個版本出現而在另一版本根本沒有。如果比較以英語寫
的和以法文或西班牙文寫的合同，只要稍微用心一點，就連只會
說英語的律師也會馬上發現問題。即使律師並不確切地知道問題
是什麼，他／她也會警覺到需要進一步細究。可是不會中文的律
師卻看不出這些，等到發覺的時候已經太遲了。

交涉。本書其他篇章表明過，會說中國話對融入中國同事
和贏得他們的信任相當重要。沒錯，但我要談的交涉活動，其
對象不是朋友與同事，而是法律上的敵手。交涉目標不是交朋
友，而是獲得最大利益。

在這種情況下，會說中國話也是很有用的。它可以讓你跟
上談判情勢，不需依賴譯員。此外，要是你其實會說中國話，一

種真的或看來像是真的語言障礙有時候倒有些好處。第一，必要時可以使進行節奏慢下來。你可以在譯員翻譯時思考。第二，隱瞞你的中文能力，會讓你聽見原本沒預期聽到的事情。第三，你可以歸咎翻譯而重新考慮原已同意的事。有些英語很好的中國外交官員就用這種手段來對付外國人（當然，我不是說真的不懂中文是一個有利條件）。

專家證人工作與中文

　　無論是書面或口頭方式，以專家證人身分和以學者身分討論中國法律，是有很大不同的。首先，作為專家證人所說的話比學者的會造成更多改變，大筆金錢可能牽涉其中。其次，專家證人說話得極度謹慎。當然，要是輕率發表意見，無論專家證人或學者都會損及聲譽。但專家證人是在做偽證將受罰的狀況下發言的；而且只有專家證人得在法庭上受律師盤問，這些律師在盤問對方證人的時候都是高手，至少使你顯得愚蠢，或簡直讓你看起來是個騙人的無賴。

　　因此，做一個專家證人，明白自己的發言內容並確實掌握絕對是關鍵性的，其中包括了解中國的法律用語以及如何正確地譯為法律英文，連一個逗號的位置都勝敗攸關。

　　我可以舉一個例子。我參與過一個案件，當時成問題的一個中文句子是這樣的：「A，B等C」，在我看來應譯為「C-type matters of the nature of A and B.」。如C是「罪行」，A和B是殺人與強姦，這個句子就是「殺人（A）、強姦（B）以及類似於殺人（A）、強姦（B）的罪行（C）」，我們這就可以正確地說：「Some countries prescribe the death penalty for crimes such as murder and rape.（有些國家對殺人、強姦以及類似於殺人、強姦的罪行處以死刑）」。可

是，另一方主張那個句子的意思是：「所有C類行為，順帶一提，C類行為包括A和B」——這麼一讀，A和B在這兒就是多餘的了。這樣的話，英文句就是：「Some countries prescribe the death penalty for crimes, such as murder and rape.（有些國家對罪行處以死刑，例如殺人和強姦。）」兩句的不同只是逗號的有無。C是否僅限於某類行為——即A與B類的行為——或是包括天底下所有的行為，弄清楚這點極為重要。如果不會中文，討論這個問題就絕無可能，而且這兒還有一層困難：討論的時候得讓不會說中文的法官理解並信服。

*　*　*

總而言之，會中文對有關中國的事業有幫助，其中的道理遠遠超過會法文對有關法國的事業有幫助。兩者的不同不僅在於中文的難度，也就是找到可靠譯者與口譯員的難度，還在於思維方式的極大差異。了解中文就是了解中文所表現的文化。這在法律領域至關緊要，因為在這個領域中翻譯經常不可少，而且翻譯方式會產生重大後果。

11 柏恩敬
Ira Belkin

學習中文是開啟世界、改變世界的一把鑰匙

柏恩敬自2012年起擔任紐約大學法學院美亞法律研究所主任。此前曾任律師及美國聯邦檢察官多年。2000年初次到北京研習中國刑事司法制度,並到過廣東、四川等地,以中文對法學院學生及檢察官介紹美國刑事司法制度,也曾在北京美國大使館擔任常駐法律顧問。對中美法學交流貢獻良多。

學習中文對我的生活和工作都有深遠影響。

我在1970年代初期決心盡全力學好中文,跟事業規劃當然沒有絲毫關係。任何當時學中文的美國人都不可能為保證財運亨通或事業發達而學習。這個時候,中華人民共和國因種種原因對美封閉。蔣介石的中華民國,還在臺灣戒嚴法控制下,在多數美國人心中也不怎麼吸引人。

就像戀愛是發自內心的情感而不是出於大腦的理智,我學中文跟談戀愛一樣,也是出於感情,而不是為了實用,我是愛上中國語言和文化了。每學一個新的中國字,我就覺得又解開了一個謎,開啟未知世界的鑰匙,離我又近了一步。用中文說出一個完整的句子,字正腔圓,語氣恰當,聽來幾乎跟中國人一樣,再沒有比這更令人滿足的了。我進了大學,決心有所作為,卻不知如何著手。我也不確定學中文在這點上能起什麼作用,但我十分享受學習的過程,將來肯定會有些成果,我就這麼激勵著自己。

　　自1972年9月一直到1979年8月，我把全副精力都用在學習中文的聽說讀寫上，還有就是說服人雇用我，讓我幹一個既能用中文又能繼續學中文的工作。雖然從來沒有一個人能說完全學成——學海無涯，中國人說「活到老，學到老」——但是就一定的標準來說，我的中文是學得挺不錯的。

　　這些成果大部分得歸功於紐約州立大學奧爾巴尼分校和明德大學暑期中文學校的一些傑出老師。回想起來，1973年上明德暑校真是改變我命運的一個重要事件。我走運碰上了明德一位自命為「母老虎」的老師，林戴祝念老師。林太太不但是我的老師，也是暑校的校長和洪荒之力。她對我的影響之大是當時我完全沒想到的。

　　我上的是州立大學，落後於常春藤盟校的同學一大步。上課頭一天，老師指定我們學六十個漢字，我還以為我聽錯了呢。我下死勁學習才僅僅能跟上。至少有半個夏天，我謹守誓約，只說中文。到了學期末，同學和我碰見了一群中國水手，跟他們做了一番真正的中文對話，證實我們的確學了一種語言，在佛蒙特的小村子（譯註：明德暑校在佛蒙特州的明德鎮，2016年人口八千六百五十四人）之外還真有人用。

　　第二年夏天我又回到明德學古代漢語，平常是普林斯頓大學的唐先生、唐太太教這門課。但是那年夏天他們休假，由林太太代課，因而我很幸運地連上了兩個夏天林太太的課。暑期快結束的時候，很意外地林太太告訴我，要是我第二年能在臺灣好好提高中文水平而沒染上臺灣口音的話，她會在暑期聘我當助教。這是求之不得的一個機會，我非好好把握不可。

　　1975年暑期，林太太果然聘我當明德一年級中文課的助教。在我看來，這樣的暑期工作真是再好也沒有了。我整天說

中文，繼續學習，不斷提升，還住在最佳消暑勝地。我一連待了五個暑期，成了這個傑出的中文師生團體中的一分子，跟大名鼎鼎的林培瑞和周質平等人一起工作。問題是在暑期之間，我幹的是一些低薪又沒出路的事兒，沒有一點兒機會說中文或學中文。

　　我非常喜歡教中文，就給世界各地幾百家學校寫了信，請他們聘我當中文教師。直到現在我還收藏著整一鞋盒子客氣的回絕信。當時就是沒什麼美國人要學中文，至少是不想跟我學。收到大批回絕信以後，我非得擴大搜尋範圍不可了。我記得我在華盛頓整整一個星期，去了一個又一個辦公室，找任何跟中文相關的工作。國務院的人讓我很洩氣，他們說無論我的中文多好，我可能被分派到世界任何一個角落，說不定根本分配不到說中文的職位。農業部看到一個學過中文的人來找工作倒挺興奮，他們很需要能說中文的人才。問題是他們只能雇用有農業高級學位的人，要是我不在意花幾年工夫搞一下農業研究，畢業以後他們倒可能用我。我也拜訪了「美國之音」的辦公室，以為可找到理想工作了。那兒人人都說一口漂亮老練的中國話，在這樣的環境裡做事我肯定會心滿意足。我的目標是把中文學到跟受過良好教育的本國人一樣好，所以至少幾年之內，美國之音應該是個理想環境。我在那兒測試了一整天口說和書面中文，辦公室的工作人員很滿意，可是，真要命，當時沒有空缺。再說，他們過去從來沒錄用過一個非母語者，尤其是像我這樣的。

　　我屢試屢敗，加上對中國「開放」無窮無盡的等待之後，到了1979年，我認為不能再等了。我改變方向決心去上法學院。在博士班讀書多年的一些朋友、同事找工作的時候也不比我輕鬆多少。要我像他們那樣，再花好幾年在圖書館苦讀唐詩或儒家思想？不行，我不能走這條路。

　　1979 年 8 月，法學院新生訓練的前一天下午，我收到了美國之音的來信，是中文部副主任手寫的。這封信親切有禮。信上說美國之音從未考慮過聘用非母語者擔任播音工作，但由於我的表現十分優異，他們願意用我。不幸當時人事凍結，10 月 1 日才知道開放與否。在這樣的情況下，我是否還有興趣為美國之音工作？

　　兩條路在我面前展開，不在詩意的金色樹林裡（譯註：美國名詩人羅伯特‧佛洛斯特名作 "The Road Not Taken" 的首句為：金色樹林裡有兩條路〔Two roads diverged in a yellow wood〕），但各自呈現了不同的前途。一條是看來奇妙無比的途徑，可以獲得一個繼續使用中國話的職位。另一條是開創一番新事業，保證將來有一份報酬優厚的工作——法學院。要是美國之音給我的是一份工作而不是一份工作的可能性，我也許就會接受而將法學院推遲，誰知道這條路會帶給我什麼樣的未來？但我等待中國開放，給我這樣的人創造更多機會，已經經歷了太多的失望，我的人生不能再耽擱了。最終我選了法學院，同時說服自己，將來終究會有機會用得上我的中國話，語言實驗室裡的那些年是不會白費的。雖然我自己並不完全信服，但是這麼想讓我感覺不是個全然的失敗。

　　法學院帶來了許多事業上的機會和選擇。但我仍一直有著為社會做出一些貢獻的抱負。因此幹了幾年法院工作和公司訴訟之後，我決心謀求聯邦檢察官的職位。很幸運地後來我如願在紐約和羅德島擔任了聯邦檢察官。

＊　＊　＊

　　我們快轉到1997年吧。這十五年間，我有了很理想的工作，當了律師，也當上了聯邦檢察官。我結了婚，組成了一個小家庭，生活安定。然而同樣的工作做了十五年，我開始有些躁動不安，可又不知道怎麼改變。

　　12月，我應邀去司法部教一批新進檢察官審判辯護技巧。兩個星期的課快結束的時候，一些教師和學生在當地一個酒吧聚會。在酒吧裡我遇見學生的另一個教授，我們懇切地交談了一番，這又是我生命中的一個轉捩點。我對他表明我正在設法求變，渴望把我的中文能力和律師與檢察官的經驗結合起來。當時他正為一家促進法治的全球性企業工作，他建議我加入他們的行列。我提出了一連串實際上的困難——我家有年幼的孩子，有房貸，還有個因孩子全天上學而剛回學校念書的太太。這個時候我怎麼可能辭職而搞一個新的冒風險的行業？過去找不到工作的挫敗和錯失良機的回憶又重回腦際。但我仍有能力做出一些改變——去實現我長期以來的自我期許——這個想法讓我沉寂已久的心情又興奮起來。

　　「你一天裡抽得出十分鐘嗎？每天你肯定都有十分鐘浪費掉吧？為什麼不拿十分鐘來找機會幹你要幹的事？誰一天拿不出十分鐘？」那位教授很會說話。我沒有藉口了。

　　1990年代末期，中國正所未有地對外開放。美國的主流媒體每天報導中國的新聞，外國對華投資看來已經到了引爆點，總統峰會更迎來美中政府合作的新紀元。同時互聯網也已起飛，上網研究中國現狀相當容易。我不能說每天真的花十分鐘搜尋有關中國的資訊和工作機會，但是多數日子我都花點兒時間上網查找一番。雖然沒看到什麼具體機會，可是休眠了一、二十年的興趣重新燃起，我覺得非常愉快。

　　1997年的某一天，我收到了一個電子郵件，乍看之下，我還以為是個戲弄人的惡作劇呢。郵件上說，司法部徵聘一位中文流利的資深聯邦檢察官，出差到中國執行短期任務。工作內容是在中國各地三個月，研習中國刑事司法制度，並且教中方美國的刑事司法制度。這居然不是個玩笑，而是真的！這個機會是克林頓—江澤民峰會的直接結果，雙方同意在宣導法治方面相互交流合作。我坐下來，為這個千載難逢的工作機會寫申請信。在信上我說，養兵千日，就為了用在這一時。資深聯邦檢察官，是。中文流利——那，誰也不覺得自己的中文夠好，但是我在明德教過五個暑期，儘管是好幾年前，所以在那個格子裡填了「是」我也心安理得。

　　不幸有很多在我控制之外的意外發生，耽誤了大事。最糟糕的是美國炸了貝爾格勒的中國大使館，導致政府之間的合作相當長一段時間完全停止。同時，我也收到通知，我得通過審查過程中的一個語言測試。為了好好準備，我請了一位私人教師幫我臨陣磨槍，又聯繫了明德的老朋友兼老同事，周質平教授，跟他要幾本課本應急。他給了我書，我就重拾學中文的老習慣——做字卡、聽錄音帶、大聲跟著說。

　　終於，美中之間的交流恢復了，我也通過了語言測試，他們通知我不久便可前往中國，但具體時間未定。這個機會宣布以後，幾乎過了三年，我還沒動身。我確定，就像過去屢次失去的中國工作機會一樣，這次也肯定是要泡湯了。

　　但是出乎意料的，2000年1月6日，我終於到了北京，第一次出訪中國大陸。

　　行前我收到一個電子郵件，確認我要住在北京的「Swissotel」，我知道怎麼說「瑞士」，也會說「酒店」，所以天真地以為抵達以後絕對沒問題。好在，接待我的最高人民檢察院派了兩個中國檢察

官來接我，把我送到該住的旅館去，沒想到中文名字居然是截然不同的「港澳中心」，又叫「香港澳門中心」。所以到了中國或說中國話的時候千萬別自以為是。要是我告訴出租車司機去「瑞士酒店」，用「Swiss Hotel」的字面翻譯，那我可能還在北京繞著圈兒到處找呢！

　　第二個星期，我上了一個密集的中國政府與刑事司法的單班課。這個課很像法學院艱苦的第一周，不過全是中文，加上我有時差，所以更像一個強化法學院第一周。每天都有不同的講員來授課，有的絕不偏離黨的路線，有的承認中國面臨挑戰，但對政府努力解決抱持樂觀態度。有一天，一位講員讓我搭便車，她說就在幾年以前，她是不敢讓人看到她跟外國人談話的。另有一位，帶給我一份報紙，裡頭有篇文章，談到一位警官拒絕法官的命令在一個案件中作證，這個事件引發了法律學者的爭論。他們談到許許多多引人入勝的刑事司法與管理的問題，而且與我交談的人都由衷地對我在美國刑事司法系統中的實際經驗深感興趣。身在中國，用中國話跟對我的專業熱中探討的中國專家討論，實在是令人興奮。

　　然而，也有些語言上的問題不斷出現，困擾著我。在中國刑事訴訟中，「拘留」在先，「逮捕」在後。我懷疑，這怎麼可能？只要看過電視上的警察劇集，就知道警察先逮捕犯罪嫌疑人，然後嫌疑人上法庭，法官決定是否交保。拘留怎麼可能在逮捕之前呢？後來我發現雖然「逮捕」翻譯為 arrest，其實意思截然不同。「逮捕」是檢察官審查案件的時候，通常在一人被羈押後三十天左右，決定是否批准繼續拘留。有許多這類的例子表明，法律名詞的一般英譯，事實上干擾了英語母語者的了解。

　　另一個困惑是：許多中國檢察官告訴我，1996年修改刑事訴訟法，改進了警方對犯罪嫌疑人拘留時間的規定。我一再查

閱，發現1996前的法條，拘留持續時間不得超過十二小時，而1996年改為不得超過二十四小時。我因之再三詢問，這怎麼是一項改進？終於一位廣州的檢察官對我解釋，過去的法條雖然規定不得超過十二小時，卻存在連續而不限次數的十二小時拘留，警方可以用來羈押並訊問犯罪嫌疑人。在1996的修訂法條中，只限於一次持續不得超過二十四小時的時間用來做初步偵訊。解讀中國刑事訴訟法顯然不僅是個翻譯問題。

負責接待我的最高人民檢察院非常親切友好。我在檢察官培訓學校待了一個星期，在廣東省人民檢察院兩個星期，在四川省人民檢察院也有兩個星期。每天都全天跟中國檢察官討論他們的工作，也回答他們對美國檢察官工作所提出的問題。儘管相互之間存在差異，但我們都負有重大責任，各自在大不相同的司法系統中扮演類似的角色。我也發現與我交談的人都非常友善開放。記得在與廣州市檢察官聚會的中飯桌上，我們開懷暢談，從家庭、運動比賽一直談到美中關係。一位檢察官給了我最高而且我認為是最誠懇的讚美，他說：「你的中國話真好，我們簡直忘了我們在跟外國人談話，以為都是本國人呢。」

當然，用中文交流總是有挑戰性的。有一回跟一位湖南檢察官談了話以後，我告訴中方主辦者他的口音太重，我幾乎一句也沒聽懂，她說整個檢察官辦公室裡沒有一位聽懂了的。錯不在我，挫折感這才稍微減少。從另一方面來看，這也顯示要掌握中文實在很難，地方口音太重的話，連本國人也無能為力。

在四川省人民檢察院過了一個星期，當地聯絡人通知我，下周二，也就是四天以後，檢察長要我給檢察院全體人員用中文講美國的刑事司法制度，他們已經撥出了半天時間。我忽然陷入了極度的懼怕加恐慌。我怎麼可能用中文介紹美國刑事司法制度？簡直就是不可能。一來我從來沒用中文公開演講過，再者我

也不知道怎麼在一個演講中把整個刑事司法制度介紹出來。只有四天時間，所以我把每一分鐘都用來準備。結果是這場演講有點兒太泛，稍微流於漫談，但涵蓋了刑事司法制度的基礎，而且引導出許多有趣而重要的討論。回想起來，當時可能很少有人能根據美國刑事訴訟的親身經歷，用中文做這樣的演講。透過這首次的公開講話，我發覺我可以在美中法律交流中扮演一個獨特的角色。我能夠跟中國聽眾溝通，不需透過譯員，而且我對兩種法律系統的運作都有基本認識。在語言方面，如果僅只有膚淺的了解，翻譯僅只字面正確而不夠細緻深入的話，產生的誤解便不少於解決的問題。以我的經驗和語言能力，儘管未臻完美，但我能做些別人做不了的事。我能夠對美國人解說中國法律制度，也能對中國人解說美國法律制度。

這第一次演講之後，我有好幾次被邀對中國各種團體講一般性的刑事司法制度，也對特定聽眾談過某些特殊問題，講話的對象包括法律學生、法學院教授、法官、檢察官和律師。去中國之前，我不知道我會受到什麼樣的接納，而2000年初我觀察到的極為熱誠的求知與開放態度，確實是原先沒想到的。

最難忘的一次，是我在西南政法大學舊校區的演講。那天我們提早到了校園，因為當地教授請我在演講之前吃晚飯。前往校區飯店的時候我們經過一個大講堂，一位教授告訴我：「這就是等會兒你要演講的地方」。這時講堂裡已經擠滿了人，所以我問在我演講之前是否另有一個活動。他們說沒有，學生們是搶著占好位子來聽我演講的。我不是什麼名人，我根本就不出名。學生們排隊只是因為他們珍惜這個學習美國刑事司法的大好機會。這使我更深刻地認識到，我所從事的工作真是意義重大。

*　　*　　*

　　法律與法律制度的討論是相當複雜的。對某些不同必須做出細緻的區分，為使人徹底了解也必須做出清晰的說明。公允地比較兩種法律制度，或依據其一來說明另一制度都需要相當技巧。對中英雙語的良好掌握似乎不僅是重要條件而且是不可或缺的。有時高明的語言能力也還不夠。必須使用語言能力了解本不熟悉的法律制度，才能對別人解說，並提出合理而精準的問題及評論。我參加過很多次美中政府之間的對話。可惜的是，雙方經常各說各話，並無交集。根據我的經驗，中方往往準備充分，中方代表多半參與過好幾次類似對話，討論同樣議題。另一方面，美國政府機關的代表卻經常換人，並不負責某一特定國家──甚至對中國這樣的重要大國也沒有特定代表，更何況各人準備與聽力的水平不一。語言能力高超而且善加利用，了解談判桌上彼方的觀點，能做到這一點才有機會達成協議，或者進行有意義的對話。

　　2000 年首次訪問中國以後，我大部分職業生涯都用來安排、設計和參與美中之間的法律交流，也跟臺灣有過來往，有時是政府項目，有時是非政府組織或學術交流項目。我在美國大使館服務過兩次，一次是為司法部擔任第一任常駐法律顧問，另一次是為商務部擔任貿易促進辦公室主任。在美國駐華大使館工作一直是我的夢想，也是我的一個實現了的中國夢。為政府工作，讓我得到難得的機會跟政要互動，偶爾也能影響政府的觀念與政策。這是一項令人興奮的工作，一切進行順利的時候，眼見對美中關係做出了貢獻，或至少增進了雙方的相互了解，是讓人十分快慰的。

　　後來我離開政府部門，為福特基金會 (Ford Foundation) 工作。現在我在紐約大學法學院擔任美亞法律研究所執行主任。

福特基金會給了我難得的機會，協助中國有志改革者進行法律制度改善工作；這個職務也讓我能近距離觀察中國法律改革的挑戰、成就和挫折，對政治和法律在中國的具體運作有了深入細緻的了解。

在這個過程中，我有幸認識了許多中國不畏艱難奮鬥有成的律師，其中有些人起初被表揚為英雄和典範，後來卻被視為激進分子、搗亂分子和異議分子而飽受打擊。我也結識了許多中國法學者、律師和行動分子，他們從體制內部或外部給社會帶來了建設性的改變，對他們我敬佩有加。我親眼目睹了近十年來美中關係的變化，而且有機會在共產黨堅持一黨專政並向現代化過渡的這個時期，由內部審視中國建立法治社會時斷時續的努力。

＊　＊　＊

如果我沒學中文，或者沒專心致志學好中文，我就無從獲得這些寶貴的經驗。

我絕沒想要誇口自己對中國社會或文化的解析認知，超過我生於斯長於斯的本國與社會。然而，學習中文確實給了我一些極富意義的人生啟示。我的那位中文老師，了不起的林太太，教導我應該走進世界，做美中之間的橋梁，做中國人民與美國人民之間的橋梁。她的話語每天在我耳際回響。這是一個崇高的目標。我希望，對促進兩個偉大社會建立密切關係，我已做出了一些微薄的貢獻。但基本上，我自己就是學習中文的受益者。我學到了我們首先都是全球社群的一分子，我們每個人都負有不可推卸的責任來培育並改善世界。無論在人生中選擇了哪條路，要是能前去結識人們，以他們最慣用的語言與之交流，那麼我們

肯定能做出更好的成績。 這就是我學習中文所獲得的最有價值的一課。學好中文，使我能夠稍稍改變這個世界，這就是我向來的心願。對過去一直鼓勵我、幫助我、支持我的人士，我至為感激。

12 祖若水
Rory Truex

祖若水，2014年獲得耶魯大學政治學博士學位，專業領域是比較政治學與政治經濟學。現為普林斯頓大學政治及國際事務助理教授，研究集中於中國政治與威權統治理論。在本文中，他以務實的態度討論政治學研究生的外語學習，以及會中文對研究的具體影響。

中文、統計學和
我的學術研究

在中國政治研究中，我們利用所有搜集得到的證據，設法闡明原本就設計為不透明的政治制度。訪談、洩漏的公報、報紙社論、異議分子的聲明、政府的工作報告、社交媒體的貼文——這些都是我們做研究的依據，而最有用的材料多半是以中文撰寫的。

給初露頭角的中國研究學者最合理的建議，應該是「盡力把中文學好」，變成第二個大山，全心全意地投入。運氣好的話，說不定有人請你去主持中國電視節目，這可比政治學有趣多了。

我個人並沒遵循這樣的建議，至少最近幾年沒有。我的中文夠用，但絕不是極佳，目前大約是一個像樣的五年級中文學生的水平。我一段時間不細讀中文材料或不住中國，中文就會退步。我的寫字能力糟透了，幾乎完全忘了怎麼手寫漢字。這讓我感到特別尷尬，因為著名的白霖（Lynn T. White III）教授退休以後，普林斯頓大學聘我為駐校的「中國政治專家」。典型在前，

無法望其項背，我也擔心普大赫然發現繼任者連「普林斯頓大學」
幾個字的筆畫順序都不大記得，可能會嚇壞吧。

　　這次大會要求我反思中文學習在我事業中的影響。那麼中
文在我的工作中到底起了什麼作用？作為一個研究者，就必須以
獨特的眼光觀察世界，要比前輩大師「看得更遠一點兒」。最近
十年來我盡力培養一套能力，中文是其中的一部分。我希望這套
能力獨一無二，讓我在研究中國政治制度的時候能見前人之所未
見。我奉獻給各位的建議是——我資歷尚淺，冒昧提出——在
「技能可能性邊界」(skill possibility frontier, SPF) 人數較少的區域
中占一席之地。

技能可能性邊界

　　在經濟學101課裡，學生都學過稱為「生產可能性邊界／曲
線」(Production Possibility Frontier, PPF) 的概念。這個概念以圖形
顯示一個經濟體有效地利用資源的時候，不同類別產品 (如槍枝
與黃油) 的可能產量。如果經濟體將其資源全用在槍枝上，可以
生產10單位的槍枝，但生產0單位的黃油。如資源公正合理地分
配，則能夠生產6單位的槍枝，6單位的黃油。生產可能性邊界
清楚地表示了生產各種產品時的取捨、折衷，說明了生產時必須
做出的抉擇。

　　我們可以引用這個概念來思考實用的語言學習。下面的圖
表顯示某人的「技能可能性邊界」，例如一個對中國政治研究有
興趣的研究生 (請注意：這個概念不是經濟學中的「真正概念」，
我只是借來解釋本文的觀點而已)。X軸是學生的中文水平，值
越高表示越精熟。Y軸為「統計學訓練」，同樣值越高越精熟。當
然還有其他相關技能，如其他外國語、研究資料的掌握、電子計

算程式設計等等，技能可能性邊界是多維的。我把它簡單化為二維以便論證，同時也是因為「研究方法 vs. 語言」的折衷是跟研究現代中國的學者最相關的。

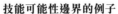

技能可能性邊界的例子

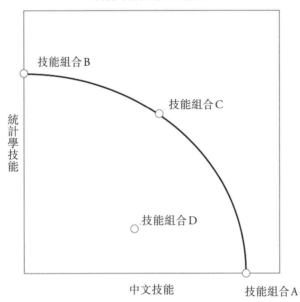

黑色曲線代表這個人的「技能可能性邊界」，也就是她的才智發展到最高點時她可能獲取的「技能群」。這個技能可能性邊界的例子有幾點需要注意。第一，各人的曲線可能不同，因為人人有不同的天賦、智力、工作態度等等。某些人中文最高水平可能較高，因為對困難的聲調語言有特殊癖好。反之，並不是每個學生對統計學同樣穎悟，因而在這個一維度的邊界可能稍高或稍低。

其次，這個圖畫出的技能可能性邊界曲線是凹面，意思是初學某技能時「學習曲線上升」相對容易，但要完善這個技能是相當困難的（以時間／資源因素考量）。這不一定適用於所有的人或所有技能，但仍是一個相當有用的近似值。

這個簡單演示讓我們看清楚要獲取不同技能時需要的折衷。以這個例子的研究生來說，她的中文可以達到完美程度，但缺少方法的訓練（技能組合 A）；或者方法訓練幾近完美，卻毫無中文能力（技能組合 B）；或者中文和方法訓練都達中等程度（技能組合 C）。要是她很懶或者外務太多而分心，就可能無法發揮全部潛力，而在兩方面都低於「技能可能性邊界」（技能組合 D）。

看起來非常抽象 —— 政治學家有製造抽象概念的惡習 ——可是我可以斷言這樣的折衷對多數研究生是非常真實的。每一個我所遇見的學生時間都不夠用。一般政治學的研究生每星期得讀五百至八百頁的書，完成一至兩個問題集，寫五到十頁的報告，也許還要教十小時的課，同時又得做研究計劃和論文，才能在這個領域留下一點兒成績。事事完美是不可能的，所以我們得及早決定研究方向 —— 到底要做地區性、本質性或方法性的研究。

而且如上所述，在學術界，工作目標是以獨特眼光觀察世界。不用這些浪漫詞彙而實在地說，就是進行研究計劃，發展出前人未及的新觀點。因此具有一套突出技能極為有利，因為觀點和研究計劃就是我們所具有技能的直接作用。許多傑出貢獻來自跨學科的個人或研究團隊，就是因為他們能夠以絕對創新的方式把觀點、研究方法與寫作連結起來。

自我評估

　　這便是近十年來我實際的自我訓練方式，當然我並沒有坐下來思考「我要落在技能可能性邊界的哪一點」。2003年秋季我在普林斯頓大學本科開始學中文，很幸運地在中文101課裡跟周質平教授學習。普大的中文課程可說是盡善盡美了，我逐年選課，不斷進步，儘管星期五上午總有生詞小考，我還是愛上了這門語言。大學暑期，我通過「普林斯頓在亞洲」(Princeton in Asia) 項目，在湖南吉首教授英文，同時也學中文。快畢業的時候，我的中文已有了扎實的基礎，由於普大的教學特色，也掌握了正確的發音。我不是大山或林培瑞教授，但我走在中文學習的正軌上。

　　離開普大之後聽任中文退步，可說是我最大的悔恨。在中國待了四個夏天以後，我以為一個真正出色的工作是畢業後當「策略管理顧問」。我穿上筆挺成套的西服，搬到紐約，學會了一些有關信用卡和保險的業務，這樣過了兩年。我很喜歡在貝恩 (Bain) 公司的時光，但十二個月後就產生了標準的「這不適合我」的職業倦怠(很巧，這正是「經濟大衰退」前後)。我就申請了政治學博士班，幸運地被耶魯大學錄取。我提早辭職，跟我未來的妻子在尼泊爾過了幾個月，她當時是「普林斯頓在亞洲」的研究員。

　　在研究所，我總是偏好數字。貝恩公司教會了我欣賞數據，所以在耶魯政治學博士班我選了博弈論及定量分析全套課程。我也在經濟系的碩士班選讀了同樣的課(我發現我的經濟頭腦相當一般)。在課程結束的時候，我已經完成了七十到八十份統計學和博弈論的問題集。估計大約60%到70%研究所的時間都花在方法訓練上，其他的時間用來讀書、寫研究報告、做研究助理、打籃球和喝啤酒。

　　這一切，當然有害於語言學習，專攻某事是得付出真實代價的。頭兩年我的中文持續退化，我一再猶豫到底該專攻中國還是走綜合性路線。最終我選擇了中國。2011年，我在停止了四、五年後認真地重學中文。我重拾昔日的課本、寄宿在中國家庭、十二個月的實地苦練、網上字卡，還有慷慨大方的語伴，這種種幫助終於使我回到過去的水平。

　　在技能可能性邊界上，我落在中間點。我不是統計專家或「技術高手」，但我能夠利用大數據和高端應用技術做出合理而精細的定量分析。我不是中國語言專家，但針對某一主題經準備後我能以中文進行訪談，也能細讀中文文件（借助谷歌網頁瀏覽器的滑鼠覆蓋字典）。我當然會錯失一些內容——記得在湖南訪問一位人大代表，他口音太重，我幾乎有70%沒聽懂——但我一般都能理解談話內容。我在研究方法和中文兩方面當然都還有提高空間，也肯定還沒完全發揮潛能達到最高邊界。然而，我已取得了可以接受的技能組合。

中文、研究方法和我的事業

　　會中文對我的事業起了什麼作用呢？在最客觀的經濟層面，它豐富了我的技能組合，使我成為學術就業市場上比較熱門的商品。政治學頂尖的二十個博士班在比較政治學方面（我正式的研究分支領域）每學年出一百到一百五十個工作申請人，這些學生競爭世界各地六十個左右終身制助理教授職位。在這群人裡，能說中文又研究中國的相當少（每年大約有十人）。因此，中文能力一直是個比較突出的技能。

　　一般而言，大學特別願意聘請研究中國的學者來教中國政治課，以滿足本科不斷增長的需求。因而其他條件相等的話，研究

中國的學者比研究其他地區的學生（尤其是歐洲、日本、俄國與拉丁美洲）工作機會要多一些。我就是這種狀態下的受益者。

在學術層面，中文的知識──與統計學和研究方法相結合──使我對中國政治制度能夠產生新的見解。傳統上，中國政治學領域向來是由精通中國語言與歷史的學者占主導地位──其精通程度遠非我能企及。研究本身主要基於定性證據，多來自訪談、檔案和閱讀原始文件。如白霖、歐博文（Kevin O'Brien）、裴宜理（Elizabeth Perry）、李侃如（Kenneth Lieberthal）、黎安友（Andrew Nathan）、麥克‧奧克森伯格（Michael Oksenberg）與馬若德（Roderick MacFarquhar）等學者。他們的統計訓練較少，但都精通中國語言。其結果便是上自全國人民代表大會、國務院的官僚體制，下至民間的陳情與抗議，對各類主題都有豐碩而基礎性的定性研究。

這種研究傳統及其體現的一套研究方法，在當代中國研究領域仍然穩居上風，而且理當如此。然而年輕一代，我也是其中的一個，卻斷然選擇了技能可能性邊界的另一組合，有較多的統計方法訓練而較少著重語言、實地調查、歷史和定性研究（雖然我的許多同行中文遠勝過我，也有很多是中文母語者，下文將論及）。現今中國研究領域傲然擁有博弈論、統計方法、電腦科學與其他「應用型技術」的各種專家，在研究中使用這些方法。

行文至此，我要暫停一下做一個說明。中國政治學研究的「技術升級」未必全然是一件好事。社會科學莫不走這條路，但「技術化」本身並不是終極目標。社會科學應當是思想與觀念，而不是數字與等式。一個觀點以數字或等式表現，並不意味著這個觀點更好。其實經常是更差，因為技術細節模糊了真實的意義。尤其令人擔憂的是：這類研究有著薄弱空洞而且與地方實況脫節的風險。對於不能說中文又缺乏實地經驗的學者，我個人便

始終深感懷疑，因為這種研究往往導致錯誤結論。坦白説，我也曾經做過對某問題缺乏足夠定性了解而基於統計的研究，這些研究最後以失敗告終。我將研究結果給中國朋友看，經常換來禮貌的聳聳肩膀和「似乎不太對」的表情。我得盡力避免研究受到聳肩的冷遇。

最終我自己的研究方法變得像一種混合體，跟我在「技能可能性邊界」的位置相符。我把實地調查和個案實證與各種定量資料分析混合，包括問卷調查、政府統計、文字資料以及大量介乎兩者之間的材料。偶爾會有些雜亂，但如果融合妥當，也能見前人之所未見。截至目前，我的最佳研究是關於全國人民代表大會。下文我就要敘述中文如何促成我的這項研究，也會談到學術研究中語言與觀點兩方面我的一些「心得」。

邁向新發現

要是你在紐黑文市（譯註：New Haven，在美國康州，耶魯大學所在地），讀關於中國全國人民代表大會的英語報導，你會屢屢看見諸如此類的文字：「毫無意義」、「橡皮章」、「裝點門面」、「聽而不聞」、「不具代表性」等等。乍看之下，中國最高立法機關的年度全體大會，似乎僅僅是中國獨裁框架的一個民主櫥窗裝飾罷了。全國人大會期兩周，很少有實際行動。三千名代表——70%是共產黨員——只是鼓掌通過黨領導班子的提案而已。在全國人大的悠長歷史上，3月兩會的代表從未否決過任何一項任命或法案。行動和爭論都很少見，英語媒體也都如是報導。

心得1：西方媒體對中國的描述是對真相的偏頗醜化。

　　研究媒體的政治報導，有一個重要發現，就是新聞社都迎合消費者的偏好。福斯 (Fox) 新聞報導保守的一套事實，微軟全國廣播網 (MSNBC) 和有線電視新聞網 (CNN) 報導自由激進的一套，兩者都旨在鞏固各自的意識形態市場。消費者偏好臭味相投的報導，因為這樣的報導減少認知上的混亂──我們喜歡聽到證實自己原有信念的事實。

　　這樣的心態，在西方媒體上就表現為：將中國描繪為壓制、污染、擁擠、混亂，也就是一個非常可厭的地方。在一定程度上中國確實是這樣，但媒體顯然將各種狀態都誇大了。再次提醒各位，這個做法是符合美國人口味的。我們喜歡聽到他國比美國差，尤其是強大而專制的國家。我們的媒體就是要迎合這種先入為主的定見。

　　對全國人大的描繪，跟這種反中記述同屬一類。中國的立法機關的確充斥著黨選出的代表，不是人民選出的。他們的確很腐敗，會期中都在睡覺，很少真正表現民意。整個組織只不過是中國共產黨利用來宣稱它有些民主機制罷了。對全國人大的英文描述也就僅止於此了。每年《紐約時報》或《華爾街日報中國即時新聞》的記者挑選幾個滑稽的提案取笑一番，然後就將整個機關置之不理了。

　　自然，中文的官方宣傳媒體向相反的方向偏斜──經常到了荒唐的地步。這個偏頗並不是因消費者的偏好而產生，而是由於專制政權要操控百姓，因此就更加荒謬。在官方宣傳中，全國人大代表被描繪成忠實的公僕，民意的可靠管道，盡心竭力滿足選民的需要。要是只讀《人民日報》，你會以為全國人大是全世界代議制的典範。

　　2011年夏天，我開始閱讀西方對全國人大的記述，接著閱讀中國官方新聞社的中文記述。兩者的不一致就成了我的論文研究和第一本著作的寫作動機。在獨裁議會中，選舉問責制闕如的狀況下，有意義的代議制是否可能產生？如果可能，這種代議制如何運作？

　　如果不會中文，我絕不可能發現西方與官方中文對全國人大的記述不一致，這是顯而易見的。

心得2：只讀英文文件充其量可以窺見事實的一半。中文資料，即使出自宣傳機器，也能為研究提供進一步的論點與動力。

　　我在春季再度前往中國繼續進行研究計劃，並重新聯繫北京過去的住宿家庭和湖南吉首幾年前我教英文時認識的朋友。我開始跟人們討論全國人大——普通老百姓、學者、後來也跟一些代表談了話。做這些訪談的時候中英兩種語言我都用。大部分時間使用中文，可是偶爾採訪對象要利用機會練習英語，或者他們的英語比我的中文強。在某些訪談中我們用雙語混合交談，我說英語，採訪對象說中文。我們雙方語言上的消極理解能力都比積極使用能力好得多。

心得3：用非母語時所說與用母語時不同，也往往說得較少。

　　一個人說不同語言時表現的性格不同，我估計這已經是眾所周知的了。有時候這與某些慣用語和短語的特殊用法有關（如「畫蛇添足」用英語怎麼表達），但多半與流利度和詞彙量有關係。記得大二暑期在吉首，我到處跟我的中國學生說布蘭妮（Britney Spears）是我女朋友。這只是因為我剛知道布蘭妮的中文綽號是「小甜甜」，要炫耀我學會的這個新詞，而且我還不會用什麼高級方式表現幽默（老實說，現在也還不會）。用英語我絕不會這樣說——我會代之以有點兒深度的想法。

　　用英語跟英語水平較低的中國對象做訪談，這樣的狀況就會發生。我記得採訪一位跟我同齡的年輕人，雷闖，他為乙肝病毒攜帶者遊說全國人大，已經有相當高的社會知名度。我在「益仁平」（這個非營利組織現已關閉）辦公室外與雷闖見面，當時湊巧我用英語招呼他，沒用中文。我們一邊往一家麵館走，一邊用英語談了幾分鐘，可是實際上沒什麼內容。叫了麵以後，我建議改用中文，雷闖答應了。接下來的就是一段令人難忘的交談。雷闖坦誠地談到自己因乙肝而遭受的歧視，他與全國人大代表的來往，他發起的給溫家寶總理寫信的運動，以及對政治改革的看法。要是我不會中文，這個談話就不可能進行；要是靠譯者幫助，肯定也大不相同。

　　我做這些訪談的同時，也設法收集更多有關全國人大的系統性信息，用來做定量分析。英語的全國人大網站並不特別有用，這個網站是設計來教外國人中國政治制度基本知識的，很少提及這個機關的具體事實。中文網站卻很全面，包括代表的名單和基本資歷，也包括他們對政策的意見和動議。上百度百科（用的也是中文），還能看到三千名代表95%以上的傳記。這些都是政府最近加強立法制度透明度的一部分。

心得4：中文開啟了數據之門。

　　在幾位勤奮的研究助理的幫助下，我終於彙集所有資料，編纂了關於全國人大代表及其活動迄今最全面的數據集。我因此能夠在立法政治的研究中對核心問題進行檢驗。中國的立法機關成員是否真正志在解決人民認為最嚴重的問題？全國人大的提議會不會對政策造成影響？代表會不會因貢獻良多而再度獲選？是否因任職而在財務上獲利？

　　這個時候大量的統計，也就是我所受訓練的另一半，就派上用場了。統計數據揭示了一套有趣的發現，與我的定性實地調查

相應和。在中國，「代表性」另有一套邏輯。代表們並不受選舉壓力的驅策——他們實際上根本就沒有選舉壓力——但是他們面對來自政權本身的壓力，迫使他們從事代表行為。西方立法者自然而然的舉動，他們卻是受到訓練之後而為之，例如與地方人民見面、理解地方的不滿、制定解決方案等等。我的資料顯示，一般而言代表們都倡議各自代表的省區最急切的議題，比較活躍的代表在五年任期屆滿後，也更可能再次獲選。

當然這只是現實的一半。代表們得「代表民意」，但也得「保護黨的利益」。實際運作的時候，後者總是在前者之上，激進分子和改革派往往被有計劃地剷除。因此對代表行為最恰當的描述是「界限內的代表性」。代表們在各種議題上為地方人民服務，但對政治改革絕對三緘其口，因而該政權便能熟知民情，卻避免了為民主變革而破壞穩定的激進主義。

請注意，這個狀況介乎我們常聽到的對全國人大的兩種描寫之間。全國人大的代表們既不懶惰也不脫離群眾，與《華爾街日報》和《紐約時報》所說不同；但也不像《人民日報》所誇耀的那樣，是完美代議制的典範。我費了好幾年的工夫才發現了這個中庸的描述，而如果沒有中文的訓練，這項研究就根本不可能存在。中文給我開啟了一扇大門——啟發觀點、進行訪談，以及從事資料的收集。

（恕我冒昧稍做廣告……要想對全國人大深入了解，這些新發現都可以在我即將出版的新書中看到：《使威權政治運作：現代中國的民意表達與回應》〔*Making Autocracy Work: Representation and Responsiveness in Modern China*〕。書中統計與社會科學術語稍多，但還是有相當的可讀性。）

務實中文

研究中國，卻主張做研究時不需要完美的中文，主張在技能可能性邊界可以不「追求最高的中文能力」，說不定有人認為這簡直是褻瀆。我自己沒有追求中文能力達到完美程度，但我相信我最終的研究成果要比這麼做更好，因為我將換來的時間投在其他技能上，讓我與前輩學者有所不同。要是沒在普林斯頓學四年的中文，要是二十多歲時沒在中國度過兩年時光，我就不可能進入有關人大制度的資訊寶庫；而要是我沒窮兩年之力做問題集，我就不可能以正確方法處理所得到的資訊。

我的這篇報告並不是想要自圓其說或者自以為是。我在學術界資歷還淺，正在努力完成第一個研究成果。在進行研究的初期便提供靈方妙藥或反省回顧似乎不太合適。我絕不認為我在任何方面已經「通盤了解」，而且由於誤解中國語言、文化的細微之處，我往往在研究中犯錯。

我寫這篇文章的目的是誠實陳述及鼓舞他人 —— 對我研究上的缺陷和中文的不足做誠實陳述；對進入這個領域的年輕學者給予鼓舞。在青年學者之間有太多的「模仿症候群」，因為我們認為周圍的人都十分完美 —— 完美的中文、完美的統計訓練、完美的文獻掌握。事實上我們都在某方面有些不足，即使是這個專業領域中赫赫有名的人也不例外。我們的目標應該是盡力發展自己的技能組合，達到個人「技能可能性邊界」的某一點。要是這一點很獨特，與這個領域中其他的人有相當區別，你或許就能有新的發現。

其用無窮

13 畢儒博
Bill Bikales

正確的聲調與
維根斯坦
把中國話說好的兩大關鍵

畢儒博在普林斯頓大學攻讀哲學，在哈佛攻讀經濟學，其間並習得中文至極高水平。他的中文能力在兩段事業中起了關鍵作用：一為在中國的旅遊業，另一為在聯合國多個部門的經濟決策工作。中文也在無意間塑造了他對生命的看法和生活態度。

　　怎麼做才能把中國話學好？不只是過得去，而是學得很好？很榮幸被邀來以這樣的高標準談這個話題（如果說得不對，請怪林培瑞先生，是他錯邀了我）。我想強調兩點：聲調與維根斯坦。

　　得提到聲調，其實是有點兒古怪的。聲調在發音正確上的關鍵地位再明顯不過了。中國話裡音調的升降，就像英語母音對 bit、bat 和 bet 這三個字的作用一樣大。要是英語母音發音不對，你說「Your turn to bit, I bat you wull strake out」也行，別人聽得懂，可是大概要離你遠一點兒。同樣地，要是你想讓中國人感到能夠跟你真正交談，就不能忽視聲調。聲調說得對，你就會注意到聽你說話的中國人精神舒緩，態度開放。可惜錯誤的觀念還太普遍，以為聲調太難，外國人無法掌握，學生不必浪費時間去學好。

　　我還記得在臺灣的時候，我聲調失控而發生的一個尷尬事件。當時我只是要說：「給那個人。」「那」是下降的四聲。我一

說再說，重複了好幾次，奇怪，對方怎麼老沒聽懂。原來我的腦子忽然失靈，我說的其實是三聲的「哪」。我說的不是「給那個人」，而是一再地問：「給哪個人？」那個傢伙瞪了我半天，終於明白了：這個老外把聲調說錯了！他客客氣氣地改正了我，那神情我一輩子也忘不了。

維根斯坦是我要談的另一點。我一生獲益最深的學習經歷之一，是1972年在明德暑校學一年級中文。當時我是普林斯頓哲學系本科生，對路德維希‧維根斯坦（Ludwig Wittgenstein）著了迷，尤其是他的《哲學研究》（*Philosophical Investigations*）。暑期班我的老師林培瑞先生，大學本科也是哲學專業。我跟林教授有過好幾次談話，鞏固了我至今堅持的信念：了解維根斯坦對學習中文大有助益。維根斯坦幫助我擺脫了一般的誤解，以為世界充滿了各自獨立的「物」——包括顏色、聲音、行為、情緒等等，就像元素週期表中的化學元素一般羅列成行——而語言就是給那些個別的物件加上標籤。要是果真如此，那麼學習第二語言就只不過是學習一套新的標籤罷了。

了解維根斯坦的觀點（不管你的了解是否來自維根斯坦）是把中國話學好的基本要素。你這就能夠避免落入「這個東西中文怎麼說」的陷阱，以為每一個英語的X都有一個相對應的中文Y。你要學習的其實是在各種情境下中國人說什麼，並且學會用適合情境的話語做出反應。認真學中文的學生遲早都會明白這個道理，我卻有幸一開始就受益於維根斯坦，又受教於研究過維根斯坦的老師。用英文思考然後「換成」中文，是絕對說不出真正的中文來的。

我要舉一個很容易看到的例子，這樣的錯經常發生，甚至學了好幾年中文的外國人也難免要犯。這個錯就是怎麼用中文說英語的「excuse me」。「Excuse me」是個溫和的道歉，承認自己做

錯了或給人添了麻煩。字典或教科書可能會列出中文的「對等」說法是「對不起」，字面意思是「我對著你，可是抬不起頭來」，也就是說我對你做錯了事而感覺很沒面子。雖然隨口常用，其內在含義其實挺強烈的。

問題是英文的「excuse me」常常跟道歉沒關係，有時只是要人注意而已，例如「Excuse me, do you know the time?」或者「Excuse me, waiter, could I have the check?」固然這也表示一點兒歉意，因為打擾了人。但是對服務員說：「我真對不住你呀，買單。」簡直就有點兒荒唐可笑。或者對路人說：「對不起，現在幾點了？」這就像是用英文說：「I'm a jerk, what time is it? (我是個混球，現在幾點了？)」聽來不太像話。這些情況用自然的中國話可以說「請問」或者「麻煩你」。但學中國話的人陷在「X等於Y」的思維裡頭，腦子裡想著「excuse me」，「對不起」就脫口而出。聽起來是中文，其實不是。

你可能還是懷疑，這會不會只是誤譯？把X和Y配錯了對兒，而不是更深層次的各種語言「思考方式不同」？我認為不是誤譯。中國話和英語詞互不「對等」的例子實在太多了。

我們看看「老」和「舊」這兩個中文詞兒吧。教科書和字典裡都註釋成「old」，其實這兩個詞的用法大不相同 (維根斯坦說詞的用法才是它的意義)。我對「老」字的認識逐漸加深，就越來越覺得它真是個奇妙的字眼。有時候它表示「老舊」，但也可以表示「長久」、「真摯」或「牢靠」。「舊」則表示是從前的，帶著「用壞了」的意味。飯館、商店或人物，呼之以「老XX」都帶著喜愛、欣賞的意思。管一家商店叫「舊XX」也行，可準是要跟新店區別開來，或者只想刺激顧客的神經來吸引注意。聽中國人說話，不管用的是「老」還是「舊」，要是只簡單地想到英語的「old」是挺危險的，都會錯失一些重點。

　　那麼英語母語者要怎麼正確了解並恰當使用這兩個詞呢？首先，你得觀察中國人使用的情境，來抓住完整的意思。到了自己使用的時候，腦子裡先出現英語的「old」，然後一定要謹慎地自問：這個情況是「老」還是「舊」？的確又慢又彆扭，但這是必要的一步。過一陣子不必自問就能選擇正確，那你就真的在說中國話了！

　　用中國話怎麼說「warm」呢？標準的「對等詞」是「暖和」。我第一次到臺灣去，在一個小飯館叫了可樂，覺得可樂 too warm，我就對他們說「太暖和了」。當時我沒發現，可現在知道這太可笑了。「暖和」這個詞是感覺愉快的，帶著「氣溫溫和」「不冷不熱」和「適中」的意味。「太暖和」是自相矛盾的（除非是後現代的前衛用法）。看見飯館老闆有些困惑，我又加了一句：「有沒有涼快一點兒的？」我學過「涼快」意思是「cool」。這就把他們搞得更糊塗了。「涼快」可以描寫天氣，可是不能用在飲料上。後來回想這件事，我發覺中國人根本不說飲料「too warm」，他們就只是要涼一點兒的。想說「too warm」是來自英語的習慣。

　　用中文直接表示一個英語概念還有一個困難，就是由於各種語言的表達方式不同，所以有些英語說法完全沒有「對等」的中文。例如中文就沒有一個跟 try 完全對等的詞。心裡想著 try 然後要說個中文句子，那你想說對就需要一點兒運氣了。「I am trying my darnedest to finish this essay.」這個句子沒問題，很容易找到表示盡力做某事的中文說法。「Try to open that jar」或者「try the dress on」也不難。可是「I am trying to explain this to you」這個句子你就得奮力掙扎，吭哧半天。要是從「try」開始翻譯是絕對說不通的。因為這個句子真正的意思是：「我解釋給你聽，可你老不明白。」這個英文的「try」是有關聽者的，或者更廣義地說是有關成功的不確定性，並非關於第一人的「trying」的行為。當然這幾個

「try」的意思是彼此相關的，但是要用同一個中文詞來翻譯每一個「try」，那說出來的中文肯定很糟。你要是能直接表達這幾個句子的意思，絲毫不受英語影響，完全不想著它們都發自一個單詞，那你的中文才能算是到家了。

維根斯坦主張詞的意思完全決定於怎麼用，這個論點還牽涉到另一個問題：要是不會說中國話，那麼理解中文的能力 —— 不論是口語還是書面的理解 —— 能有多好呢？在我看來是不可能很好的，我相信維根斯坦跟林培瑞老師都會同意。有人以為聽懂當然比自己口說流利容易，其實不然。尤其是差異很大的中文與英語，聽力跟口語能力是分不開的。要是你自己口說的時候不知道怎麼取此捨彼，你怎麼能了解一個人選詞的時候為什麼取此捨彼？看電影的時候不必也不該說話，但要是你對演員的對白無法深切體會，宛如發於自己肺腑的話，那就領略不到電影的優美和動人之處了。

不說中國話，是否還能了解書面中文呢？這個問題就更為複雜，因為過去有好幾代西方學者研究中國古典文獻而不會說中國話。偉大的翻譯家亞瑟 · 威利（Authur Waley）就從來沒去過中國。再說，現代中文有些技術性文字，其中很多專門詞彙是由西方詞語借來的，閱讀這樣的文字也許就不需要會說中國話？我還是認為不行。說中文和聽懂中文、看懂書面中文之間的區別，歸根結蒂是虛假武斷的，說其中之一可以捨棄不管是徹底誤導。要了解中文，就必須說得好；只有說得好，才能清楚地了解。

我在中國的事業與中國話

我第一個事業是在中國的觀光旅遊。毛澤東逝世後，中國向外國觀光業開放，我為一家名為林布拉德（Lindblad Travel）的

旅遊公司工作。[1] 起先為他們帶團，後來在他們的長江遊輪崑崙號上工作，後來又有三年擔任該公司中國及東方部門的副總裁。

中國話說得好對這個工作大有幫助。在後毛澤東時代局勢不太穩定的開放初期，一個外國人說話能讓中國人聽懂，中國人還能跟他交談，就已經很不平常了。當時在中國的外國人很少，會說中國話的更少，而聲調正確的是少之又少，所以我就顯得很突出。聲調真是非常重要，聲調不正確就不可能讓人聽得輕鬆自在。一個老外，無論是聲調還是說法都像個中國人，這可是占盡了優勢。要不是這樣，我簡直就沒法說明西方觀光客那些難以解釋的期望和要求。在這個許多規章制度還不完善的時期，我擔任旅遊團的領隊和遊輪代表，克服了種種的不確定和不信任。我跟導遊和服務人員之間能流暢溝通，也幫助我讓觀光客更好地理解並尊重當地情況。

我們看看這個例子吧。1980年，崑崙號停泊在江西九江碼頭，我們坐了麵包車登廬山。團裡兩位年紀很大的老太太坐了另一輛舒服的專車，其中一位是澳大利亞總理的姨媽，也許這才是她獲得優待的真正原因吧。我們坐的麵包車到了一個拐彎處，赫然發現她們的專車翻倒在路邊。兩位女士都還好，意識清楚，受了傷但沒有生命危險，可是都痛楚不堪急需治療。現在在九江這種救援可能輕而易舉，當時可不是這樣。這兩位女士給送到一家軍醫院，我留下陪伴她們，遊輪則繼續長江行程。我們在軍醫院停留了兩天，我是林布拉德的決策代表，還得充當各方所有討論的翻譯員。當地醫院設備缺乏，不能提供兩位女士習慣的

1　我為之工作的林布拉德旅遊公司 (Lindblad Travel Incorporated) 在1980年代末結束營業。請勿與Lindblad Expedition公司混淆。Lindblad Expedition公司已有數十年歷史且仍在營業。

醫療照顧。那四十八個小時我幾乎全沒合眼，隨時招呼著兩位女士、醫護人員，還有兩個跟我們一起留下的中國國際旅行社（國旅）的同事。好不容易終於對傷勢做出了診斷，決定把她們盡快送到香港。這可是大費周章，得先搭一架1930年代有空軍標記的雙翼飛機到南昌，然後包小飛機飛廣州，再換機把她們送往香港。可想而知在整個過程裡我的中文起了多大作用！我發現一個老外說話近於中國人，人們就會注意傾聽。當然這只是第一步，可這第一步實在是至關緊要。

我在林布拉德擔任副總裁期間，中文能力也特別有用。這個時候我們正在擴展旅遊點，對付日漸激烈的競爭，我跟國旅各個階層建立的良好個人關係就發揮了極大作用。林布拉德是國旅的大客戶，任何一個副總裁都會受到歡迎。可是我的中文溝通能力使人感覺自在，贏得了信任，我相信，這才是把熱烈歡迎轉化為實際協定和持久合作的主要因素。我們的競爭對手，包括一些著名的美國旅遊公司，他們的經理對中國所知很少，無論到哪兒都需要譯員，對競爭是很不利的。我也還記得，有一位國旅與我職位相當的同行，不會英語，可是他私下以很微妙的方式警告我，一個競爭對手，可能是得到了國旅高層的支持，正試圖把我們的長江遊輪經營權奪走，長江遊輪是當時我們最重要的旅遊項目。這個警告影響重大，我至今難忘。

我在林布拉德期間，壓力最大的經歷是與國旅的一個艱難談判。當時林布拉德財務拮据，欠了國旅一大筆債。這個時候正是1982年的旅遊旺季，我們每星期都有好幾個旅遊團入境中國。只要國旅拒絕接受一團——他們有這樣的權利——消息會立刻散播開來，公司肯定會因遊客紛紛退團而倒閉。我在北京釣魚台國賓館整整住了兩個月，與國旅就每一團的入境進行交涉。林布拉德把財務困難據實以告，國旅卻感到難以接受，因為我們畢竟

是個相當著名的豪華旅遊公司。他們疑心我們只是要拖延付款來賺取銀行利息，或者想對已經談妥的服務重新議價。這些交涉完全以中文進行，對我大有幫助，因為在他們眼裡我也是個有「人性」的人。即使有時候我感覺有點兒像在文革批鬥會上被批鬥，可是說中國話讓我顯得不是個壞蛋。我記得中旅的首席代表在討論當中對我說：「比爾先生，我們中國人不是傻瓜。」她知道我明白中國人不是傻瓜，我沒把他們當傻瓜；她了解，我充分尊重他們的原則、他們的信用、他們的明智，努力解決問題。這些在當時都意義重大。說中國話，不但把這些事情都人性化，而且表現了我對中國文化的尊重，這一點起了很大作用。

這是我在中國的第一階段工作，那時中國剛剛開放，是個很特別的時期。等到2006到2015年，我以聯合國經濟專家身分開展我第二階段中國事業的時候，外國人大為增加，中國人也很習慣見到外國人了。中國的英語人才增加尤其迅速，外國機構依靠中國的英語人才與中方溝通已經成了常態。

這兒我就想問一個困擾我多年的問題了：英語學起來真的比中文容易得多嗎？或是跟英語極好的這麼多中國朋友相比，我的腦子真就是鈍一點兒？兩種人數的差別之大讓我簡直要為外國人感到羞愧。難道是我們要求中國人努力學我們的語言、文化和思想方式，而我們卻不怎麼想學中國人的嗎？我衷心希望不是這樣。

中文對我第二階段事業的影響絲毫不減於旅遊業。我是在間隔將近二十年後才繼續在中國工作的。我可以證明，在發音和語法上打好基礎真的是價值無限。要是基礎打好了，你可以把這個語言擱置幾年，然後重新拾起，雖然會有點兒生疏。另一個好處是：很容易在原有基礎上添加需要的新詞。我以經濟專家身分回到中國工作的時候，我得學會財政政策、貧窮、衛生、教育、

收入不均等等方面的新詞,但這都是做得到的。要是我的博士研究是天體物理、音樂史或者其他專業,我也能很快取得這些領域的專有詞彙。但是,沒有發音和語法的堅實基礎,還做得到嗎?肯定不行。

我在普林斯頓大學和臺灣學中文的時候,主要的興趣在古典文學和哲學。我特別喜愛《世說新語》以及相關的魏晉文學。研究經濟學是好幾年以後的事,而且全用英語。然後我又到蒙古、烏克蘭等地工作。2006年我任職聯合國奉派到北京的時候,中文學習已然是三十年前的舊事了,好在基礎仍然扎實。我發憤努力面對挑戰,一本一本的筆記本上記滿了新詞。我也回頭讀報紙,像過去在臺灣一樣,但現在讀從前毫不注意的政策報導了。我的中文能力與英語的專業知識兩相結合,成績不錯。

在林布拉德的時候,我用中國話跟各個階層建立互信互重,在聯合國工作的時候,這個能力也至關緊要。我很驚喜地注意到,中國人有時把我看作將信息清晰地傳達給外國人的最佳管道。他們覺得跟我說中國話,我能真的「聽懂」,而用正式英語表達他們的意思,不只是用語,連表達的語調和架構也是不同於中文的。所以他們要透過我讓英語世界的高層人士了解他們的需要。年長的中國學者也是得用中文溝通的;他們學問淵博閱歷豐富,但在這個瞬息萬變的現代社會,往往不受重視。另外一些用中文才能接觸到的是低階層人士,他們不會英語,也不參加正式會議。

所謂的正式會議,都依靠翻譯,經常效率不高。因為翻譯減緩了進行速度,使氣氛僵化,而且往往有錯;就連很好的譯者也會犯錯,或是遇到困難的時候避重就輕,即使快速的翻譯也會打斷互動的流暢。也許是意識到這樣的效率低落,開會的人有時

候就情願犧牲交流的質量，只想把會開完。有的時候，會確實開過，還能對上級機構報告確實開完了，這就行了。至於會議上談了什麼或沒談什麼倒無所謂了。

一般而言，為技術專家翻譯——經濟、公共衛生、信息技術之類——效果比為行政人員翻譯好。尤其是高級行政人員，他們需要講抽象的觀念與目標，翻譯工作就比較困難。我也注意到，誤解的可能性一般與說英語者的激情直接成正比。

有些會議，特別是學術研討會或講習會，提供耳機和同步翻譯。這類服務也遠遠達不到目標。偶爾報告主題我不太感興趣的話，我會為了好玩而聽聽翻譯頻道，可是好玩也就那麼短短的一會兒。一發覺只會英語的一批人浪費了多少時間，對談話的了解又多麼貧乏，我就嚇出一身冷汗來。

也有不利之處嗎？

這本書的主題是學習中文會帶來許多好處，我當然誠心誠意地贊成。然而，在全力支持之餘，我們也許得看看潛在的一些風險。

我曾經看過有些許知識卻誤用的狀況，那可真是「一瓶子不響半瓶子晃蕩」。我在林布拉德工作的時候有個同事，這兒我就不提姓名了，他學到了中國人以「小」、「老」相稱來表示關係親密。「老」一般用來稱呼年紀較大、社會地位較高的人，「小」則用來稱呼比自己年輕的。這位林布拉德的導遊異想天開，要所有的中國導遊不論年紀和身分，都以「老」來稱呼他，來表示對他的「尊敬」；而他用「小」稱呼所有的中國人，還建議我也這麼辦。他對語詞基本意義的了解沒錯，可是完全不明白怎麼用才合適。不僅僅這麼一件事，他還有些其他類似的誤用。有一回他直沖沖地硬逼一個資深的中國導遊改變旅遊安排，導遊說辦不到，他就瞪著那個人說：「那，你是誰啊？」這話即使用英文說（Well, then, who are you?）也夠難聽的了，用中文說惡意加倍，意思差不多是：「你算老幾！（Who the XX do you think you are ?!）」

　　這個人未免太遲鈍了。但是即使一個人很機靈也充滿善意，有些話用英語說出來可以接受甚至相當可愛，用中文說卻很刺耳，容易引起誤解。例如幽默的反諷就是相當危險的。你怎麼能確定中國人聽懂你的反諷呢？要是帶團碰到了一頓腸胃不大容易接納的晚飯，最好別說：「嗨！這是我們吃過的最可口的炒豬腦啦！」中國人可不一定回回都覺得「噢，有個高興的老外又開玩笑了！」。

　　詞彙的內在含義也很不容易掌握。在林布拉德有一次我把一個僵局搞得更糟，因為我對一位不滿意我的官員說：希望他「諒解」。一位與我關係很好的國旅同事，立刻低聲對我說：「原諒」，我就趕緊改了。他很少糾正我的用詞，可這一次他感覺非得當場改正不可。這兩個中文詞都用了「諒」字，意思相近，可是有個重要的不同。我用的「諒解」，是請那位官員理解並接受我所造成的狀況；而「原諒」是承認我錯了，請他原諒。說實話用「諒解」也不完全是無心之過，我並沒覺得我們的違規是罪無可逭。但那位官員是個重要人物，我們急需他的善意支持，我選詞不當，的確是挺糟糕的。

　　我還發現有另一種潛在危險。2006年我在聯合國工作，正在努力挽救中文水平，我毅然決定跟聯合國的中國同事只說中文，後來我很懊悔，當時處理得很不得體。我應該跟他們說清楚，堅持說中國話是因為我要多練習，而不是以為我的中文比他們的英文強。他們很可能誤解了我的用意。再說，我們用中文交談，也不見得比用英語更有效。

　　中國話說得好，不保證各方面都會進行順利。同樣的，中文不行也不注定絕對失敗。在林布拉德長江遊輪上，我有個同事叫比爾・赫斯特（Bill Hurst），是個在肯亞長大的英國人，一句中

文都不會説。他是林布拉德最優秀的非洲旅遊領隊，在中國他也跟中方同事建立了絕佳的工作關係。他應對中方單位的專業態度、他的勤奮工作、他的幽默感、對人的尊重與熱情，贏得了熱情與忠誠的回報。不會中文完全不是問題，他自有溝通的方式。

對人生的寶貴教訓

在與本書有關的會議上，我們曾討論過學習中文不只是掌握一個工具。中文能深入一人的内心、改善人格及看待世界的眼光。

我在蒙古住了八年，我想根據這段長期經歷對以上的論點提出一個佐證。我得過的一個最好的誇讚——特別是對別人談起我，不是直接對我説的——是在美國政府對蒙古一個項目的評鑒上。在評鑒報告裡，一位蒙古高級官員説：「比爾的思考方式就跟蒙古人的一樣。」

思考方式跟蒙古人一樣？這個念頭我從來沒有過。但是我認為他的話有一定的道理，而且我認為學中文是塑造我的因素之一。蒙古語不是中國話，我並不是説語言同源有什麼好處。我的意思是，我努力學習中文，幫助我衝破了英語的著色玻璃盒子和美國思維結構；幫助我認識到在我與周遭豐富的異地文化之間有道鴻溝；認識到能夠以異於我所生所長的方式去經歷生命。所以在進入蒙古之初，儘管不會蒙古文，我還是能以比較靈活睿智的態度開始工作。

學習中文另一個好處，是讓人真正明白了「學無止境」。中文是學不完的。但是只要堅持不懈，那麼在時時增長見識之外，還能學到更寶貴的一課——謙虛自抑。我上完一年級中文課，是最以自己的中文為傲的時候。以後就是在短暫的滿足與樂

趣之外，還有不斷加深、遠遠落後於目標的自覺。這種謙虛自抑，來自每天都有進步餘地的意識，不但對語言學習很重要，對人生也是極其寶貴的教訓。

14 高傑
Geoffrey Ziebart

高傑畢業於加拿大麥基爾大學，曾在上海復旦大學進修，又在美國哥倫比亞大學獲碩士學位。他在中國從事工程起重機等重型機械的銷售多年，極為成功。在本文中他把自己的成就歸功於中文口語的熟練掌握，如經由對話建立互信、以幽默化解緊張、善用成語掌故來表現對中國文化的尊重等等。他的故事說明了精通中文對商業交易大有助益。

用中國話做生意？其用無窮

我的故事

學中國話對我職業生涯發生的作用可說是再大也沒有了。上高中的時候（1978–1981），我雄心勃勃地要進加拿大國家排球隊打球，也在卡爾格里大學（University of Calgary）的商業預科項目註了冊。我父親是卡爾格里市的油商，大學的商業項目會幫我跨進父親從事的行業，他也積極鼓勵我。排球呢？誰知道？也許是加拿大奧林匹克隊？

在學校裡，我喜歡數學，其他科目都興致缺缺。我渴望漫遊；我要深入觀察並了解這個世界，而不是只到各國排球館去打打球，問題是不知從何著手。後來，我暑期打工，工作枯燥，有一天我隨手翻閱一些大學簡介來打發時間，碰巧看見兩則消息。一個有關麥基爾大學（McGill University）現代語言的本科學位項目，這個項目要求學生學習法文和英文以外的兩門語言。另一個介紹上海的暑期密集中國語言項目。這兩則消息讓我豁然開

朗：我要報名參加暑期項目，然後上麥基爾大學專攻西班牙文和中文（後來我也學了法文，儘管不在規定之內）。

在熱愛語言的初始階段，我就認定學習聯合國官方語言——英語、法語、西班牙語、中文和俄文——是個很好的起點。在加拿大，法文對找政府工作也會很有幫助。後來在研究所我又上了密集的俄語課，除了阿拉伯文以外，所有聯合國官方語言都接觸到了。阿拉伯文是1992年才定為官方語言的。我特別注重中文，因為早在1980年代我就意識到中國正在崛起，我要參與其中。說實話，我也有點兒洋洋得意，因為當時在我的圈子裡，學中文是挺稀奇的。卡爾格里的老百姓連法語都不說，更別提中文了。朋友們覺得我特立獨行，讓我挺有幾分沾沾自喜。

我的第一堂中文課是1982年在卡爾格里的語言實習室裡。錄音帶裡的人拖著長聲：「mā má mǎ mà...pēng péng pěng pèng...」，我從來沒聽過這麼奇怪的聲音。我摘下耳機環顧四周，想知道別的學生的耳機是不是也壞了。顯然沒有，我這才明白我聽見的就是中國普通話。第二個震驚是1983年，在上海的暑期密集項目聽到了中國的地方口音。連項目裡老師們的普通話都帶著各種口音，在上海街頭就更糟了（當時說普通話的人比今天少得多）。這可真好。

不過上海的這第一個暑期我感到回味無窮，所以在麥基爾拿到本科學位以後我回到上海，在復旦大學讀研究所。我從1985到1987待了兩年，選課範圍很廣：古典文學、政治經濟學、中國經濟史，還有我最喜愛的毛澤東思想。這門課裡只有我一個學生，我的中國同學都寧可學實用點兒的科目像數學、經濟學之類。因為會中文，我了解到中國政府透過教育部，在任何東西上都加了馬克思主義、毛澤東思想、歷史決定論或辯證法之類的論

調。當然我不必都同意，我的收穫就是明白了這些論調。會中文還給了我機會認識各類不同的中國人，我的室友就是一個安徽人跟一個湖南人。我也獲得對中國社會相當全面的了解，要是不會中文，這就都做不到。

後來我離開上海，到了哥倫比亞大學，讀了國際事務的碩士。起初我想在加拿大軍事或外交方面發展。我入了伍，獲授少尉軍階，等著升任步兵軍官。走這條路的時候，中文一時無關緊要，除了有一次讓我獲邀去國防部跟一位中國使館的陸軍武官會面。這時是天安門屠殺的後一年，他正在進行一項「魅力攻勢」(charm campaign) 來重新贏得西方政府的好感。他給與會的加拿大高級官員放映一段錄像，中國特種部隊的士兵表演各種氣功特技：卡車碾過胸上的木板、以頭碎磚、以喉曲矛等等。錄像播完，我告訴那位武官這了不起，可是接著忍不住有欠婉轉地問他：「可他們怎麼擋子彈？」

要是我留在部隊裡，或許我的中文也終究能派上用場。不過後來發生了一些意外。一次跳傘落地的時候我受傷短期癱瘓，部分由於這個原因，我重新考慮職業取捨。後來我申請了外交工作，可也就在這個時候我得到另一個工作機會，在北京的一家工程裝備分銷公司擔任部門經理。

幾經考慮，我選擇了經理工作。我認為立即前往北京勝過盼望著外交部派遣我去。我在1991春季動身，此後二十五年間大部分時間都在北京，起先做經理工作，然後又從事諮詢、貿易和分銷，最後幹了製造業。自2005到2016年，我都在一家製造高度工程化工業產品的美國跨國生產公司擔任中國地區總裁。在所有這些工作當中，會中國話都非常重要。我第一個工作的部分面談就是以中國話進行的。我做這個和後來幾份工作的時候，中

文詞彙與流暢程度在商務、製造、技術規格等等必要領域都自然
增長。更概括地看，我親身經歷了那許多年中國的驚人變化，感
到特別興奮。

在談判中語言能力如何發揮作用

要了解另一國家的人民，最佳方法就是透過其語言與之交
流。這個寬泛概念在商業的許多方面尤其適用。

跟中國的客戶、供應商和政府機構談判的時候，要是用中國
話，對談判形勢、痛點和底線就能獲得更全面的理解，比使用英
語或雇用譯員好得多。譯員傳譯的時候往往只摘取信息的主要部
分，自作主張判定哪些是聽者所需要（或不需要？），很少百分
之百傳譯。談判的時候中方說：「我們得考慮考慮」，緊盯著字面
的譯員就會理所當然地譯為：「They have to consider the matter.」這
個句子的婉拒意義便喪失了。要是中方用了中文俗語如「死馬當
作活馬醫」，這個可憐的譯員到底該怎麼辦呢？耗時詳細解釋？
恐怕不行。結果這類細節就往往被略去不譯。

有時候，尤其是在談判中我被認為能代表雙方的情況下，會
有人透露給我一些「小道消息」，在正式會議上是絕不可能洩漏
的。用英語的話肯定得不到，也極不可能透過譯員而得到。這
些「小道消息」可能包括客戶預算的多少，對某個工程其他投標
者的出價；或者對於一個難題有人寧肯付錢全盤技術解決，有人
偏好較廉價的解決方式，對這兩種人如何穩妥應付。有一次我得
了一個暗中關照，某個工程的另一家供應商嚴重延遲供貨，所以
我公司某程度上的延期供貨便無關緊要，不必擔心。這樣的關照
對我們如何安排倉儲空間和現金支付很有幫助，而且這些安排都
密切影響月度和季度報告，對上市公司是特別重要的。中國客戶

有時還會透露他們所得知的中央政府未來十年的項目部署。這類資訊一般被視為「內部信息」，也就是機密的、不應洩漏，但客戶卻以鞏固關係的友好姿態把它透露給我們了。他們明白，這麼做會為我們制定長期投標策略提供優勢。

有一次，一家大客戶的裝備供貨延誤，這家公司的供應商歸咎於我們（我們是二級供應商）。我繞過正式管道，用中國話直接由客戶處得知了這個誣過行為，因而能夠向客戶表明延誤供貨事實上不是我們的過失，然後聯絡一級供應商釐清情況，要他們不可對客戶再做不實的指控。另有一次，我們交貨以後客戶卻逾期未付款（這種情況並不少見），我打電話給那家公司的財務經理，她用中國話悄悄告訴我公司內部重組，「目前付款流程混亂」。有了這個情報，我便直接聯絡這家公司的上層領導，他排除了官僚系統的層層障礙，確保我的公司收到了貨款。

這些例子都表明了使用正式與非正式語言的重要不同。坐在談判桌上並依賴譯員，總會使氣氛僵化。可是在非正式場合，使用口語的、不經傳譯的中文，對方就逐漸不把我看作外國人，而更樂於提供來龍去脈和背景資訊。出於禮遇以及尊重漸趨密切的關係，他們經常告訴我一些不一定得透露的資料。如此一來，我便擁有其他外國公司所不具備的優勢，就能更好地掌握來龍去脈和背景資訊，更有把握贏得合同。

由於會中國話，我不但能聽得更多，也能說得更多。有一次我開除了一位人事經理，她多次違反公司的行為守則，又煽動非法罷工。但她正巧也是工廠工會（黨組織）的主席。黨組織的高級官員就正式遞交給我（法人組織的董事長）一份紅頭文件，聲稱開除工會領導是不合法的。我回答我不是解雇工會領導，而是解雇人事經理，所以拒絕恢復她的職務。我態度有禮而語氣堅定。我能成功地壓制這種反抗，跟我是個會中國話的外國人肯定

大有關係。要是我是個中國人或者是個不會中文的老外，事情就會難辦得多。

　　這種堅定、禮貌與手腕的混合手法，在對付地方政府時也有必要。例如，地方官員要求你預付下月的稅金，或要求你為綠化當地公園慨贈十萬元，或進行一個交易而不出具正式收據，該怎麼辦？對這類問題一律回答「不行」會帶來負面後果；然而回答「可以」又可能與美國法律相抵觸。地方當局不能出具美國法律所要求的正式收據，可能有很好的理由，所以你得談出一條生路，軟硬兼施，怎麼說完全得靠當下判斷。在針鋒相對的時候，遣詞用字得隨時變化。做這類談話，是不能寫好劇本然後照本宣科的。

　　一般而言，我們跟當地黨委書記和市長的關係都很好。在小型城市，他們多半都只能說中國話，因此當本地大型外國投資商的總裁登門造訪的時候，能用中國話交談是一件重要的事。地方官員對外商的需求大都一樣：資金投資、技術、雇傭當地工人、創造收益以增加當地稅收。我們對他們的要求是：投資的有利條件、環保許可，最重要的是當我們受到本地官僚不公平對待時，如索取高額捐款、提前收稅或另立特殊條款苛求外國公司，地方官員願意介入幫助交涉。我們跟高層官員培養關係，作用之大簡直無法估量，要是透過譯員來建立關係肯定會困難得多。

雇用譯員為什麼效果較差？

　　如果譯員真的優秀，雇用譯員效果可能一樣好。但是在中國，真正優秀的譯員是為中央政府高層工作的。在商業界和地方政府，傳譯工作往往就交給大致能說中英兩語的任何一個人。這兩者之間有天淵之別。碰到一個不可靠的譯員，就算你把種種細

節用英語一一寫出，你還是不知道到底有多少譯成了中文。你聽到了一個回應，也沒法知道對方所說是否已經全部譯出。我發現最好的做法，就是親自發言親自傾聽，不用譯員，尤其是在必須特別審慎的談判裡。

　　傳譯糟透的例子實在太多了，我馬上想到一位在武漢經營50／50合資企業的法國人，還有一位在西安同樣搞合資企業的美國人。有時候我實在懷疑，就憑透過篩子的非常有限又不正確的信息，這些老外怎麼可能運作，怎麼可能做出有效的決策。那位法國人的譯員法文簡直不通，問他懂了沒有，他該說「沒懂，請再說一次」，可他老說「懂了」。貌似有禮，其實是糟糕透頂。他的法文動詞時態大有問題，中文動詞沒有時態變化，由中文譯為法文的時候他非得選一個不可。結果就是他的譯法極其怪異，那位可憐的法國經理經常不明白事情到底是已經發生了，還是當天將要發生，還是預定第二天要發生。在這樣的狀況下，無論要辦妥任何事情——訂機票、安排行程、跟交易對方交涉——都使人筋疲力竭，錯誤百出，而且導致決策錯誤。

　　省略和過分簡化是另一個大問題。有一回一個中國客戶跟我的公司交涉價格，這位可能成交的客戶說了相當長的一段話，偶爾還語帶感情。他談到這個項目的重要性，與歐洲廠商所提供的過時設計相比，他們特別中意我們的設計，但目前預算實在不足，問我們有沒有可能重新計價。發言結束，譯員就只平平淡淡地說了一句：「他們不同意你們的報價」。但我聽懂了他的長篇說明，所以能夠從中插入，對我方解釋。這個做法非常有效，自此以後公司的執行總裁在會議後總對我說：「好，現在說說沒翻譯的那部分吧。」他有時候也有些詫異，為什麼我翻譯的中文比他的英文原文長。那是因為我多說了好些話來確保他的重點準確地傳達出去。有一回他問我，自己原來的敘述平淡無奇，為什麼對

方卻笑起來了？我告訴他，是我做了額外的解釋，而且引用了毛主席的話，所以中方特別驚喜呀！

譯員的偏見也是個問題。詞彙的用法失於偏頗甚或「錯誤」，都可能有利於雇用譯員的一方。我不時發現並糾正這類問題，但總是客氣而且技巧地進行，譯員才不至於丟了面子。

談判結束合同要簽字了，這個時候細讀中文合同而不全依賴英文譯本是不可輕忽的。雙方有爭議的時候，應該以哪一個版本為準，在英文和中文合同中有關條款不一致的情況經常發生，並且我發現過好幾次英文合同說以英文本為準，而中文合同卻說以中文本為準，實在難以令人放心。需要留意中文本的「該」(should) 和「必須」(must)，得檢查其用法跟英文是否相應。另外得特別留心「甲方」「乙方」「丙方」是否前後連貫。不知道為什麼，中國立約人喜歡用甲、乙、丙方而不稱名 (「Smith公司」「上海外灘開發」之類)。我就看到過合同幾頁以後起草者把甲方和乙方搞混了。要是起草者明書「Smith」賣給「上海外灘」某某貨品，這類錯誤就比較容易發現，還可免於總得翻回第一頁來確認甲、乙、丙、丁方到底是誰。但他們的慣常做法並非如此，我們只好配合。中文起草者跟任何人一樣，都會打字出錯，我看到過好幾次「買」「賣」相混。我還看過合資企業的中文合同條理和文字都雜亂無章，估計外商根本看不懂。這種狀況可能對中方非常有利，但對外商就完全是另一回事了。經常有人告誡到了中國的外商，一旦踏出機艙，千萬別忘了商業課101。我的建議是：要是自己不會說中國話，第一件事就是找個優秀的譯者和口譯員。外商是把公司的前途放在別人口裡，這話一點兒也不誇張。

利用語言建立良好的人際關係

　　商業交易的基本原理在哪兒都一樣：賣方希望高價、立即付款、延緩交貨、沒有競爭對手；買方則希望低價、品質完美、多人競標、立即交貨及延遲付款。成功的商人得設法應付這種壓力很大的相互對立。要成功應對，尤其是在中國，人際關係至關緊要。良好的人際關係可能贏得訂單，但品質或交貨發生問題在所難免，雙方關係因此變得緊繃的時候，你就得解釋、致歉來維護關係。要保持關係穩定，實在是困難重重，但這個行業的本質向來如此。

　　那麼要怎麼保持一個穩定的關係呢？最理想的辦法莫過於將個人關係擴展到生意之外，尤其是眼前的生意範圍之外。要做到這一點，雙方需要有共同語言是不言而喻的。中國人對自己的歷史、文化、語言和文學相當自豪，他們也很欣賞下工夫研究的外國人。這個層次的尊重未必能保證交易成功，但肯定有幫助。使用流暢自然的中國話能讓做決策的中國老闆感到自在，使他／她願意提供更多的資訊，遠比正式場合透過譯員所說的更多（有時候甚至透露一般不該透露的信息）。用中國話溝通不但加強了個人關係，也開拓了認識其他人的管道。中國人不是常說「多一個朋友多一條路」嗎？

　　這些所謂的「其他」人，至少在我的情況裡，包括客戶方的上司。透過這類關係所得到的了解比透過譯員要深刻多了。我的公司規模相對較小，而且做批發生意，我們通常不是中國大公司的執行總裁拉關係的目標，但是他們很願意跟我來往。曾經有一位邀我去他家吃晚飯，我們穿著拖鞋，晚上十點半喝著酒抽著雪茄，在他的廚房裡談價格。這是說英語或是透過譯員做不到的。後來我給他介紹接替我的人，他還問公司為什麼不派個會說中國話的老外來。

另有一次，我的同事和我宴請一家重要國營電廠承包商的總經理。晚宴預定兩個小時，結果延長到五個小時，那位總經理說這是他第一次能跟外國人隨意閒談，從宗教、中國歷史、文學一直談到美國憲法第二修正案。用英語或透過譯員這都是不可能的，其友誼上的回報也是相當豐厚的。

說中國話能建立的友誼關係，不僅是跟地方官員和執行總裁打交道的時候非常重要，對自己公司的中國員工更能發揮很好的作用——由上而下，在我公司裡的情況是一直到車間機械操作員和產品裝配員的所有員工。要徹底貫徹公司的行為守則，要明確所有的指令，要鼓勵員工完善生產方法或產品質量，有什麼比穿上安全靴親自走進實際工作的人群裡去更有效？這麼做——而且用中國話這麼做——還能讓所有的人感到公司關懷員工。在我們公司裡，這個做法將員工離職率維持在遠低於企業平均數的水平。

幽默感的特殊作用

幽默感值得特書一筆。歡笑是人類的共同反應，但幽默感難以翻譯，這是人所共知的。中國笑話或俗語能把一個狀況描繪得淋漓盡致，還能緩解緊張，建立和諧關係，但翻成英語往往就沉悶呆板，不能舒緩氣氛，只會使它僵化。

例如有一次，公司的業務經理和我得應付一位中國客戶，因為美國工廠交給他的貨品有嚴重缺陷，一個大煉油廠的生產日程可能被迫延宕。

客戶質問我們：「這批貨到底什麼時候能修好裝配？」室內氣氛緊張。不幸的是我們不容易回答，因為這都得靠在美國的工廠，他們的運作完全在我們的控制之外。但這又是個合情合理的問題，而且是個關鍵問題。可怎麼辦？

　　我突然靈機一動，便說道：「八路軍唱歌……」

　　人人都盯著我看。

　　「沒譜。」

　　屋子裡的中國人都放聲大笑。

　　我並沒回答問題，更沒擔保數十億元的工程能如期進行，可是這個笑話緩和了緊張關係，將難題變得人性化，大大地改善了氣氛。

　　要是我用了譯員，他／她就得做如下的解釋：中國有一種風趣的語言形式叫「歇後語」，你說出俏皮的前一半，聽者猜出後一半，有點兒像英文的謎語一樣。舉個例子，據說毛澤東曾經描述自己是「和尚打傘」，沒說出的後半句就是「無法無天」。和尚剃了髮，打了傘又遮住了天，因此是「無髮無天」。而「髮」跟「法」諧音，「天」在中國思想中指著「最高道德權威」，這個句子的意思也就是「不受制於任何規矩，愛幹什麼就幹什麼」（這是毛澤東幽默的自我寫照）。我所用的歇後語說的是：八路軍是 1940 年代抗日戰爭時期共產黨的主力部隊，當時物資嚴重缺乏，唱歌時是絕不可能有樂譜的。所以「八路軍唱歌」就是「沒譜」。不過在口語裡「沒譜」差不多就是英語的「lacking a roadmap」，是毫無頭緒、毫無線索的意思。這就是告訴中方，業務經理和我對怎麼回答他們關鍵問題還「毫無頭緒」。這是個誠實而討人厭的回答，經詼諧的歇後語包裝後，誠實如故卻不那麼討人厭了。用歇後語把我們人性化，顯示了我們對中國文化的尊重，就這樣把潛在敵對的緊張氣氛排除淨盡。聽了笑話而開懷大笑，使我們至少暫時忘記分歧，共享基於「我們是都說中國話的『人』」而產生的歡樂反應。在談判桌上很難得到這樣的反應，可是在晚宴桌上卻一點兒也不難，而且晚宴桌上的歡笑還能延續到第二天，使談判桌上的活動進行得格外順暢。

　　幽默感也能幫助職工，尤其在他們面臨種種不愉快境況的時候，例如失去合同、遭遇強勁對手、客戶要求苛刻、轉運混亂或合資夥伴不講職業道德。除了表示同情以外，你還能嘲弄這類狀況的荒謬，職工的士氣就會更高昂。要是你能用中文成語或典故來描述他們的困境，他們會感覺與你更接近。另外值得一提的是：跟職工、客戶、供應商幽默以對，無疑也能維護自己的心理健康。

中國話的一些有趣或可惱的怪現狀

　　中文詞彙的總量極其龐大，因而理論上任何事物都可以細緻區分，以高精確度表達出來。然而在實際生活中，包括商業交易在內，有些表述卻模糊或不具體。中文，跟其他語言一樣，也有一些浮誇的詞彙可以用來反覆嘮叨而內容空洞。我承認，我偶爾也採用這等手法。在某個餐會上，我敬酒的時候做了一個拖沓冗長的賀詞，然後就聽到一位中國客人評論說：「這傢伙真可以當個好黨員了！」

　　另外，還有個文化上的慣常做法，就是蓄意地做含糊的陳述，將細節留給聽者去補足，或者讓聽者發覺細節根本就不需要。例如，有時候我得調查一件事，要是我問：「是什麼時候發生的？」回答很可能是：「以前」。我得繼續追問才能知道是哪個月、哪天或幾點鐘，還不一定問得出來。問某人什麼時候來見我，回答有時候是「吃了以後」——意思是下午，人人都知道說的是吃中飯，但下午幾點鐘還是沒說清楚（不過我得說明，我在中國工作的幾年裡，這類時間上有趣的模糊表述逐漸減少了）。有人逾期沒付款，我經常得問：「你到底什麼時候能付款？」可是幾乎從來得不到肯定的回答。

　　有一次我有一批設備要在西藏交貨。我要預定日期請技師從海外來裝配，所以得知道設備到達的確切時間。這批貨在天津

港卸下之後，我全力追蹤橫越中國的運送狀況。後來我打電話給西藏的地區主管問他這批貨到了沒有，他回答：「越來越差不多了」。其實他的用心是好的，他的意思是：「還沒到呢，可是放心吧，不會有問題的」。他並不是故意要搞笑取樂。

用中文講大數字是個特殊難題。英語是三個數字為一級，而後改換單位（如「thousands」以後是「millions」），但中文是每四個數字才改換。所以 million 用中文說是「百萬」，a billion 是「十億」等等。有一次我為客戶翻譯，他用了「four trillion」這個數字，我費了好大的勁兒才算出是「四萬億」。只有訓練極佳的譯員才能迅速正確地轉換，普通人，無論中國人或西方人，一般都動輒犯錯。商人得記住，要是有人提出一個數字聽來離譜，不必驚慌，可以想想是不是該改一下數目單位。

在中國的外商應該都能很好地掌握商業領域的特有中文詞彙——有關經營策略、市場銷售、質量、製造等等的專有名詞。儘管如此，有時假裝不太懂也挺有用。我曾經開玩笑說，有這麼一個中文句子有時候是最有用的：「聽不懂，去做吧！」比方我要求完成某一件工作，而對方嘮叨著解釋這事兒太複雜、我得「了解中國」、「一動不如一靜」之類，這個時候這個句子就派得上用場了。撂下關鍵的這麼一句話「這些我都不懂，去幹就是了」，然後走人——這就把工作分派下去了。另有一次，是在上海的一次談判，我假裝聽得懂（或聽不懂），結果大有幫助。當時對方用上海話討論，我們這些說普通話的老外都如墜五里霧中。不過兩三天後，我故意用上海方言說了幾句話，他們既驚且懼，擔心先前他們用上海話做的內部討論洩漏了不少機密。其實我沒懂多少，但是這麼虛晃一招倒是挺有用的。中國有句成語「大智若愚」。我的伎倆，至少上海的這一次是倒過來的「大愚若智」。

不論普通話學得有多好，到中國各地接觸到幾百種不同方言，你幾乎又得從零開始。我不是說帶各種口音的普通話所表現

的繁雜多樣；而是指著與普通話截然不同的地方方言。有的語言學家將地方方言分類為不同語言，而不是方言，因為口語上是互不相通的。他們之所以都稱為「中國話」，只是因為他們都用漢字，也都響應政治上只有一個統一的中國的堅持。在浙江溫州或江蘇南通，甚至市內各區都有不同方言。有一位南通的銀行經理被調到市內另一區，他費了好幾個月的工夫才聽明白當地話。在杭州，申請工作的人發現可能被派到南邊四十里地的小城諸暨，他們就撤回履歷不再申請，因為他們覺得那兒的方言簡直沒法懂。

你讓上海人說「買」和「賣」，他們自己就會發現發音其實相同。然後你就能開這個玩笑了：所以說上海人是做生意的高手啊，瞧！他們連誰買誰賣都搞不清楚還能談生意！

總結

查理曼 (Charlemagne) 大帝有一句名言：「會另一種語言就是擁有第二個靈魂」。學習語言是了解文化的最佳途徑，這是不言而喻的，但還是值得一再提醒。中國的歷史悠久，文化燦爛，人口眾多，學中國話就更形重要。學習的歷程本身就價值非凡，除此之外，在商業領域還能獲得特殊報酬。會中國話不僅在技術上使談判和管理更加順暢確實，也建立人與人之間的互信互諒，鞏固彼此的密切關係，其作用不下於任何合同。

上述的理由要是還不足以說服你好好學習，這兒還有另外一個：學中國話非常有趣！我特別建議非中國人好好練出中國口音，在電話上人們聽不出你是個老外，那麼約好在旅館大廳會面的時候，他們就半天也找不著你！學習中文影響了我大學之後的整個人生軌跡，幫助我建立了立足於中國的事業，二十五年間收穫豐碩其樂無窮；而且我確信，這種滿足感今生會一直與我同在。

15 高德思
Thomas Gorman

高德思畢業於普林斯頓大學。自1974年迄今居住香港。他在下文中記述的故事可以說是一個見證——只要有熱切的願望、長期抱持一些理念、歡快的生活態度和充分的毅力,一個年輕人就能夠在亞洲商業世界開創發達的事業。而學習中文在他的歷險記中是不可或缺的一部分(否則他的文章就不能收在本書當中了)。敬請品味欣賞!

「你再也不會回來了……」以及我的中國之行

1960年代中期,我在芝加哥郊區長大,十五歲的時候完全沒想像到學習中文會改變我的一生。但中文的確改變了我。

那正是美中關係的冷凍時期。1979年外交關係正常化以來,美中關係就面臨接連不斷的摩擦和挑戰。相形之下,在1960年代中期簡直就沒有任何關係可言。在中國,慘烈的文化大革命正在逐步加劇;在美國,麥卡錫時代和韓戰剛剛結束,與蘇聯的冷戰快速激化。 中國一般被稱為「紅色中國」(Red China)。我父母的一個朋友就問過我:「你要用中文幹嘛?開家洗衣店嗎?」

我在洛約拉學院(Loyola Academy)一年級的成績優異,這是在我老家伊利諾州威爾梅特(Wilmette)市的一所耶穌會中學。學校讓我二年級上榮譽班,課程包括古希臘文,那是個常規安排,還有現代漢語,這卻是前所未聞的,不過我倒是挺想學中文。中文具有誘人的異國情調,而且《國家地理》雜誌裡頭,稻田、寶塔和竹林精美絕倫的風景照片一直讓我心馳神往,這就正好滿足

了我的漫遊欲。我覺得學中文就像預備太空旅行一樣。那兒有龐大的人口，與我的生活距離之遠簡直無法形容。我問父母的意見，而他們建議我跟學校的大學申請輔導員談談。那位有遠見的輔導員告訴我，一份寫著學過三年高中中文的大學申請表，絕對會讓我鶴立雞群。所以，我就選了希臘文和中文課，而且他說得沒錯。這是學習中文讓我顯得出類拔萃的第一個實例。

幾年以後，我在普林斯頓大學畢業論文寫的是：1960年代中文項目在美國中學是怎麼開始的。當時美國大約有二百個中文教學項目，絕大多數都得到美國國防教育法案的資助，由卡耐基（Carnegie）財團管理。除了中文以外，他們也資助阿拉伯文、俄文和日文課程。不過到了1960年代末期，項目資金消耗殆盡，而且出現了其他種種困難，如缺乏合格的教師和合用的教材，還有更基本的一個難題：沒有幾個美國人看見學中文的好處。許多中文課因而就取消了。

在洛約拉上中文課的第一天，來了四十個學生。我們的中文老師是郭老師，剛從臺灣來，對美國高中孩子的惡作劇一無所知。上第一堂課，郭老師打開盤式錄音機讓我們聽聽「中國話」是怎麼樣的。我們聽了以後哈哈大笑！我們拍腿吆喝、放肆大笑。不單是這個語言聽起來非常古怪，而且以為我們能學會這個語言，簡直就是個大笑話！

第二天，只來了二十個學生。這剩下的二十個倒挺好學，可是其中有幾個搗亂分子老是拿這位老實認真的老師開玩笑，搞得我們總分神。有一次郭老師說下星期三要考試，有個鬼靈精學生就反對了，他說這違反了美國的慣例，重要的決定都得通過民主程序。為尊重美國傳統，郭老師只好讓步。這就啟動了一個複雜的投票程序，達到雙重目標：幹些好玩的事兒打發掉上課時間，並且把考試延到一個星期以後。

＊　　＊　　＊

儘管這樣，我學中國話的興趣倒是絲毫未減。後來申請大學的時候近了，我就找有優秀中文跟外交項目的學校。我感覺到將來美國一定需要外交人才處理中國事務。我還做過高中報紙的體育編輯，也許將來可以當報導中國的記者。

有一天晚上，我母親看著我在飯桌上做中文功課，她說了一個驚人的預言。

「我知道你將來會怎麼樣。」她的眼神有些恍惚。

「你說什麼？」我問。

「你會到中國去，娶個中國姑娘，你再也不會回來了。」

這話聽來再荒唐不過了，我也恭敬有禮地對母親這麼說了。但事實上，這卻是一種無法解釋的母性的直覺。

進了普林斯頓大學以後，我主修東亞研究，認識了中國語言、文學、歷史和文化各個方面許多卓越的學者和老師。我也選了教育作為副修，在1973年成為第一個將由新澤西州發照的中文教師。州法規定必須由一位有照的中文老師聽課，但由於我是第一人，找不到合格的這麼一個人。州教育當局很會變通，裁定我可以「自我聽課」。我照辦，就拿到了教師執照。

在普林斯頓宿舍裡我小有名氣，被稱為「那個學中文的傢伙」。人們都認為中文特別困難，學中文的肯定是個奇才。然而我越學就越不同意。在我看來，中文在某些方面其實比英文容易。比方英語得說「*at* two o'clock」，「*on* Tuesday」，「*in* late November」，不能說「*in* two o'clock」，「*at* Tuesday」，「*on* late November」。中國人就不用死背哪個時間詞得用哪個介詞。中文所有的時間詞根本就不用介詞。

普林斯頓沒有新聞課程，但有一個出色的創意寫作項目。

偉大的英國作家、小說《發條橘子》(*A Clockwork Orange*) 的作者
安東尼‧伯吉斯 (Anthony Burgess) 的寫作課，我一連選了兩個學
期。伯吉斯對我學過古希臘文、拉丁文、梵文以及現代和古代漢
語表示嘉許，他也鼓勵我把種種寫作點子做成筆記大量積存。他
警告我，不這麼做的話，幾年之後這許多可貴的素材就會流失不
見。從此我就特別熱中於寫日記和做筆記。

　　1973 年我從普林斯頓畢業的時候，美國的就業市場慘澹，
再加上不知道要幹哪一行，我的處境就更加狼狽。普大的就業諮
詢對東亞研究專業的學生也提不出什麼建議。我同屆就要畢業的
同學似乎都有明確的方向，要在法律、醫藥、學術、商業等等方
面發展──只有我還猶豫不決。我整天焦躁不安。

　　我回頭看看我的臨時工和暑期工作經歷，包括餐館雜工 (合
法打工年齡之前我十二歲時就已開始)、餐館服務員、快餐廚
師、帆船生產線工人、搖滾音樂廳燈光操作員、重型工程機械操
作員、圖書館圖像藝術收藏助理、油漆工、高爾夫球童、園藝
師。這些好像都不是事業正軌。

　　我對新聞工作很感興趣，但缺乏實際經驗。教育工作也不
錯，可我又說不上來什麼職位最合意。我也不想上研究所，至少
不會馬上就去。我唯一能確定的是我要幹一個能用上中文的工
作，但當時在美國似乎全無可能。美國新聞媒體在中國沒有編輯
部，美國公司在中國也沒有辦事處。跨國公司的亞太總部已經開
始從東京遷往香港，但中國大陸仍牢牢地封閉著，美國人甚至沒
有把中國看作一個市場。

　　為了找到一個能說中文的工作，我申請了首都華盛頓五月花
酒店 (Mayflower Hotel) 的一個職務。1979 年美中關係正常化以前，
中國政府在華盛頓有個半官方的「聯絡處」，就設在五月花酒店裡。

　　我在五月花酒店底層人事室裡填好了申請表，跟先到的二十

多人一起沿牆坐成一排。管人事的女士一份一份地看申請表。她叫一個人的名字，那個人就到她桌旁簡短面談。照她進行的速度，我估計至少得等兩個小時。可是沒想到才過了一會兒她就叫了我的名字，顯然沒按次序。我走過去，她示意我坐下。

「我得搞清楚，」她問我：「你剛從普林斯頓大學畢業，有個東亞研究的學位，可是你要在這個酒店當雜工？」

我對她解釋，我學過中文，希望在這兒找到一份工作，讓我能用這個語言為住在這家酒店的中國外交人員服務……哇啦哇啦，說了一大堆。我的回答至少讓她對我的評價上升到了「瘋子」之上的一級，可是她還是帶著一臉困惑。

她說：「在那兒等著。」然後她打了個電話。

過了幾分鐘，她叫我到經理辦公室去見酒店的助理總經理。這位總經理很和善，積極勸我從事酒店服務業。可是他也承認，他們是沒法給我什麼用中文的職務的。就這樣，很快地玩完了。

我繼續找，挫折感也不斷加深。我總得賺點兒錢啊！我開始懷疑這些年的中文學習到底能不能給我帶來一點兒工作機會？或者僅僅是我生活史上美麗的點綴品而已？

後來我去了一家專做媒體工作的職業介紹所。老闆很親切，可也很坦率地告訴我，在這樣一個疲軟市場找新聞工作，普大學位和中文能力是一點兒也幫不上忙的。可是出乎意料，幾個星期以後他給我打電話，說給我排上了一個工作面試，是個同業公會的編輯職務。起先我興高采烈，可是一聽對方是全國卡車休息站同業公會，我的心便涼了一半。我很願意做任何一份初級編輯工作，但是我這個頭髮略長的常春藤盟校新畢業生，要符合卡車休息站老闆的口味，可能性幾近於零。

然而，這個面試遠比我想像的順利，我居然拿到了助理編輯的工作。我的上司是個經驗豐富的記者，也是個政府事務專

家。過了一陣子他問我知不知道為什麼雇我，他的最後名單上其實都是些有三到五年編輯經驗的申請人。

我說不知道為什麼。

他說：「普林斯頓畢業又有中文學位，肯定是這裡頭最精明能幹的傢伙。」

這又是一個「我並不認為正確但不想辯駁」的時刻。學過中文又給了我一個可喜的競爭優勢，不論是否名副其實。

我開始為這個公會埋頭苦幹，學會了編輯、排版和製作，也升了職。可是我脫離中文有一段時間了，中文詞彙消失的速度讓我有些驚慌，我感覺到了「用則得之，捨則失之」的危機。我要到臺灣或香港去，可是存在一些很大的難題：我哪兒有錢去？到了以後又怎麼過日子？

*　　*　　*

給卡車休息站公會幹滿一年的時候，我決心孤注一擲到亞洲去。我已經存夠了錢買一張自西海岸啟程的單程機票。我認為靠自由寫作、教英文或打工之類，總有辦法維持生計。我想去香港，因為那裡有蓬勃的英語媒體，提供了往新聞業發展的遠景。但我不想長住香港，因為香港人說廣東話和英語，而我要的是說普通話的環境。臺灣是我最初想要定居的地方。

我通知了老闆，並且開始找自由寫作的機會。我寫信給一些編輯說我要去香港和臺灣，我的中文能力足以報導和寫作。一位《國家地理》雜誌的編輯願意略讀一下我提出的故事大要，當時我欣喜萬分，後來才發現任何人只要有半篇故事構想，他們就有這樣的標準化回應。但當時這還真是一個精神鼓舞。

這個時候我已經開始寫一篇小說，以卡車司機和休息站老闆的

生活為背景。我的積蓄在買了西海岸起飛的單程機票後所餘無幾，所以搭便車橫跨美國可以算是一舉兩得：費用便宜，還能趁機為我的小說搜集材料。我有幾個朋友懷疑這是不是個明智之舉：沒有工作、沒有任何聯絡人，到了以後也沒有存款維持生活，你真要大老遠飛越半個地球？我倒是只想探險而不太在意風險。

　　當年搭順風車做長途旅行，比較好的辦法是做一個牌子，把目的地用大號字母標出，讓路過的車子看清楚。我在一張硬紙板上開始寫目的地——「溫哥華」。突然我靈機一動，也許寫「香港」更好一點兒。能有幾個搭順風車的人會在西向的八十號州際公路上拿著「香港」的大牌子？果然有效，我不但搭了好幾程順風車，還引發了不少活潑有趣的對話。

　　其中有個人滿腹狐疑地問我：「你真要去香港嗎？走錯路了吧？」可是他帶了我一程，我也給他解釋了我要走的路線。

　　1974年悶熱的8月中旬，我到了香港的啟德機場。下了飛機踏上停機坪，感覺像裹在一條濕透的電毯裡一樣。我往尖沙咀的基督教青年會走，就在豪華的半島酒店旁邊。我帶著背包、帳篷、睡袋、一支四節釣竿，褲袋裡有現款150美元。

　　第二天，我給香港唯一的工作線索打電話，是一位名叫史蒂夫·周（譯註：Stephen Chou，音譯）的企業家，經營出版和其他業務。我給他寄過一封信和履歷，除此之外，對這個人我是一無所知。我在電話上問他能不能安排時間做個面試。他說：「不用」。我大失所望，香港唯一的工作線索瞬間就斷了。

　　然後他接著說：「不用面談了，你明天就來上班吧！」明天？我愣住了，一時說不出話來，心想我明天能穿什麼去呢？

　　他叫我到他辦公室談談。他答應指導我，而且願意用普通話跟我經常談話。他還說工資不高，可是足夠維持生活。各方面聽來都很理想。

　　那天是星期六上午，他問我有沒有時間跟他吃中飯。我很感激地答應了，他是整個香港我唯一認識的人呀！他帶我參加他稱為「酒鬼會」的周六午餐會，其中有許多新聞界偶像級的資深駐外記者如：德雷克‧戴維斯 (Derek Davies)、理查‧休斯 (Richard Hughes)、安東尼‧保羅 (Anthony Paul)、安東尼‧勞倫士 (Anthony Lawrence) 等人。顯然他人脈廣闊，而且不是為了喝酒去的，他是個滴酒不沾的人。

　　他介紹我，說是普林斯頓大學中文專業的畢業生，既沒工作又沒關係人，卻有膽識千里迢迢來到香港。他後來還說沒有一個中國年輕人敢於冒這樣的險。我倒實在沒覺得有這樣大的風險。

　　我獲得周先生的指導，獲益極深。當時是 1974 年，即使在香港，中國仍被視為完全不同的世界，深鎖於「竹幕」之後。中國與香港之間的貿易處於初始狀態，可是周先生卻有先見之明，他已經看出文革將要結束，中國會更為開放，更關注經濟發展而非過激的意識形態。他所預見的一個商機是出版科技雜誌，把西方工業介紹給中國。

　　周先生力排眾議，創辦了一些中文的科技雜誌，如《歐洲工業報導》(European Industrial Report)、《美國工業報導》(American Industrial Report)。這些雜誌在香港印刷出版，可是用的是中國大陸的簡體字。他的企業有好幾個部門——中華煤氣、柯達、滙豐銀行等藍籌股公司的公關諮詢、出版物製作前期服務、翻譯和船運公司——但雜誌部門是我最感興趣的。

＊　＊　＊

　　很不幸周先生在 1975 年突然因癌症去世，當時我才為他工

作了一年左右。由於他英年早逝，並沒有接班的安排。他的各家公司有不同的持股人和董事，在他去世後陷入一片混亂。我認真地考慮回美國念書，也許拿個更高的學位。但兩個因素把我留在了香港。

其一，他的左右手張昌瑞（譯註：Zhang Changrui，音譯）先生提醒我，周先生對我們照顧有加，他遺下妻子和三個年幼的子女，而當時大部分的中國人並沒有買人壽保險的習慣。張先生建議我們探望他的遺孀蘿絲・周（譯註：Rose Chou，音譯）跟她談談。見面談話以後，我們發現雙方對出版都有濃厚興趣。她和我們一樣，都傾向搞出版業，不太看好公關代理和其他業務。所以我決定留在香港，繼續跟蘿絲・周和張先生一起工作。

使我留下的第二個因素，是首次到中國去的機會，我去廣州參加了中國出口商品交易會。在這個外國人難得進入中國的時候，我第一次深入虎穴。當時文化大革命還在進行。到了廣州的頭一個早晨，六點鐘我就被街上的擴音器吵醒了，它刺耳地大聲宣講毛主席思想和當前黨的路線，而且正在謾罵美帝國主義及其走狗。學了中文這麼多年，這就是對我的歡迎詞了。恍惚間我彷彿看到自己是卡通片裡飛奔的黃金獵犬，頭上還戴著山姆大叔的高帽子。可是，這是中國。到中國去是令人十分激動的。

回到香港，蘿絲・周、張昌瑞和我就開始搞出版業。周先生的歐洲客戶為一項龐大的翻譯與出版計劃預付了一筆款子，我們便成立了一家出版與翻譯公司，業務聚焦於中國市場。我們充滿理想，一心要開創新機，有所作為，不太在乎能不能賺大錢。當時在香港做中國貿易的老手，歐洲的「洋行」像怡和（Jardines）、寶隆（East Asiatic）、和記（Hutchison）、捷成（Jebsen）等等，都以為我們的經營理念太超前了，畢竟中國還在搞文化大革命呢。而

且他們把持著中國對外貿易的現代買辦角色，我覺得任何商業勢力來搶地盤，他們都免不了有些妒忌。

我們則確信經營理念是正確的，不可知的是我們到底超前了十二個月——還是十二年。公司能否生存端賴這個問題的答案。

幸而，公司收益一年之後飛快增長。工業廣告、科技翻譯和簡體字排版的需要都急遽增加。中國開始進口各種各樣的工業設備和材料。僅僅幾年之內，我們在工程、礦業、機械、農業各個方面，都出版了許多新的中文科技專業雜誌。

後來多次的中國之行也使我親眼見證了種種驚人的轉變，包括1970年代末新的「開放」政策。這些都是在五星級酒店、高鐵和為訪客提供的奢華享受出現之前。

廣交會（中國進出口商品交易會）在春秋兩季各辦一次，基本上是外國商人唯一的交易場所。我們這些外商一般都被指定住在市中心老舊的東方賓館。那個時期，客房裡沒有空調也沒有電話。老舊的側樓比較好的房間裡，床上有自天花板垂到地板的蚊帳。到了1978年，廣交會被「發現」了，東方賓館馬上被激增的客人擠滿，管理人員感到必須盡快升級。外國客人有不少抱怨，表示他們不太樂意跟頭號大蟑螂同住一個房間。於是一家有生意頭腦的美國公司就推銷最先進的大劑量噴霧彈殺蟲劑來解決問題。生意很快成交。噴霧彈殺蟲劑在「尖牙」（譯註：東方賓館英文名為「Dong Fang Hotel」，fang為犬狼類動物的尖牙）的肚子裡施用了。回頭客都很高興，因為大蟑螂都消失不見了。

中美貿易初期，出過不少意料之外的驚人事故，這大概是第一個。美國殺蟲劑讓地下室的老鼠日子不好過，他們就成群往上跑，大廳、餐廳、客房，到處都是老鼠。

有一天晚上，我的一個好朋友——過去學中文的同學，正

在房間裡睡覺。為了抵禦暑熱，他把床頭桌上的電扇開著。凌晨時分，忽然一聲貓兒叫春似的尖叫，夾雜著乒乒乓乓的撞擊聲，把他給驚醒了。原來有一隻老鼠從上頭掉下來，穿過縫隙掉到扇網裡。扇葉還在轉動，老鼠被凌遲撕碎，血肉模糊，肉、皮、內臟濺得滿屋都是。我的朋友穿著內褲一邊尖叫一邊就往「尖牙」那層樓的服務台跑，那兒兩個女服務員睡得正香。

半夜三點鐘，一個半裸的大塊頭老外已經夠嚇人的了，這個傢伙還喊著有「一個老書」在他房間裡！「鼠」是三聲，「書」是一聲，我的朋友雖然訓練有素，可是驚慌之中說錯了聲調，也還是情有可原吧。那兩位年輕服務員到他房裡，像做例行的清掃一樣，若無其事地就把老鼠碎屍給處理掉了。這些老外幹嘛總是大驚小怪？

　　　　　　　＊　　＊　　＊

在香港，我並不常在老外圈子裡跟外國人混，我住在香港的一個離島——長洲，從中環搭渡輪一小時就到。長洲是一個可愛的漁村，還保留著許多小塊的稻田和小農耕作。房租只是香港本島的幾分之一，社區小到可以認識小店老闆、警察和大多數鄰居。全島居民有二萬左右，外國人不到二十個。我住在一所農宅裡，外頭有個花園，還可以看到美麗的南中國海。

香港人主要說廣東話，這個方言惡名昭彰，非常難學。因為這個緣故，再加上不想污染我的普通話，我最初抗拒學廣東話，不過最終還是屈服了。我找到了一個絕佳的自學材料，把每天兩小時的通勤時間好好利用了一番。我的廣東話始終沒達到普通話的水平，可是四處閒逛的時候還用得上。

我跟一些香港計程車司機說廣東話，我們的對話常常是這

樣的：

> 計程車司機：「哇，廣東話説得真好。你是個警察嗎？」
> （在香港的英國公務人員當中，廣東話説得好的多半是
> 警察。）
> 我：「謝謝，不是。」
> 司機：「摩門傳教士？」（在香港街上常常見到穿著白
> 襯衫，熱誠年輕的成對摩門傳教士。他們在猶他州上
> 浸入式語言課，然後説著一口呱呱叫的廣東話來到香
> 港。）
> 我：「不是。」
> 司機：「是美國人？」（人們覺得美國人比較不受殖民
> 心態的影響，比較願意學當地語言。）
> 我：「對啦！」

　　學過普通話再學廣東話，掌握複雜的廣東話就稍微容易一點
兒，能説幾句廣東話也讓我覺得生活和工作更順暢。香港人對外
國人能讀寫中文、説普通話向來是頗有好感，要是還能説廣東話
簡直就讓他們拍案稱奇了，人們對你格外尊重，也把外國人能説
廣東話看成對當地人的尊重。當然，相互尊重在任何地方都是
融洽關係的基礎，在中國社會尤其如此。

　　中國實行開放政策是我們業務蓬勃發展的關鍵，同時我個人
也逐漸在香港扎根。不知不覺我在這兒度過了十年光陰，我們以
中文出版了幾十種雜誌，設立了諮詢部門，也提供其他一些服務。

　　我與珍妮‧陳（譯註：Jenny Chen Ching，音譯）結了婚，她
是北京人，恰恰實現了我母親二十多年前的預言。結婚三十年
來，我們共同生活、攜手養家也並肩工作。我積極參與香港美國
商會的活動。一方面結交了許多朋友，一方面透過午餐會演

講、研討會和代表團訪問，能夠及時了解中國最新形勢。我也參與增進中美政府相互了解的工作。1995年，我被選為商會主席，這是一個志願性質的職位，多半保留給大公司的資深董事。我只是一個小型企業的老闆，估計我的中文專業背景大約是當選的重要因素。

我自願為香港國際學校的一個委員會服務，這個委員會的宗旨是改進校內的中文教學。後來我也在學校董事會任職，並擔任了董事會主席。我的中文專業背景又發揮了作用。

1990年代，在出版貿易和技術雜誌二十年後，中國市場上顯露了就要發生巨變的徵象。我們全體工作人員，包括北京與上海辦事處的同事，在香港開會討論以後，決定將業務方向轉到中國即將出現的消費者市場。我們不再做技術性和企業間 (business to business) 的雜誌，而在時代公司 (Time Inc.) 授權下，聚焦於創辦中文版的《財富》雜誌。

《財富》中文版 (FORTUNE China) 在1996年底問世，建立在一個創新的商業模式上。它在香港印刷並發行，是第一本通過香港進入中國的全球知名品牌雜誌。當初有不少人懷疑，中國政府大概不會接受這種做法，因為香港期刊受到的法規控制遠比大陸自身出版的雜誌少。但《財富》中文版在二十多年當中，無論文字或網上版都非常成功。

2016年中期，我們把出版公司賣給時代公司。我由《財富》中文版董事長兼主編的職務退休。這個時候，我在香港已經住了四十二年，比在祖國美國居住的時間還多了二十年。對我來說，事業的滿足感並不在於收入或名聲。找到你確實熱愛並且擅長的工作，利用它盡個人微薄之力為改善世界做出貢獻，這才是最大的回報。

＊　＊　＊

從事我所選擇的工作，也就是在歷時四十年的社會、經濟和政治巨變中，在香港和中國兩地創設並經營一個媒體企業，如果缺乏中文能力以及隨之而來的文化洞察力，肯定會加倍艱難。要詳細地說明語言能力怎麼發揮魔力是不容易的，要歸納出一個包羅一切的概論更難，不過以下我想提出幾個重點。

傾聽技巧是問題的核心。中文是個精妙的語言，聲調、語調和選詞的細緻區分都造成重要的不同。按照中國禮儀，無論是口語或書面的正式交流，都需要使用謙恭有禮的稱謂，簡直到了我們美國人覺得彆扭的地步。我們可能會被一些華麗辭藻和奉承手段搞得心神俱疲，但是我們應該很明智地把習慣性的直率收起，而傾聽間接含蓄的話語。學會「認真傾聽」，不但在以中國話交流的時候有幫助，說英語時也很有用，在一般生活中也不例外。

驕傲自大，或顯得傲慢無禮，被認為是不尊重他人的表現，最好避免有這種態度。相互尊重，甚至表面上的尊重都會使解決難題容易一點兒。香港的殖民時代和中國「改革開放」初期，中國人往往得諒解外國人的自大。不過這樣的時代早過去了。最近倒是外國人常得對付傲慢的中國人了。無論是誰對誰，驕傲自大都是建立良好關係的香蕉皮。

美國文化和中國文化對使用時間的看法不同。美國人傾向於迅速行動，是基於現實的一個定型模式；中國人卻善於從長計議。過分匆忙可能會削弱解決難題的能力，在需要審慎考慮的情況中，追求快速的心態也會腐蝕充分溝通的耐心。臨危不亂是中國文化中根深柢固的美德。慌亂被認為是怯弱的表現。

回想起來，中文對我的事業和今日的我，都有著顯著的影響。過去我有幸跟許多既富才華又熱心教學的中文老師學習，對這些老師我在此深致謝意。郭老師，當然包括在內。不久以前

我查到了郭老師的地址，相互通了信。我認為必須感謝他，也應
該向他保證，儘管我們少不更事的時候調皮搗亂，但是他的心血
並沒有白費。

16 葛國瑞
Gregory Gilligan

中文學習與我
金色樹林裡的兩條路

葛國瑞有工商管理碩士 (MBA) 及法學博士 (J.D.) 學位。有豐富的企業管理及公關經驗,長期居住中國,中國事務嫻熟,是企業界的傑出人物。他在本文中提出的「整體」與「投入」的概念,是他多年學習和使用中文的心得,值得教與學兩方面的人認真思考。

　　我經常自問我的中文實力到底怎麼樣,可能是因為無論過去現在,它一直是我個人生活和事業中極其重要的一部分。從各方面來看,在如何學習和什麼時候學習上,我都非常幸運。

　　我學習中文跟我大學時候從法文課裡被趕出來有直接關係。我的法文老師也是我的指導教授,上法文課的第一天,我告訴他我學法文只是因為大學裡沒有中文課,他就把我趕出教室,讓我腦子清醒過來。後來我說服父親為我的教育另付五千美元(那是1988年,以今天的幣值來算大約是一萬零二百美元)在明德暑校上九個星期的中文課。

　　我去了明德暑校,一方面為了有機會學中文而興奮不已,可也嚇得要死就怕學不會。我高中時候西班牙文學得一塌糊塗,主要是我沒專心致志。在明德這就不是問題了,因為我已成熟得多,還帶著極高的學習熱情。事實上,在上明德暑期班的這一幫孩子當中,我是唯一被中文老師斥為過分用功的。我私下覺得挺自豪,可是這並不是我努力的動力(私下的自豪感來自於這些了

不起的中國老師個個都是「吃苦」的一代，他們在中國大陸教育制度下吃足了苦頭才在學術上有了成績），我是真的怕要是我不下死勁兒苦讀的話就學不好。一點兒也不誇張，我真的是擔心得要命，就怕我不能及格。記得有一回，由於苦讀太過，睡眠不足，而且缺乏日曬，身上起了蕁麻疹，老師們圍著我看，用指頭戳我，像看實驗室的小動物似的。明德是個享受戶外生活的好地方，可除非拿著書本站在樹底下，我是不出門的。我不吃飯，好擠出時間多念會兒書。中文是出了名的難學，我當時就給嚇成這樣。

我去明德本來沒什麼長期目標，只是要滿足長久以來對中國的興趣，以及為本科學位取得一些學分而已。小時候我愛讀書，對歷史很有興趣。十一、二歲的時候我對二戰歷史著了迷，跟許多小男孩一樣，喜歡坦克、飛機、大炮和英雄故事。真正讓我改變的是讀到美國與中國軍隊得設法合力克服文化和語言障礙。傳奇人物如史迪威 (Joseph Stilwell) 將軍和飛虎隊陳納德將軍的名聲也激起了我的興趣，想進一步了解這個遙遠而奇異的國度。明德的確滿足了我文化上的好奇，但也幫助我開闢了一條前進的實用途徑。

因為這第一個暑期的學習，加上有好老師和埋頭苦讀帶來的小小成績，我決定超越純粹的文化興趣而擴大計劃。我在原先的研究生院計劃中塞進了「亞洲研究」，打算畢業後做與中國相關的工作。這就是我這篇文章的重點，第一個重要的暑期把我引上了語言學習、個人成長與事業發展的途徑。這已經是二十八年前的往事，到了 2017 年 1 月我就在中國大陸連續生活了二十個年頭了。雖然我很想自誇對這二十八年裡中國爆發性的成長頗有先見之明，其實是我那頑固的「走人跡較罕的一條路」的偏好——本篇的副標題所引詩人羅伯特・佛洛斯特的名句——引導我走上

了個人生活和事業上都有巨大收穫的這條路。在這期間，中國研究與中文學習逐漸成了「人們常走的一條路」，仔細想來，這就使我當初的選擇更令人驚嘆了。

中國人比西方人更自然地訴諸命運，至少比美國人相信緣分。我做中國研究的初期，曾經半開玩笑地把我的選擇歸之於命運的安排，不過我倒越來越相信命運的影響了。過去幾年來有不少事例表現了我跟中國語言的宿緣，甚至本文也帶出這樣的一個例子——這次會議的一位講員，何瞻教授，開會前要我看看他的講稿，我一看就發現他談中國研究事業時也提到陳納德將軍。命運的變化真是不可思議，我不禁邊看邊笑。跟我的經驗類似當然是一個巧合，不過巧合一再發生的話，我可就不能等閒視之了。我要再提一個不容小覷的例子，也跟這個會議有點兒關係。

我正式的語言學習幾乎完全是在大學和研究所學年的暑期當中。1988年普林斯頓大學的周質平教授出任明德暑期中文語言學校的校長。這是在普大設立該校在北京的暑期項目之前（普北班在1993年創立之後也一直由周教授領導）。我在明德開始學中文，也在明德開始了一個相當重要又影響深遠的關係，因而這第二個例子是特別有意義的。

周教授跟我過去是教授與學生，後來是老闆與助理，而一直是導師與弟子的關係。我們之間關係密切，友誼深厚，直接形成於中文學習的巨大挑戰之下，或者說中文教學的挑戰——從他的角度看是教學，從我的角度看是學習。我們在明德連續六個暑期密切相處，我又跟隨周教授到北京參加了普北班的第一年，但其後好幾年周教授與我失去聯繫，然後大家看看命運是怎樣安排的吧！

我在中國住了大約十年之後的夏季某一天，當時我為一家知名公司工作，而且因為能說中文，正要到預定的某處做經常性的演講。這天我記得非常清楚，因為這天發生的事特別奇妙。我

進了一個大演講廳，裡頭坐著大約二千人，嚇了我一跳。結果我很滿意——生理節律特幫忙，講得相當成功，聽眾對這個中文說得挺像樣的白人報以熱烈掌聲。大家都知道，有幾天你的外語能力超強，有幾天卻不行。所以這天面對大批聽眾效果極佳，讓我挺高興，不過好事還在後頭。為了躲開會後的中飯聚餐，我信步閒逛，無意中在這個涼爽的夏日中午到了北師大／普北班的校園附近。大概是命運的支使吧，我忽然想去看看十三年沒見面的老師。

這事兒有很多有趣的細節，可是長話短說吧，我見到許久不見的周老師的這天，他正要我給普北班的學生演講！那年是2007，而我1993年8月之後就沒再見過周老師！他的助理沒找著我，十三年沒聯繫，可就在他要找我給普北新生講話的這天，我自己送上了門！命運、中文和我，這三者真是緊緊關聯著啊！這是說明命運把我送上這條路的兩個例子，其他的我就暫時不說了。

＊　＊　＊

給這篇文章起草的時候，我猶豫過怎麼安排中文學習在個人生活和事業上的比重，不過我很快就把這個考慮拋在腦後了。也許不是巧合，幾個月之前，我跟梁霞老師有過一個談話，她是華盛頓大學的教授，也是杜克大學（Duke University）在中國中文項目的主任。我把這兩件事扯到一塊兒，是因為梁老師問到我的學習經驗，與普大這個會議的重點若合符節，因而我在考慮這種種的時候，一個主題在腦際浮現，可以用來描述我的中文學習經驗：整體與投入。

用「整體」來形容我的學習與在中國的這許多年，意思是我無法將個人與事業截然分開，把中文的衝擊分在獨立有別的兩個範圍當中。談到學習態度，我也絕不相信不整體投入而能成

功。固然我由美國遷居中國是由於工作的關係，但我也決心在中國長期居住以便我的個人生活隨之成長發展。再說，在中國的商業環境中要想成功的話，更必須全心投入，這種投入模糊了個人與事業的分界。你得花大量時間喝茶、吃飯，建立很好的人際關係，才能突破表層進入複雜的深層中國社會。因此隨著中文的學習，我也建立了橫跨三十年的深厚友誼。

我還「公私不分」，愛上了我的一位同事。我跟愛人安妮（Annie）本來一塊兒工作，後來她離開公司，不久我們就結婚了。我們現在有兩個可愛的講雙語的孩子，他們是兩個文化美妙的融合。我們的幸福家庭就是個每日可見的明證，是明德第一個夏天命運帶給我們的恩賜，是這許多年來全心投入學習帶來的成果，也是由它衍生的美妙收穫。

下面我要說的，你們可能要覺得我是在說教，可是我實在感到如鯁在喉。以上的回顧在在顯示出中文學習在我人生中多麼重要，而且每年我都有機會跟大批在北京學中文的年輕學生分享這些學習經驗。這幾年夏天，無論是對普北班還是對杜克項目的學生，我總感覺我每年得採取不同的講法。經常是我準備好幾個主題帶到講堂，希望其中有些能激起學生討論或者刺激學生反思他的學習狀況，可是並沒有針對我們的學習提出什麼特別的建言。今年梁老師就是否需要教學生書寫中文的學術辯論要我提出意見，卻觸發了我的感想。這個爭辯以及引起爭辯的原因，使我再次回想「整體與投入」這個主題。

首先，我們承認，對極少數學生而言，初級中文就足以滿足他們的需要，而對大多數學生，中文能力需要達到中級或高級水平，才能在個人與／或事業方面產生有意義的作用。假設我們接受這個前提，不教學生書寫中文就與我向來堅持的「整體與投入」背道而馳了。說實話，我對不教書寫的提議感到相當不安，因為在我看來這是一種知識上的不誠實。好了！我終於「一吐為快」了！

　　除了滿足於初級中文的那一小撮人以外，其他的中文學生在學習之初就期望將來能做到具一定意義的溝通。我並不是說人人都得學到完美無瑕，但是這當中有一道難關——初學這個語言真是難得要命，僅僅達到中級水平就得費九牛二虎之力。掩飾這個真相而提出一個討好大眾市場的教學法，對高質量的中文教學並不是有利的，這只是為了擴大市場——提供低質量的中文給更多的顧客而已。這也可能有一點兒價值，可是我們實話實說吧，價值是很低的。

　　當然，這篇文章是用電腦鍵盤寫的。除了開會做筆記以外，我很少拿筆在紙上寫字了，做筆記的時候也多半用英文。要是得寫中文，99%是在行動裝置或筆記本電腦上。我很少用紙筆寫中文字，結果我的手寫能力比起日常生活裡電子郵件出現和數碼工具普及之前生疏了很多。然而，對我極其重要的一點是：我的閱讀和寫字基礎早已存在了。我識字能力很強（多半讀簡體字，但繁體字的辨認能力也不壞），只要好好練習幾個星期，便能恢復寫字的優勢。要是我過去用爭論中提出的「簡易中文」法學中文，我能讀多少很難說，更不用說寫字了。缺少讀寫的能力，在正式的課堂訓練結束之後，除非你有馬克·祖克柏（Mark Zuckerberg）的財富，否則是不會有個中文老師隨時在側聽你使喚的。因此我的結論是：學習中文是極其困難的，必須包括學習寫字在內。不承認這個事實，缺乏完全的投入，那麼超越中級水平對多數人是不可能的。中文學生的折損率就會像海豹隊（譯註：美軍海豹突擊隊）的基本水下爆破課程一樣。

　　正式課堂教學不再可得之後，對希望繼續學習的人來說——要是還有的話——想提高語言水平就得依靠讀的基礎，有時候還得依靠寫。靠傾聽口說中文來繼續學習是不夠的。話語快速、使用口語、方言口音、措辭不妥，這種種狀況，使得

「隨意撿拾」中文對需要加強語言能力的人來說很不實際。為了繼續自學一個必須長期努力不懈才學得好的語言，我們做學生的需要這些工具。

＊　　＊　　＊

作為一個非中文母語者，說中文每天都讓我感到必須虛心學習，所以我希望各位理解，以上關於中文教與學的「誇誇其談」是我全面領會的一部分。我這節外生枝並不是要凸顯我的語言技能或心態多麼優越，相反地，是要說明達到目前水準我所付出的艱苦努力。住在中國，對我的家庭生活、親朋好友和事業全心投入，獲得多方面的報酬，這些在學習中文的時候都是全面投入的一部分，是分不開的。

不少移居中國的外國人困於各種疏離感而辛苦掙扎，因為即使住上好幾年，中國似乎還是個難以解讀或並不友善的地方。在某些方面，多半在政治上而非社會上，不友善是相當真實的，可是解讀卻是心態和能力兩方面的問題。擁有開放的心態也還需要輸入正確的數據。非第一手的資料往往錯誤百出，因此在一個人際關係、商業環境、政治環境都極為複雜極具挑戰性的地方，成功立足的唯一辦法，就是利用自己的語言技能，不假他人之手，做深入而直接的接觸。獲取這樣的技能，起碼首先認知獲取的難度，是唯一面對這個挑戰的辦法。

剛才提過，我對學語言的學生講話總是要用個新鮮的重點。過去我用間接的例子提示學習動機的重要性，今天我感覺必須改弦更張，用一點兒「震撼」教學法。中文教室當然不是拉威州立監獄（譯註：Rahway State Prison，美國新澤西州州立監獄），可是為了避免有人變成折損的退學生，揭露一點兒現實和「嚴厲管教」

似乎是有必要的（譯註：1978年奧斯卡得獎紀錄片《恐嚇從善》〔*Scared Straight!*〕全程在拉威州立監獄拍攝，以嚴酷的實際監獄生活警戒少年罪犯）。

所有的這些回顧都再次肯定中文學習對我生活的重要影響，以及習得這個難學的語言所獲得的成長。這兩者都是努力與報酬的最佳例證，只有艱苦的耕耘才有寶貴的收穫。而且習得中文所得到的遠遠不止語言，還有愛、友誼以及使用雙語而獲得的個人與事業的發展等等。學習中文，讓我有機會在語言層次之外的多種方面認識自己的不足，然後又讓我使用英語處理生活和工作時不斷有新的收穫。試想有多少事物，中文詞的深邃意義是翻譯不能充分表達的。我常給語言課學生講的例子是「熱鬧」。恰當的翻譯是「exciting」，或是「busy and exciting」。要是逐字翻譯，是「hot and noisy」，那麼文化上的一個特色就失去了。在中國，「熱」與「鬧」多具正面意義，因而是令人興奮的、是很好的。在西方觀念中「熱」和「鬧」卻絕對是令人不愉快的，不受歡迎的。對西方人而言，寧靜涼爽才是理想狀態，而不是光、聲、色與大批人群的一片混雜。這真有意思，而且說實話，這個詞兒我用了好幾年，才突然領悟到它的文化內涵。這個例子很有趣，可是當然太簡單化了。如果你看看中國政治與隱語的複雜狀況，你會發現類似的例子所在多有，而且具有深刻含義，不會中文或中文水平較低的人並不能夠輕易掌握。在中國活躍的信息技術界和避開「防火長城」的「網民」之間也是如此。固然靠翻譯能夠了解基本意義，但是對經常縮寫為「人搜」的「人肉搜索」及其深層的社會意涵，美國網遊者究竟能掌握多少呢？這真是太有意思了（也許只有我這麼覺得），我還有很多例子，但該適可而止了。

最後，我想用這幾句話來結束本文：我提高中文水平有個重新定位的目標，我充分認識到中文能力帶來的不僅僅是語言上的

收穫，以及我深切而不太情願地承認，中文習得極為困難，要保持水平也相當費力。生活、工作或者怠惰都經常妨礙我持續進步，可是過去我所獲得的跟將來可能得到的回報，都使我感到功不唐捐。謹此祝福各位讀者，在中國語言教與學的路途上都能像我一樣，獲得豐碩的成果。

17 葛思亭
James I. Gadsden

中文為我的外交事業扎下根基、搭建橋梁

葛思亭先後就讀於哈佛大學、史丹福大學與普林斯頓大學。1972年進入美國外交界,曾於臺灣、匈牙利、法國、比利時、歐盟等地美國使館擔任重要職務。最後一任外交工作為美國駐冰島大使。中文在意想不到的情況下對他的外交事業發生了重要作用。

會說中文在四個重要方面對我的事業發揮了作用:一,加快了我進入外交界的步伐;二,為我在臺灣臺北的首次海外任務建立職業信譽;三,為學習其他難學外語建立基礎,並幫助我獲得具挑戰性、有益於事業發展的任務;四,在特殊外交場合幫助我建立溝通橋梁。

加快進入外交界的步伐

我成長於1960年代,對傳統價值觀與社會規範積極挑戰,對長期存在的臆說與觀念強烈質疑。如何以非歐美人的眼光認識世界?這是我心中迫切需要解答的一個問題。我決定要由學習中國人如何看世界開始,為了達到目的,又必須先學中國語言和歷史。此外,由1960年代展望將來,當時中國人口幾乎是世界人口的四分之一,我相信會說中國話將來必定有用。於是我在

1969年哈佛大學四年級的時候開始學中文。在導師林太太（林戴祝念）有條不紊又極具啟發性的指導下，加上林培瑞教授當時擔任助教，我的中文學習既輕鬆又愉快。後來我進了史丹福大學東亞研究碩士班，繼續學習中國語言和歷史。要鑽研中國文化並以中國人的眼光認識世界，這是很合理的第二步。

在史丹福大學，我認識了其他學中文的學生，他們用的是韋氏（Wade-Giles）拼音系統。我發現用這個拼音系統以後，他們傾向於以英語發音方式來發羅馬拼音。他們會以英語習慣發出「syang」音，類似於「see-yang」。而利用中文拼音「xiang」，學生只會學到該符號的指定發音，不會另發其他的音。我很感謝林培瑞教授和林太太當初以中文拼音教初學者。

史丹福兩年中間的暑期，在國務院做實習工作的時候，我跨過了加入外交工作的最後一道門檻：口試。史丹福的第二年期間，國務院代表每星期至少給我打一次電話，勸我接受他們的邀約，加入外交工作行列。他們指出，「上海公報」之後美中關係不斷擴展，國務院急需能說中文的外交人員。他們也很坦率地表示，以我本科的經濟學學位、東亞研究的碩士學位、我的中文能力與非裔美國人的背景，對極具發展前景的挑戰性工作來說，我正是他們需要的熱門人選。在這個情況下，我認識了國務院在史丹福大學的駐校外交官，一位中國問題專家。他旁聽了我的一些課以後，表示很欣賞我的表現。這位中國問題專家得知我已經接受聘約參加外交工作，而且將在1972年6月獲得史丹福大學碩士學位之後立刻開始，他便邀請我在完成A-100（外交人員基本訓練）課程之後，加入他在國務院的東亞地區事務處工作。當時他已內定回到華盛頓後擔任該處的副主任。他特別說明一般新進外交人員第一項任務多半是在海外擔任領事館官員，但要是我同意，他可以安排我在他位於華盛頓的辦公室開始我的外交生涯。

我同意了。於是尼克森總統訪華四個月後，1972年9月，我便宣誓就職，開始在東亞地區事務處工作。

在東亞地區事務處的頭一年，我參加了國務院的中國語言測試，被列於「初級職業水平」。我以為我的水平應該屬於更高級別，但同事們勸我不必在意。他們說要是不經國務院本身培訓的話，當時的考試政策是不給新進人員高於初級職業水平的成績的。幾個星期以後，還在我工作的第一年內，國務院居然批准了我的高級中文培訓申請，將於1973年8月在位於臺灣臺中的國務院所屬高級語言學校開始。一般來說，這類機會多半是工作幾年之後才會獲准。我自然興奮極了，因為這肯定會加快我中文達到譯員水平的進程。我曾經為傅立民（Chas Freeman）大使短期工作過，他是尼克森總統與毛主席會面時的首席翻譯，所以我能在工作初期開始高階語言訓練令我興奮不已。會說中國話，就這樣加快了我進入外交工作行列和事業發展的步調。為了處理美中關係當中與日俱增的工作與挑戰，國務院對會中文的外交人員的需求將不斷增加。所以對有意外交工作的學生來說，會中文肯定有加速作用。

在工作崗位上建立職業信譽

無奈計劃趕不上變化。1973夏天，我的行李已經運到了臺中的語言學校，我卻生了一場大病，只好在華盛頓又住了一年。這一年，我得到了一個新的工作任命，為1974春季在臺灣臺北開幕的美國貿易中心擔任市場調查官員。於是1974年8月我便與新婚甫一月的妻子去了臺灣。國務院同意，臺北的兩年任務結束後，我就去臺中語言學校做譯員水平的語言培訓。我估計屆時我的中國話肯定更好，能夠在學校裡快速進步。

　　在臺北的工作需要我跟中國商界人士廣泛交流，而當時這些人的英語多半不行。因此我覺得非得提高我的商務中文水平不可，就請了一位臺北語言學院的老師到我辦公室來每天上課。除此之外，我還請辦公室的同事讓我天天跟他們一起吃中飯，以便用中國話交談。頭幾天，我一說話他們就笑，我真怕我是犯了說外語的人不時會犯的典型大錯。後來我按捺不住，就問他們到底我說錯了什麼。他們說錯誤倒是不嚴重，而且還幫我改正。他們說讓他們發笑的真正原因是：頭一次看到一個美國黑人說一口比他們好得多的「高檔中文」。真沒想到我說的是「高檔中文」，我只是盡力說好在大學和研究所裡學會的這個語言罷了。不過過了一段時間，我倒真聽出同事和我說話的不同了。在他們口裡，明顯地缺少如這兒、那兒、小孩兒等詞裡的「兒」。「是」的發音用拼音寫出來是「sz」。「什麼時候」是「szemma–szhou」。後來我漸漸習慣了這類不同，也跟同事們建立了互信。就這樣每天吃飯每天交談，終於有一天他們對我說：「你是我們的老鄉」。要是我沒理解錯，這是一個真正的讚美。

　　我和太太常在臺北四處閒逛，跟人說中文，觸發了不少好奇和善意的火花。我們頭一次去美國貿易中心附近的一家四川飯館，好奇的前台人員把我們團團圍住，熱烈招呼我們。後來，一對會說中文的黑人夫婦來吃飯的消息傳到了廚房，廚子就輪流出來跟我們熱情地打招呼，有的還穿著廚師袍，拿著切肉大刀。他們當然沒有惡意，從廚房出來只不過是要親眼看看這難得的景況罷了。他們有的跟我們坐一會兒，問問我們從哪兒來、在臺北要住多久、喜不喜歡臺灣什麼的，有的幫我們看菜譜點菜。我們常去那家飯館，我也在那兒正式宴過客。他們總是特意送一些我們沒點的特色食品，這樣的待遇當然給我的客人留下很深的印象。

更重要的是，他們的菜餚總是美味無比。直到現在我和家人還常常在家裡做在那兒品嘗過的幾道好菜。

　　過去我一直想透過中國人的眼光觀察世界，現在我從工作上就獲得了最理想的機會。我在美國貿易中心擔任市場調查官員，主要的職責，就是調查在世界各地占上風的美國出口商品在臺灣市場上的銷售潛力。電腦、辦公室設備、實驗室儀器、保健與醫療技術、挖土機、工程設備、商業用廚房設備都是這類出口商品的主要項目。為了深入調查，我與主管外貿、工業、外交、財政、衛生等部門的官員都見過面。我也參訪了工業公司、港口、銀行和大學科系。我的目的是了解潛在使用者對未來的展望、計劃中的發展規模、如何將計劃付諸行動，以及期望達成的目標。我也調查他們正在考慮的供應商是哪些。在這個過程中，我學到了極富價值的一課，對我後來的事業大有助益。那就是能說中國話固然重要，但有時樂意並能夠耐心細聽更重要，無論是中文或其他語言。我的聽力與了解能力優於說話能力，所以我決定盡力傾聽。例如，許多美國出口設備的中國潛在用戶告訴我，美國供應商在臺灣無法與日本商人競爭，有兩個主要因素：

　　1. 生意策略不同。他們注意到，美國人的生意策略是盡力大量成交，然後就轉身走人。相反的，日本供應商盡力成交之外，還以長期合同議定維修和替換零件的協議。日本又鄰近臺灣，獲得零件和維修都很容易，因此而產生的安全感，就促使臺灣的買家比較願意跟日本商人購買商品。

　　2. 跨文化關係不同。他們說，美國人是在執行任務。在會議上，美國人要馬上切入重點，說明美國設備的優點，然後完成交易。他們沒有耐心喝茶、應酬、閒話家常，傾聽幾千年中國文

化與傳統的長篇大論。這種不耐煩經常被視為態度粗魯，會傷害做生意時極重要的人際關係。相反的，日本公司的代表就完全了解中國文化建立長期關係的偏好，而且在其中運作自如。

我把這些觀點寫在我所做的市場調查裡，就臺灣商業風氣給美國人做簡報的時候也包括在內。我希望他們能藉此調整互動以獲取最大利益，當然有人做到有人則否。我這兩年的工作有很多有利機會，協助美國公司代表參加各種貿易展覽，為潛在中國客戶展示設備，尋找長期的交易伙伴。我將市場調查中由中國商界所獲得的觀點，傳遞給美國商界，進一步建立了我的工作信譽。會中國話而且透過中國人的眼光觀察世界，積極提高了這個工作在美臺商業關係上所發揮的正面作用。

為更具挑戰性的語言學習和工作任務打下根基

塞翁失馬焉知非福。我在臺灣的任期在1976年接近尾聲的時候，國務院的歐洲事務局突然指派我到匈牙利布達佩斯擔任商務官，任期兩年，行前在華盛頓有十個月的匈牙利文訓練。我不知道歐洲事務局指派我的確實原因，但我相信他們把我送到一個更難的語言培訓項目一定跟我會中文有關。匈牙利的工作，跟原先搬到臺中接受譯員水平的中文訓練，這兩個機會我太太和我衡量再三。最後我們認為布達佩斯的任務讓我們進駐歐洲中心，可以開車前往任何一個歐洲國家，而且歐洲的任命很難獲得，我們應該接受。一旦失去，將來就再也沒有機會了。反正在東亞事務局我已有了根基，將來總有機會回頭處理中國事務，接受高階語言培訓的。所以此後的十個月，太太和我就在國務院外交事務研習所一起學匈牙利文。這個語言比中文難學多了，可是兩者的句構有些相似之處，加上發憤學習，掌握這門語言也就不太難

了。我匈牙利文能力測驗的成績比中文的高得多,不過我總覺得我的中文能力更強。語言課程結束以後,1977年7月我們便啟程前往布達佩斯。

1977年匈牙利還屬於蘇聯集團。當時蘇聯跟中國的關係緊張,在匈牙利沒有中國人也看不到任何中國文化跡象,甚至連中國餐館也沒有。太太在臺北上過中國菜烹飪課,她認為公務午餐不妨在自宅做中國飯,那就可以減少我的官方交誼費用,不必付瘋漲的飯館帳單了。第一次公務午餐,招待的是匈牙利外交、工業和外貿部門的代表。我們一邊享用著四川佳餚,一邊進行廣泛又很有成效的討論。客人們都非常想念過去派駐西方首都時吃過的中國菜,而在布達佩斯我們家裡居然能享受到這樣的美味,他們都高興極了。他們尤其驚嘆我太太能獨力一人烹調上菜,再加上她向來明快狡黠的幽默,主客之間真是歡聲笑語不絕。後來我看人人盡歡,餐會該結束了,就感謝他們光臨,也感謝他們討論了一大堆公事。我說大家都得回辦公室了,我也包括在內,不久以後午餐時再聚。沒想到外交部最資深的官員卻說要是我得回去辦公,悉聽尊便,可是他和同事們倒想跟我太太多聊聊。結果他們還真留下了。雖然午餐時沒說上什麼中國話,我太太卻在一個獨特環境中用上了中國文化元素,帶動了活躍的氣氛,使我與匈牙利之間的外交工作順暢得多。

我太太經常為西方使館來的客人做中式午餐或晚餐。她也請守衛布達佩斯使館的美國海軍陸戰隊員吃中國飯,為了安全緣故,他們的活動範圍嚴格止於西方使館。另外她還教不少西方外交人員的眷屬做中國飯。後來消息竟然傳遍了布達佩斯,外國使館的外交官開始要求來我家吃飯。我們本國大使,菲力普·凱瑟(Philip M. Kaiser),是總統特命大使,民主黨的領袖人物,也放話要我們請他們夫婦來家裡吃中國飯。我當時只是使館的新進

人員，起先不敢造次，後來就放膽請了他們。大使夫婦那天吃得非常盡興。從此一直到大使去世的三十年之間，大使夫婦對我們照顧有加，形同父子。回到華盛頓以後，他們連續多年邀請我們出席文化盛會，也給我們介紹了許多首都重要人物，一起參加了不少午餐或晚餐聚會。大使不時來訪小聚，並且給了我很多工作上的指導。

幫助建立溝通橋梁

出乎意料的，在1977至1979布達佩斯的任期中，我倒有些機會說了中國話。1977年我們安頓以後不久，一對溫文儒雅的墨西哥外交官夫婦，結束北京的長期任命後到了布達佩斯。他們既不說匈牙利語也不說英語，因而剛抵達布達佩斯的時候日子很不好過。好在這位外交官中文說得很好，雖然帶點兒西班牙口音；他的夫人中文稍差一點兒。結果是在官方或社交場合，我就跟這對墨西哥外交官夫婦說中國話，也為他們翻譯。西方人、匈牙利人等等看見兩個墨西哥人跟一個美國黑人在匈牙利布達佩斯用中國話交談，都驚嘆不已。我的這個行動有助於搭起交流的橋梁，使這對墨西哥夫婦在初學匈牙利文的階段感覺自在和包容，也促進了墨西哥和美國使館人員之間親密的友誼。

另有一起意外事件，也讓我在布達佩斯用了中國話。1978年12月15日星期五晚上，在一個社交聚會裡，布達佩斯中國使館的一位外交官告訴我，美國和中華人民共和國建交了。當天我並沒從華盛頓得到任何消息，我也不確定他的消息是否準確。我立刻通知副館長，他打電話給華府，確認了消息正確。華府的正式通報是星期一早上以電報送過來的。很明顯，會中國話對獲知這個重大發展幫助極大。要是其他外交官在1978年12月16日星

期六對我們使館的領導階層談到這件事，而我們卻一無所悉的話，是非常尷尬的。

　　1979年我由布達佩斯回到華盛頓，在華府工作到1984年夏天，然後被送到普林斯頓大學伍德羅・威爾遜（Woodrow Wilson）公共與國際事務研究所研讀經濟學。1985年春天，國務院東亞事務局通知我，希望我去瀋陽設新領館，再次接手中國業務。我表示深為感激，但謝絕了這個提議。我對他們解釋，我已接受了歐洲事務局四年的任命，去布魯塞爾為美國駐歐洲共同體（現在的歐盟）使館工作，我太太接受了位於布魯塞爾的美國駐北大西洋公約組織使館的一份工作，我們三歲的兒子也已經在布魯塞爾的一所學校裡註了冊。到了布魯塞爾四年任期結束的時候，歐洲結盟正在積極進行，法國主導歐盟國家做更深層次的整合。這時我又得到了四年的任命，在巴黎使館擔任經濟參事；後來美國幫助匈牙利完成政治民主化、經濟市場化的轉型，準備加入北大西洋公約組織，我回到布達佩斯，任美國使館副館長；最後一個海外任命是美國駐冰島大使。

　　在冰島，會中文也對建立溝通橋梁很有幫助。當地的中國大使和夫人英語不行也不說冰島語，所以在官方和社交場合，我一定與他們交談，否則他們大半時間會孤獨地站在一旁。中餐或晚餐的時候我也常坐在他們旁邊，協助他們與別人交流。後來我在華盛頓國立軍事學院，為校長空軍少將泰莉沙・馬恩・彼得森（Teresa Marné Peterson）擔任副手，我最後一項外交任務是在中華人民共和國的國防大學校長與學生來訪的時候，協助翻譯工作。

回顧中文在我外交生涯中的影響

　　事業剛起步的時候，我計劃做有關中國的工作，除了中國以外，絕不他顧，而且要以非歐美人的眼光認識世界。沒想到，雖然從來沒研究過歐洲事務，我三十五年的外交生涯當中，倒有三十三年是用歐洲人的眼光在看世界，為華盛頓闡明歐洲政策如何影響美國利益；在保護美國利益的同時，建議如何跟歐洲合作以應付全球性的挑戰。在所有這些事務當中，會中文加快了我跨入外交工作的步伐，為接受更具挑戰性的任務打好基礎。更重要的是，在臺灣的時候，透過經常使用中文跟工作上的需要，我培養了積極專注的傾聽能力，讓我很早就養成了傾聽習慣，我把它用在所有工作當中，無論是什麼語言，在哪個國家。況且，在我完全沒料到的情況下，中文也幫助我建立了人際溝通橋梁，使外交工作更順暢。在我充滿樂趣的事業之中，這些都是會中文所產生的重要作用。

跋

劉樂寧

美國哥倫比亞大學東亞語言文化學系教授、中文部主任

外語學習的要緊，我明白得比較早。小學四年級開始學習英語，課本的扉頁上赫然印著革命導師卡爾‧馬克思（Karl Marx）的名言：外語是人生鬥爭的一種武器！不久，中蘇交惡，在黑龍江江心的一個小島上打了起來，我的外語課也「適應備戰的形勢」，由英語一改而為俄語。每日早讀，我們用小公雞般尖銳的嗓音，兇神惡煞地用俄語練著「舉起手來！」和「繳槍不殺！」，對外語的「武器功能」有了極為真切的認識。

所學內容雖枯燥乏味，我的俄語老師卻美麗優雅、和藹可親。這讓每周三次的俄語課成了我極為期待的樂事。為了贏得老師的關注與欣賞，我對這種帶有舌面顫音、聽起來多少有幾分粗魯的語言傾注了極大的熱情。早上起床第一件兒，就是對著鏡子「得……得……」地練習發音，逮著機會便用樹枝在地上描畫俄語近似花體的字母。一段苦練之後，我的語音居然被老師譽為「純正悅耳」，手寫作業也被學校選為「外語書法作品」上了展覽！

　　不料好景不長，隨著國際形勢的變化，俄語失去了它的「戰略地位」。初中一年級起，我們又回過頭去重修英文。其實，我對英文早有接觸。同院兒一位髮小的父親是康奈爾大學畢業的農學博士、玉米專家，文革中被打倒後百無聊賴，曾偷偷地在家中給我和他兒子教過半年「靈格風」。不幸的是，我在學校的英文老師讓我大失所望。她矮矮的個頭，一張表情呆滯的臉上掛著一副深度眼鏡，厚厚的鏡片一圈一圈層層疊疊像足了加厚的玻璃瓶底。更要命的是，這位以前也是教俄語的，讀起英文來，嗓音濁重啞鈍，舌頭重得像喝多了高度提純的沃特加！

　　可以想見，經此一遭，我學習外語的動機消散殆盡，學習成績也一落千丈。這些少年時的經驗讓我早早就明白，學生對一門功課學習動機的強弱與授課教師帶給他們的心理感受關係至為密切。功利的好處未必能留住學生，而愉快的學習經驗可以使學生不計任何功利。

　　及至來到美國，進入語言學系學習了一些二語習得的理論，我突然發現自己以往的經驗居然「大謬」。據說，學生才是學習的主體，教師的功能十分有限，只能起一個從旁幫忙（facilitating）的作用。我還被勸說，在教學的過程中你最好待在背景裡，讓學生站在學習舞台的中央。學生是學習的主體，我沒有異議。可是教師就如此微不足道了嗎？一個魅力全無的教師能用什麼神招調動學生的「內在學習機制」（internal learning mechanism）呢？我樸素的直覺和少年時幼稚的經驗都讓我無法信服這些基於實證研究（empirical studies）的所謂結論，甚至疑心它們是教學無能的人為自己開脫而製造出的藉口。無奈這些「結論」如此之時髦，且連篇累牘，層出不窮，讓一些年輕人不得不信。

　　好在，北美漢語教學界還有周質平教授和林培瑞教授這樣睿智的前輩。他們更願意相信成功漢語學習者的經驗，而不是一些

洋理論；更願意相信優秀漢語教師的經驗，而不是一些一天漢語課都沒教過的二語習得研究者的「高見」。於是，有了這次普林斯頓大學的研討會。我也與有榮焉，主持了一個小組的討論。令我喜出望外的是，與會代表幾乎異口同聲地告訴我們，儘管每個人走進漢語課堂的理由不同：有的為了研究漢學；有的為了從事外交工作；有的乾脆是為了「酷」！然而，這些人之所以能把漢語學到真正有用的地步，並在與中國相關的工作領域有所建樹，都是因為在初學階段幸運地遇到了一位優秀的啟蒙老師，有過非常愉快且受益匪淺的學習經驗。正是這般極具激勵性的學習經驗使他們愛上了漢語課，愛上了漢語這種魅力無窮的語言。日後收穫的好處倒僅是熱愛漢語的副產品，而不是學習的初衷。

由此看來，教師的作用並不像有些人說的那般微乎其微，而是對學生的成功具有決定性的影響。那麼，怎樣的教師才能為學生帶來具有激勵性的學習經驗呢？周質平教授對此已在本書的序中有翔實的闡述，我這裡卻不禁要再續貂幾句。在我看來，一位語言教師無需貌美如花，卻也要端正大方，讓學生「賞心悅目」，不至於「討厭」。他還需有一些「人格魅力」，視野開闊，學養深厚，情趣多樣，讓學生在教室裡有一種如沐春風、如飲甘泉的舒暢。他必須醉心於語言教學，能夠從中自得其樂，樂而忘返。他必須能夠感受漢語的律動和優美，洞曉漢語與學生母語的異同，是兩種語言出色的漢語使用者和說解者！達到這種境界固然不易，但我們別無選擇。

這本文集的作者都親身領教了漢語的難學，也明知自己永遠不可能把漢語學到母語者那樣的水平。面對這一「殘酷」的事實，他們非但沒有退卻，更是迎難而上，視每一次挫折為人生的寶貴經驗。這種明知不可為而為之的精神，不正是無論從事何種工作的人們應有的態度嗎？

我在這裡向他們致敬，感謝這些優秀的漢語學習者為我們身為人師者做出了榜樣。讓我們誠實地告訴學生：學習漢語不易，學好更難。可是，如果您還喜歡我的課堂，請與我同行，我將盡我所能助您成功。

2017年9月
於曼哈頓

主編、譯者簡介

主編　　周質平

1970年畢業於臺北東吳大學中文系，1974年獲臺中東海大學中國文學碩士學位，1982年獲美國印第安納大學中國文學博士。現任美國普林斯頓大學東亞研究系教授。研究中國近現代思想史與晚明文學。周質平教授著作很多，近年來的中文著作有《現代中國思潮與人物掠影》(臺北：東吳大學，2015)、《現代人物與文化反思》(北京：九州，2013)、《光焰不熄——胡適思想與現代中國》(北京：九州，2012)、《胡適的情緣與晚境》(合肥：黃山書社，2008)、《現代人物與思潮》(臺北：三民，2003)、《胡適與韋蓮司：深情五十年》(臺北：聯經，1998 / 北京：北京大學出版社，1998)、《儒林新志》(臺北：三民，1996)、《公安派的文學批評及其發展》(臺北：商務，1986) 等。並與普林斯頓大學威拉德‧畢德生 (Willard Peterson) 教授合編《國史浮海開新錄：余英時教授榮退論文集》(臺北：聯經，2002)。英文著作有 *A Pragmatist and His Free Spirit* (with Susan Egan)(Hong Kong: The Chinese University Press, 2009)、*Yüan Hung-tao and the Kung-an School* (New York: Cambridge University Press, 1988)；編有 *English Writings of Hu Shih*, 3 Vols. (ed.) (New York, London: Springer, 2013)、*A Collection of Hu Shih's Unpublished English Essays and Speeches* (ed.)(Taipei: Lianjing Publishing Co., 2001) 等。周教授也主編各年級漢語教科書十餘種，主要由普林斯頓大學出版社 (Princeton University Press) 出版。

譯者　　楊玖

1969年畢業於臺中東海大學中文系，中國文學碩士。隨即任教於臺北的美國各大學聯合中文研習所，教美國大學生及研究生中國語言。1989至1994年擔任美國普林斯頓大學東亞研究系中國語言講師，1994至1996年任教於聖路易華盛頓大學亞洲與近東語言文學系，1996年起任普林斯頓大學東亞研究系中國語言資深講師，2015年退休。

作者簡介

林培瑞 Perry Link

普林斯頓大學東亞研究系退休教授、加州大學河濱分校跨系特聘教授。四十年的教學涉及現代中國語言、文學、社會史與政治評論各方面。林培瑞著作等身，中英寫作兼長，近年來的專著包括《中文解析：節奏、隱喻、政治》(*An Anatomy of Chinese: Rhythm, Metaphor, Politics*. Cambridge, MA: Harvard University Press, 2013)。除跨學科研究成就卓著外，在大學漢語教學方面也大有建樹。

安雅蘭 Julia F. Andrews

美國俄亥俄州立大學傑出講座教授、中國美術史教授。1994年出版《中華人民共和國的畫家與政治，1949–1979》(*Painters and Politics in the People's Republic of China, 1949-1979*. Berkeley: University of California Press, 1994) 獲得列文森現代中國研究著作獎 (Joseph Levenson Prize)。1993年策劃了最早在美國展出的中國當代藝術展之一：「支離的記憶：中國前衛藝術」(Fragmented Memory: The Chinese Avant-garde in Exile, with Gao Minglu, exhibition catalogue. Columbus, OH: Wexner Center for the Arts, 1993)，以及於1998年在美國紐約古根海姆博物館和西班牙畢爾包古根海姆美術館 (Guggenheim Museum Bilbao) 的「世紀的轉折：二十世紀中國藝術中的傳統與現代性」(A Century in Crisis: Modernity and Tradition in the Art of Twentieth-century China. New York: Solomon R. Guggenheim Museum, 1998)。近作有《陰影中綻放：中國前衛藝術，1974–1985》(*Blooming in the Shadows: Unofficial Chinese Art, 1974–1985*. New York: China Institute in America, 2011)、《黎明的曙光》(*Light Before Dawn: Unofficial Chinese Art, 1974–1985*, co-curated/co-authored with Kuiyi Shen. Hong Kong: Asia Society, Hong Kong Center, 2013) 和《現

代中國藝術》（*Art of Modern China*, with Kuiyi Shen. Berkeley: University of California Press, 2012，獲2013年亞洲學者大會人文類著作獎〔International Convention of Asia Scholars (ICAS), Humanities Book Prize〕）等。2016至2017年為美國福布萊特學術交流基金會和古根海姆基金會研究員。

何瞻 James M. Hargett

印第安納大學中國文學博士，現任紐約州立大學奧爾巴尼分校東亞研究系中國文學教授。研究興趣集中在散文、遊記、歷史地理及中國文化史，尤其專注於宋代研究。曾獲得福布萊特海斯獎助（Fulbright-Hays Grant）在中國進行研究。著作包括《十二世紀的中國之旅：范成大出使日記》（*On the Road in Twelfth Century China: The Travel Diaries of Fan Chengda*. Stuttgart: Franz Steiner Verlag, 1989）、《天堂階梯：峨眉峰之行》（*Stairway to Heaven: A Journey to the Summit of Mount Emei*. Albany: SUNY Press, 2006）、《范成大吳船錄譯註》（*Riding the River Home: A Complete and Annotated Translation of Fan Chengda's〔1126–1193〕Diary of a Boat Trip to Wu*. Hong Kong: The Chinese University Press, 2007）、《桂海虞衡志：十二世紀南中國的自然環境與物質文化》（*Treatises of the Supervisor and Guardian of the Cinnamon Sea*. Seattle: University of Washington Press, 2010）等。除漢學研究外，漢語教學經驗豐富，貢獻良多。

田安 Anna M. Shields

普林斯頓大學東亞研究系教授，專業方向為唐、五代與北宋文學研究。她的第一本著作《締造選本：花間集的文化語境與詩學實踐》（*Crafting a Collection: The Cultural Contexts and Poetic Practice of the*

Huajian Ji. Cambridge, MA: Harvard University Asia Center, 2006），
透過獨闢蹊徑的選集探討宋詞的緣起。新作《知我者：文人友誼
與中唐文學文化》（*One Who Knows Me: Friendship and Literary Culture in Mid-Tang China.* Cambridge, Mass.: Harvard University Asia Center, 2015），獲亞洲研究協會列文森中國研究著作榮譽獎（Joseph Levenson Pre-1900 Book Prize），透過各類文體研究中國第九世紀文人交誼在文學中的表現。田安自2011年起也擔任唐研究學會（T'ang Studies Society）會長。

何偉 Peter Hessler

著名作家與記者。畢業於普林斯頓大學英文系，獲羅德獎學金赴英國牛津大學研習英國文學。1996年參加和平隊至中國，在四川涪陵工作兩年。曾任《華爾街日報》及《波士頓環球報》的北京記者，後又任《紐約客》駐北京記者。也曾居埃及開羅，任《紐約客》中東記者。其「中國三部曲」膾炙人口，分別為《江城》（*River Town: Two Years on the Yangtze.* New York: Harper Perennial, 2001，獲美國奇里雅瑪環太平洋圖書獎）、《甲骨文》（*Oracle Bones: A Journey Through Time in China.* New York: HarperCollins, 2007，入圍美國國家圖書獎）以及《尋路中國》（*Country Driving: A Chinese Road Trip.* New York: HarperCollins, 2010）。最近的中文著作為《奇石》（*Strange Stones: Dispatches from East and West.* New York : Harper Perennial, 2013），2013年由八旗文化出版。2011年獲得麥克阿瑟獎（Genius Grant），表彰其「在中國迅速變革的時代，以銳眼觀察普通百姓對複雜生活的反應並做出詳盡的描繪」。

張彥 Ian Johnson

1984年初次到訪中國,其後居住當地將近二十年。曾任《巴爾的摩太陽報》與《華爾街日報》記者,目前從事教學工作,並在北京為多份報章如《紐約書評》與《紐約時報》定期撰寫評論文章。曾獲得普立茲國際報導獎,及史丹福大學蕭倫斯特新聞獎(Shorenstein Journalism Award)。他有三本重要著作,其中包括:《中國的靈魂:後毛澤東時代的宗教再現》(*The Souls of China: The Return of Religion After Mao.* New York: Pantheon, 2017)與《野草:現代中國變革的三個故事》(*Wild Grass: Three Stories of Change in Modern China.* New York: Vintage, 2015)。

劉美遠 Melinda Liu

自1998年起,即擔任《新聞周刊》北京編輯部主任。早在1980年,她便創立了《新聞周刊》在北京的第一個編輯部。她的新聞報導多集中在後毛澤東時代中國的現代化,也報導了美國對巴格達進行「震懾轟炸」推翻了薩達姆・侯賽因政權、蘇聯占領時期的阿富汗、塔利班的垮台、1991年科威特的解放,以及美國對索馬里和海地的軍事干預。2006年獲得蕭倫斯特新聞獎,表彰她在亞洲報導上所做的貢獻。

馮若誠 Owen Fletcher

畢業於普林斯頓大學,2004年本科一年級即開始學習中文。2008年前往北京,於美國國際數據集團擔任科技記者,又曾於道瓊斯通訊社及《華爾街日報》任金融記者。回美後繼續新聞工作。2012年曾採訪當時即將上任的國家主席習近平訪問愛荷華的活動。

馬潔濤 Mary Kay Magistad

國家公共廣播電台 (NPR)、《華盛頓郵報》與《基督科學箴言報》 (*Christian Science Monitor*) 的記者，為 NPR 成立了第一個北京編輯部。她曾為美國國際公共廣播電台 (PRI) 報導過朝鮮武器、非典肺炎、克什米爾緊張局勢等重要新聞。中國經濟崛起、中美關係等議題她也曾多有論述。曾任哈佛大學 1999 至 2000 尼曼 (Nieman) 學者以及 2001 至 2002 拉德克利夫 (Radcliffe) 學者。2006 年以幹細胞研究的報導與 PRI 的三位同事共同獲得斯克利普斯·霍華德 (Scripps-Howard) 全國新聞獎。

郭丹青 Donald Clarke

美國首都華盛頓的喬治華盛頓大學法學院 (The George Washington University Law School) 教授，研究領域是現代中國法，尤其是公司治理、中國法律制度和中國經濟改革所產生的法律問題。他在普林斯頓大學取得文學學士學位 (A.B.)，在倫敦大學取得理學碩士學位 (M.Sc.)，在哈佛大學取得法律博士學位 (J.D.) 並參與編輯《哈佛法學評論》 (*Harvard Law Review*)。除了學術研究外，他創建並運作著名的 Chinalaw 電子討論組和 The China Collection 博客 (舊名 Chinese Law Prof Blog)。曾擔任政府部門和國際組織的中國法顧問，其中包括金融領域改革和強化促進項目 (FIRST)、亞洲開發銀行和美國國際開發署。他持有紐約律師執照，並為對外關係委員會 (Council on Foreign Relations) 的成員。

柏恩敬 Ira Belkin

自 2012 年起擔任紐約大學法學院 (New York Law School) 美亞法律研究所主任。此前曾任北京福特基金會項目執行長 (program officer)。又曾任律師及美國聯邦檢察官多年。2000 年初次至北京研習中國刑事司法制度，並到過廣東、四川等地，以中文對法

學院學生或檢察官介紹美國刑事司法制度，也曾在北京美國大使館擔任常駐法律顧問。對中美法律交流貢獻良多。

祖若水 Rory Truex

2014年獲得耶魯大學政治學博士學位，專業領域是比較政治學與政治經濟學。現為普林斯頓大學政治及國際事務助理教授，研究集中於中國政治與威權統治理論。著有《使威權政治運作：現代中國的民意表達與回應》(*Making Autocracy Work: Representation and Responsiveness in Modern China*. Cambridge and New York: Cambridge University Press, 2016) 結合定性與定量分析法，對全國人民代表大會的職能做客觀詳實的研究，2017年獲得美國政治學協會頒發利昂‧愛普斯坦 (Leon Epstein) 傑出著作獎。於普林斯頓大學讀本科時，在湖南吉首為中國學生創立了浸入式英語學習項目。

畢儒博 Bill Bikales

大規模開發計劃及東亞宏觀經濟專家。畢業於普林斯頓哲學系，其後進入哈佛大學經濟系研究。早期曾擔任改革開放之初經營長江旅遊的林布拉德旅遊公司中國與東方部門副總裁。1990年代在聯合國開發計劃署工作，曾在蒙古居住多年。2011至2013年在北京擔任聯合國兒童基金會官員。由聯合國工作退休後現居紐約，從事私人企業。

高傑 Geoffrey Ziebart

加拿大人，1985年畢業於加拿大麥基爾大學，獲外語學士 (法文、西班牙文、中文)。畢業後在上海復旦大學進修兩年，1989年於美國哥倫比亞大學國際事務研究所獲碩士學位。1991年來中國，其後二十多年長住北京。曾任職於美中互利公司 (Chindex International)，並曾任捷成洋行中國首席代表，以及多家美國公

司的中國投資策略顧問。2005年至今擔任克瑞(Crane)公司中國總裁兼高級顧問。

高德思 Thomas Gorman

美國芝加哥人，畢業於普林斯頓大學東亞研究系。自1974年迄今居住香港。1975年高德思與友人共同創立中詢有限公司，1996年獲時代公司授權出版《財富》(中文版)。2016年中詢有限公司成為時代公司的子公司。

高德思曾任香港美國商會會長、香港國際學校董事會董事長。現任職於對話基金會(The Dui Hua Foundation)董事會，並擔任香港美國商會慈善基金會理事，同時為香港國際社會服務社顧問委員會及大自然保護協會亞太諮詢委員會成員。

葛國瑞 Gregory Gilligan

同時擁有工商管理碩士(MBA)及法律博士(J.D.)學位。曾任中國美國商會會長(2013–2014)，APCO北京部門總經理(2010–2013)，及麥當勞企業中國部門總經理(2002–2009)。現任美巡賽(PGA TOUR)職業高爾夫協會大中國地區副總裁兼總經理。有豐富的企業管理及公關經驗，長期居住中國，中國事務嫻熟，是企業界的傑出人物。

葛思亭 James I. Gadsden

先後就讀於哈佛大學、史丹福大學與普林斯頓大學。1972年進入美國外交界，曾於臺灣、匈牙利、法國、比利時、歐盟等地美國使館擔任重要職務。在歐洲各國由歐洲共同體逐漸結為歐盟時期，擔任駐法美國使館的高級經濟官員，影響巨大。最後一任外交工作為美國駐冰島大使。